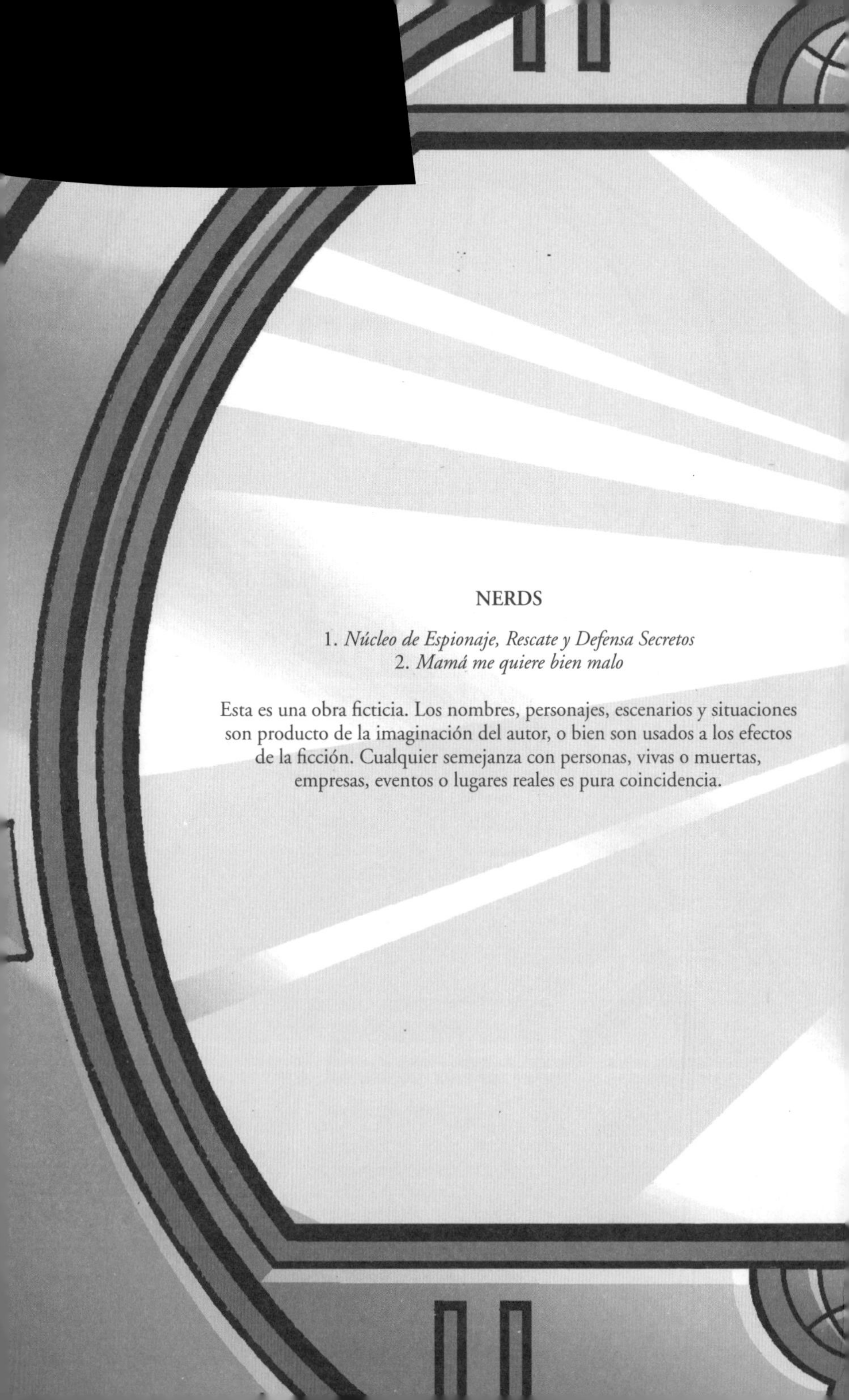

NERDS

1. *Núcleo de Espionaje, Rescate y Defensa Secretos*
2. *Mamá me quiere bien malo*

NERDS

MAMÁ ME QUIERE BIEN MALO

MICHAEL BUCKLEY

Ilustraciones
ETHEN BEAVERS

Publicado por primera vez en idioma inglés en 2010
por Amulet Books, un sello editorial de ABRAMS.
Título original en inglés: *NERDS 2: M is for Mama's Boy.*
(Todos los derechos reservados en todos los países
por Harry N. Abrams, Inc.) 1ªedición, abril 2011

Dirección de proyecto editorial: Lidia María Riba
Traducción y edición: Silvina Poch • Coordinación general: Cristina Alemany
Colaboración editorial: Soledad Alliaud • Ilustraciones Ethen Beavers
Diseño de tapa: Chad W. Beckerman
Armado y adaptación de diseño: Daniela Coduto

www.vreditoras.com

Argentina: Demaría 4412, Buenos Aires (C1425AEB)
Tel./Fax: (54-11) 4778-9444 y rotativas • e-mail: editorial@vreditoras.com

México: Av. Tamaulipas 145, Colonia Hipódromo Condesa
CP 06170 - Delegación Cuauhtémoc, México D. F.
Tel./Fax: (5255) 5220-6620/6621 • 01800-543-4995
e-mail: editoras@vergarariba.com.mx

ISBN 978-987-612-335-8

Impreso en Uruguay por Pressur - Printed in Uruguay

Abril de 2011

Buckley, Michael
Nerds 2 : mamá me quiere bien malo / Michael Buckley ; ilustrado por Ethen Beavers. - 1a ed. - Ciudad Autónoma de Buenos Aires : V&R, 2011.
288 p. : il. ; 21x14 cm.

Traducido por: Silvina Poch
ISBN 978-987-612-335-8

1. Narrativa Juvenil Estadounidense. I. Beavers, Ethen , ilus. II. Poch, Silvina , trad. III. Título
CDD 813.928 3

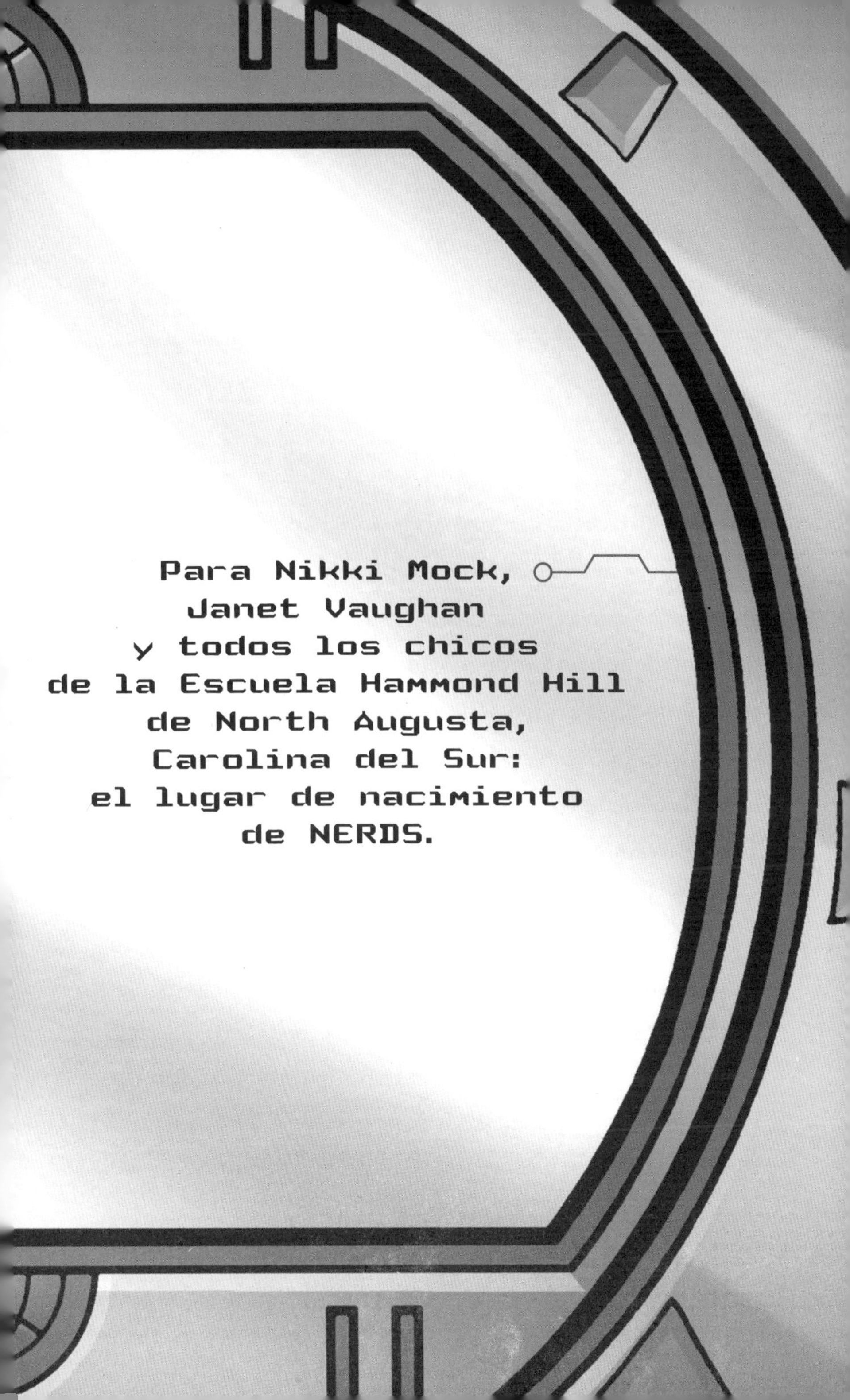

Para Nikki Mock,
Janet Vaughan
y todos los chicos
de la Escuela Hammond Hill
de North Augusta,
Carolina del Sur:
el lugar de nacimiento
de NERDS.

PRÓLOGO

45°13'N, 62°42'O

El matón despertó en el hospital con un vendaje alrededor de las costillas, conectado a unos tubos que goteaban sedantes en sus venas. A pesar de que no podía recordar cómo lo habían herido o cuánto tiempo llevaba inconsciente, lo primero que se le ocurrió fue llamar a la oficina y pedir que alguien lo reemplazara. Tenía por delante una semana muy ocupada haciendo papilla a mucha gente, y sus víctimas no iban a golpearse a sí mismas. Además, él era un malvado profesional, no podía dejar plantado a su jefe.

Gracias a su dedicación al trabajo había ido acumulando un currículum impresionante: había quebrado quince mandíbulas, cincuenta y siete piernas, cien brazos y más narices de las que podía recordar. Había roto miles de dientes, empujado a varias personas desde puentes y, una vez, había enterrado a un tipo hasta el cuello en cemento. Fue nominado nueve veces para "Matón del

Año" por la OMM (Organización Mundial de Matones) y recibió siete veces el máximo galardón de la entidad, la "Manopla de Bronce". En la oficina, era el primero en llegar y el último en irse. Con frecuencia almorzaba sus habituales sándwiches de manteca con mermelada mientras le daba una paliza a alguno. ¡Evitaba ingresar a la lista de las "Diez personas más buscadas por el FBI" pidiéndose el día por enfermedad! Se inclinó hacia el tubo que administraba los remedios por vía endovenosa y arrancó la aguja. No podría haber imaginado la puntada que iba a sentir. El dolor le trajo una oleada de recuerdos.

El gorila trabajaba para una mente diabólica de once años de edad, que usaba una máscara negra con una calavera blanca. Pero todo había resultado un fiasco. "Simon" –como se hacía llamar su jefe– había cometido algunos errores de principiante que lo habían conducido a problemas mayores. Su primer error fue aliarse con el doctor Rompecabezas, un científico loco que construyó una diabólica máquina con la que se proponía volver a unir todos los continentes de la Tierra. El segundo error: el chico había gastado una fortuna en edificar una fortaleza secreta en el Polo Norte para ese doctor chiflado. Obviamente, aparecieron unos héroes y arrasaron el lugar justo antes de que el plan excesivamente complejo pudiera llevarse a cabo, lo que nos conduce al tercer error garrafal de Simon: debería haber matado a los héroes apenas entraron en escena. En cambio, los tomó prisioneros. Hasta un bebé sabe que esos personajes tienden a escaparse en el último segundo y arruinan el plan del villano. Como era de esperar, los héroes destruyeron la máquina para mover continentes del doctor Rompecabezas. En el medio de esa calamidad, algo cayó encima del matón. Luego, todo se volvió negro y despertó en un hospital.

En ese momento, sonó su teléfono móvil. Alguien lo había colocado en la mesa que se encontraba junto a la cama y, mientras se estiraba para tomarlo, ¡descubrió que le faltaba una mano! En su lugar tenía un garfio. Lo estudió un instante y, a continuación, apareció en su boca un gesto similar al de una sonrisa. La mayoría de las personas se hubieran sentido desconsoladas al ver un siniestro gancho de metal donde debería estar la mano. Pero no era el caso de este villano. El dispositivo podría hacerle ganar la octava "Manopla de Bronce".

Con su mano verdadera agarró violentamente el teléfono. Al ver el nombre "Simon" en el identificador de llamadas, contestó.

–Hola –dijo la voz del chico en medio de un ruido ensordecedor. Sonaba como si estuviera en el corazón de una tormenta–. Soy yo. Veo que sobreviviste a la explosión.

–No del todo. Perdí una mano. Un doctor me colocó un garfio.

–Genial –comentó Simon.

El rufián casi esbozó otra sonrisa. Sí, era genial, pero no le gustaba presumir.

–En realidad es bastante doloroso y tendré que abandonar mis clases de piano.

–Ups. Tomo nota y aprecio tu sacrificio.

–Jefe, lamento que las cosas no hayan salido bien –dijo. Entre el sonido del viento escuchó risas. Aunque también podría haber sido un pedido de auxilio. No estaba seguro–. ¿Jefe? ¿Le pasa algo? Me parece escuchar que se está riendo.

Hubo una pausa prolongada seguida de numerosos gruñidos y gemidos, y después la voz de Simon regresó.

–Amigo mío, tu preocupación me resulta cómica, es completamente innecesaria. Verás, Rompecabezas y su maquinita eran solo parte de un plan mucho mayor, que está saliendo a la perfección. Te llamaré cuando te necesite otra vez.

De inmediato, la línea se cortó.

–Hola, es bueno verlo despierto –dijo un doctor desde la puerta. Era alto, de pelo gris y expresión amable–. Quería hablarle de la mano. Me imagino que estará muy angustiado al haber encontrado el gancho. Parece salido de una película de piratas. Afortunadamente, es provisorio. Ordenamos diseñar una prótesis igual a su mano y que funciona de la misma forma. Debería estar aquí en una semana.

Como respuesta, el matón arrojó su almohada al aire y luego la cortó en dos con el garfio. Las plumas salieron volando por la habitación.

–En realidad, creo que esto va a funcionar muy bien.

El plan de Simon *no* estaba saliendo a la perfección. Se encontraba atrapado en una pequeña cornisa en la ladera de una inmensa montaña de hielo en la cima del mundo: el Polo Norte, para ser exactos. La temperatura estaba apenas por encima de los 35º bajo cero y no se veía mucho más que glaciares y bloques de hielo flotando a la deriva. La tierra firme estaba por lo menos un kilómetro más arriba y las aguas heladas y mortales del Océano Ártico se hallaban muy por debajo. Hacía dos días que estaba varado en esa cornisa, congelado, hambriento y sediento. ¡Las cosas no estaban saliendo en absoluto como él las había planeado!

De todas maneras, Simon (también conocido como Conejo o Heathcliff Hodges) se negó a pedirle a su secuaz que lo rescatara. En su esfuerzo por convertirse en una mente diabólica, Simon había leído muchos libros, incluyendo uno escrito por Donald Trump, el magnate de los negocios. Allí explicaba que uno nunca debía demostrar a sus subordinados que necesitaba ayuda. Eso debilitaría el respeto que se le debe a la autoridad. Él se salvaría sin el auxilio de nadie.

Se puso de pie con dificultad e hizo equilibrio en la diminuta saliente. Una vez más buscó en la superficie de la montaña un lugar donde apoyar la mano y, una vez más, no lo encontró. ¿Estaría condenado a morir? Repasó todo lo que había aprendido durante su época como agente secreto. El cuartel general de entonces estaba lleno de dispositivos que hubieran salvado su vida: pistolas de clavos, zapatos antigravedad y mucho más. Pero en ese momento se habría conformado con una cuerda. Se acordó de sus antiguos compañeros, especialmente de Duncan Dewey, alias Pegote. Él no tendría ningún problema en la pendiente de hielo. Su piel producía un pegamento poderoso que le permitía adherirse a casi todas las superficies, de ahí su nombre de guerra. Podía caminar por el techo como una mosca o trepar por la pared exterior de un rascacielos.

Todo eso formaba parte de las actualizaciones que habían recibido los miembros del equipo cuando se convirtieron en espías de una organización de élite: el Núcleo de Espionaje, Rescate y Defensa Secretos, o NERDS, que tenía como misión salvar al mundo del mal. Los puntos débiles de esos chicos de sexto grado habían sido transformados en fortalezas con la ayuda de una tecnología supersecreta. Simon tenía unos dientes delanteros gigantescos, casi tan grandes como los de un caballo. De ahí provenía su clave de identificación como espía: Conejo. Después de las actualizaciones, podía usar sus dientes para hipnotizar y controlar a la gente. De poco le servía su habilidad en esa situación en que estaba solo y convirtiéndose lentamente en un muñeco de nieve. ¿Qué le había dicho el agente Brand, su incompetente director, al equipo? "No necesitan dispositivos de última tecnología. *Ustedes* son esos dispositivos." ¡Así eran las cosas! *Simon* era el dispositivo.

Golpeó el hielo violentamente con la cara, hincando sus descomunales dientes delanteros en la profundidad de la montaña. Con la ayuda de ellos y de las pesadas botas con clavos, comenzó a trepar con lentitud por el acantilado.

Tal vez Simon debería haberse sentido agradecido por sus asombrosas actualizaciones y las largas horas de entrenamiento, pero él no lo veía así. Estaba completamente furioso. Era cierto, ser miembro de NERDS había sido fascinante pero, como el trabajo era secreto, cuando los espías no estaban en una misión, tenían que soportar las burlas de sus compañeros de clase. Tanto él como los demás habían pasado por cientos de remolinos, calzones chinos y tirones de orejas, pero ¿alguna vez se habían defendido? ¡NO! Tenían que proteger sus identidades secretas y el trabajo que hacían alrededor del planeta. Bueno, ¡eran todas tonterías! ¿Para qué les servían los superpoderes si no podían pelear contra los bravucones que los acosaban? Un día, mientras el chico malvado de la escuela estaba remojando su cabeza en un retrete, Simon se dio cuenta de que fanfarrones como ese siempre maltratarían a tipos como él. La única forma de cambiar eso sería alterando todo. Y decidió destruir el mundo.

Con la sociedad en medio del caos, la gente se vería obligada a depender de los más inteligentes, es decir, de él. Leer y aprender volverían a ser actividades muy respetadas y las personas como Simon serían admiradas en vez de humilladas.

Pero sus propios compañeros de equipo habían frustrado su plan. Él habría jurado que justamente sus antiguos amigos lo apoyarían. Ellos también eran inadaptados, marginados, parias. Al igual que él, habían sido torturados, encerrados en armarios y forzados a entregar diariamente el dinero del almuerzo. Pero Simon no había captado el efecto que Duncan Dewey causaba en los demás. El gordito siempre había sido una bola andante de energía positiva. El maltrato que recibía una y otra vez parecía rodar por su espalda. Y su irritante optimismo había contagiado al equipo. Hasta se las había arreglado para convencer a los demás de aceptar a Jackson Jones –uno de sus más crueles acosadores– como miembro del equipo. Cuando finalmente Simon les reveló a los NERDS su brillante plan, Duncan se volvió en su contra y los otros lo siguieron. ¡Se comportaron como si él los hubiera traicionado!

La sed de venganza lo hacía seguir adelante en esa penosa escalada. Estaba cerca de la cumbre, donde pensaba encontrar los restos de la fortaleza del doctor Rompecabezas. Sin embargo, cuando se hallaba a centímetros de la cima, la montaña se sacudió bruscamente. Con lo que le quedaba de energía, mordió el hielo con fuerza. Conocía muy bien la causa de los temblores: la máquina de Rompecabezas para mover continentes seguía funcionando y estaba empujando la montaña hacia el cielo. Hubo otro estremecimiento y, esta vez, Simon no logró aferrarse con los dientes. Cuando reaccionó, ya estaba cayendo al mar. Chocó contra las olas con un golpe desgarrador y, exhausto, se hundió en el abismo negro y helado.

Para Simon, la muerte parecía inevitable. Pero el destino le tenía preparado otro plan. Lo congeló instantáneamente como si fuera un palito de pescado. Los latidos de su corazón se redujeron hasta resultar casi imperceptibles, al igual que la actividad de su cerebro. Hasta la última molécula de su cuerpo se cristalizó y pronto se formó un bloque gélido a su alrededor, hasta quedar transformado en un cubito de hielo de maldad.

Durante semanas fue arrastrado hacia el sur por las corrientes, estrellándose contra témpanos de los alrededores de Islandia y Groenlandia, y navegando a la deriva a lo largo de Canadá y la costa este de los Estados Unidos. Varios barcos pesqueros de langostas trataron de levantarlo con sus redes, pero el bloque era demasiado pesado y, cuando los oficiales guardacostas llegaron para investigarlo, ya Simon seguía flotando sin rumbo. Mientras boyaba por las aguas tibias de los Cayos de la Florida y dejaba atrás Cuba, el cubo fue disminuyendo de tamaño. Finalmente, lo que quedaba del trozo de hielo fue arrastrado hacia una diminuta isla desierta del Caribe.

Las olas lo arrojaron a una playa pedregosa, donde fue recibido por una ardilla de enormes dientes. La aparición repentina del cubo fue tan sorpresiva, que el roedor huyó hacia la

selva y tardó tres días en regresar. Para entonces, el hielo se había derretido en forma considerable. Cuando la ardilla juntó valor suficiente, se subió sobre él, lo lamió y escupió el agua salada. Justo cuando creyó que el cubo no representaba peligro alguno, espió por el cristal y divisó los monstruosos dientes de conejo de Simon. Lanzó un chillido de espanto y comenzó a cavar en el bloque con sus pequeñas garras. Sus chasquidos de excitación atrajeron a decenas de compañeras del interior de la espesura y todas juntas comenzaron a arañar y rascar el hielo para liberar al chico. En líneas generales, las ardillas no son grandes pensadoras pero, si uno hubiera leído las mentes de esos animalitos en particular, habría comprendido que ellos pensaron que se habían topado con su dios.

Tres meses después...

En las alturas de la selva, una oscura figura saltaba de rama en rama. Se deslizaba entre árboles increíblemente angostos y brincaba a través de distancias ridículamente extensas. Mientras avanzaba, sacudía un festín de nueces silvestres que iban a dar a una banda de ardillas que esperaban abajo. Estas correteaban de un lado a otro juntando los frutos. De repente se desató una lucha entre las dos más grandotas. Hubo chillidos y pitidos hasta que la figura en lo alto se arrojó y aterrizó delante de ellas. Inmediatamente, los roedores inclinaron sus cabezas pero no por temor, sino como si estuvieran bajo un poderoso hechizo. El maestro había llegado.

No se trataba de una ardilla. Era un niño de ojos azules y cabello pelirrojo enmarañado. Llevaba jeans hechos jirones y zapatos rotos. Sus gruesos lentes estaban atados con finas tiras de enredadera y los dos dientes delanteros se proyectaban fuera de su boca como si fueran tótems. Él habló: "No deberían pelear por las nueces. Son para el viaje. Si quieren algo de comer, vayan a juntar zarzamoras, que no aguantarían la travesía en barco".

El chico se quitó el pelo de los ojos y miró hacia arriba. Hacia el este se iban amontonando unos densos nubarrones negros. Mascullό: "Si mis cálculos son correctos, esta isla estará bajo el agua antes de mañana por la noche. Prepárense, mis secuaces. Partiremos por la mañana".

Una de las ardillitas emitió unos chasquidos muy agudos.

–Pequeña, no importa adónde vayamos –dijo Simon–, porque muy pronto tendré a todo el planeta en la palma de mi mano.

Le había tomado dos meses construir una embarcación. No era lujosa: una balsa, una vela y una cabina improvisada que les serviría de refugio cuando las olas fueran gigantes. Sabía que se acercaba un huracán. Como parte de su entrenamiento como miembro de NERDS, había aprendido a leer los patrones climáticos, y este indicaba una tormenta particularmente desagradable.

A la mañana siguiente, apenas comenzaron a caer las primeras gotas de lluvia, cargó en la balsa las nueces que venían recogiendo y luego hizo subir a bordo a su pequeño ejército de ardillas. Una vez instalados, le dio el toque final a su embarcación: con el jugo de algunas zarzamoras, le pintó el nombre a un costado. Después, la empujó dentro del agua con toda su fuerza. Las olas eran fuertes y su tropa chillaba de miedo, pero él la ignoró. No había vuelta atrás: la isla ya no les ofrecía esperanza.

¿Quién podría decir cuánto tiempo estuvieron a la deriva? La pregunta más importante sería cómo sobrevivieron. La tormenta mecía con fuerza a la pequeña nave. Mientras los truenos rugían arriba de sus cabezas, la tempestad azotaba el casco, pero la embarcación se mantenía a flote.

Cuando por fin pasó el temporal, el peligro no había concluido. Un sol abrasador castigó sin piedad a los náufragos, que bebieron las últimas gotas de agua fresca. Pronto desaparecieron hasta las nueces. Tumbado en su balsa maltrecha en medio del delirio, Simon se preparó para el final. Entonces sintió una sacudida: el barquito había tocado tierra firme. Echó un vistazo a su alrededor. La tripulación roedora se empujaba entre sí para contemplar la vista. Habían sido arrastrados hasta las orillas de una playa rocosa. Justo detrás había una autopista con vehículos que se movían a toda velocidad en ambas direcciones.

¿Dónde estaremos?, se preguntó. Divisó edificios a lo lejos. Se destacaba una enorme torre blanca que se elevaba sobre las demás. Simon la reconoció de inmediato y sonrió. Era el monumento a Washington.

–Estamos en casa –murmuró.

El chico y sus ardillas dejaron la pequeña embarcación en la orilla del río Potomac y treparon hasta la ruta por el terraplén. Simon se dio vuelta y observó la nave diminuta que les había salvado la vida. Sonrió al comprobar que seguía allí el nombre que había pintado en un costado: la *Venganza* había cumplido su misión.

Se dirigió a la autopista y enseguida se interpuso delante de un *Volkswagen Beetle* que se acercaba velozmente. El coche se detuvo a escasos centímetros de Simon con un chirrido agudo y el airado conductor saltó del vehículo con la cara tan roja como un carro de bomberos.

–Niño, ¿acaso estás demente? Esa es la mejor manera de matarte, ¿sabes? No puedes entrar de golpe en medio del tráfico. Si yo no te hubiera visto y… ¡Hey! ¿Qué son todas esas ardillas?

–Obsérveme atentamente, señor –dijo Simon.

El hombre apartó la vista del ejército de peludos roedores y miró al chico, que daba la impresión de no haberse bañado en años. Lo que más le llamó la atención fueron sus dientes. Eran los incisivos centrales más monumentales que el tipo hubiera visto en toda su vida y, para colmo, él había sido criado en un rancho de caballos.

–Necesitamos que nos lleve en su coche –dijo Simon, al tiempo que una niebla extraña invadía al conductor. Sus ojos, que estaban fijos en los dientes del niño, se pusieron vidriosos y su mandíbula se aflojó.

–Claro –murmuró, como perdido en sus pensamientos–. Adonde ustedes quieran.

Simon le ordenó que volviera a su pequeño automóvil. Luego, subió junto con sus ardillas y le indicó al hombre una dirección cercana, en Arlington, Virginia.

Durante el camino, recibieron unas cuantas miradas de asombro. Varias personas casi se salieron de la ruta. Un *Volkswagen* lleno de ardillas excitadas andando por la autopista no era algo que se veía todos los días.

Al rato, el automóvil se detuvo en una calle arbolada de South Arlington, frente a una residencia colonial de dos pisos. Simon les pidió que se quedaran allí esperando y entró furtivamente al jardín trasero de la casa. De inmediato, frunció el ceño: ¿dónde estaban las hamacas que su padre había construido para él? ¿Por qué las habrían quitado? ¿Acaso sus padres no seguían esperando su regreso?

Cuando espió con detenimiento por la ventana y vio el agujero en la pared donde antes había estado su fotografía, comprendió lo que había ocurrido. Los NERDS habían borrado la memoria de sus padres y luego habían eliminado toda evidencia de que él hubiera existido alguna vez. Después de su desaparición, ellos no habrían querido que el padre y la madre de Simon anduvieran por ahí haciendo preguntas sobre su paradero. No podían arriesgarse a ser descubiertos. Todo agente sabía que si moría durante una misión, borrarían su existencia como la tiza del pizarrón. Pero Simon nunca pensó que eso le sucedería a él.

Lamentablemente, las hamacas de Simon habían sido mucho más que eso. Corrió hasta el lugar donde habían estado, se agachó y se puso a cavar con desesperación. Cuando estaba a punto de renunciar, rozó con los dedos una pequeña perilla. La hizo girar y una porción del jardín se elevó dejando a la vista un compartimento con una extraña colección de objetos en su interior.

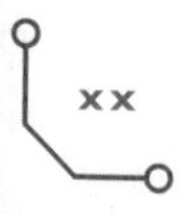

Simon se apoderó de un cepillo y una pasta de dientes, un teléfono móvil, una caja de barras de cereal y, por último, una máscara negra con una calavera blanca. Cerró el agujero, giró la perilla y se preparó para irse deprisa hacia el auto, pero luego frenó. A través de la ventana del living, alcanzó a ver a sus padres. Allí estaban, sentados juntos leyendo el periódico: su padre recorría la sección de deportes y su madre estaba ocupada con el listado de propiedades. Algo se estremeció en su interior. No había sido una mala vida. De hecho, sus padres se habían esforzado mucho por él. De pronto, quiso ingresar a la casa y obligarlos a que se acordaran de él, pero reprimió el impulso. Algún día, cuando hubiera conquistado el mundo, él volvería a ese lugar. Algún día…

Simon caminó de regreso al automóvil. Como el conductor estaba empezando a salir del trance, una vez más lo hipnotizó con sus dientes. Arrojó las barras de cereal en el asiento trasero y las ardillas se abalanzaron sobre ellas. Él devoró dos, luego sacó el dentífrico y el cepillo, y tomó a una de sus peludas compañeras.

–Esta pasta dental te permitirá hipnotizar a la gente. No te va a dar mis poderes –yo he recibido actualizaciones de una computadora– pero te ayudará a hacer durante cierto tiempo lo mismo que le hice a este hombre.

La ardilla lanzó un pitido, mientras Simon comenzaba a cepillarle los dientes.

–¿Para qué vas a necesitar el dentífrico? –le preguntó al roedor–. Porque si voy a dominar al mundo, tendremos que conseguir dinero para gastos personales.

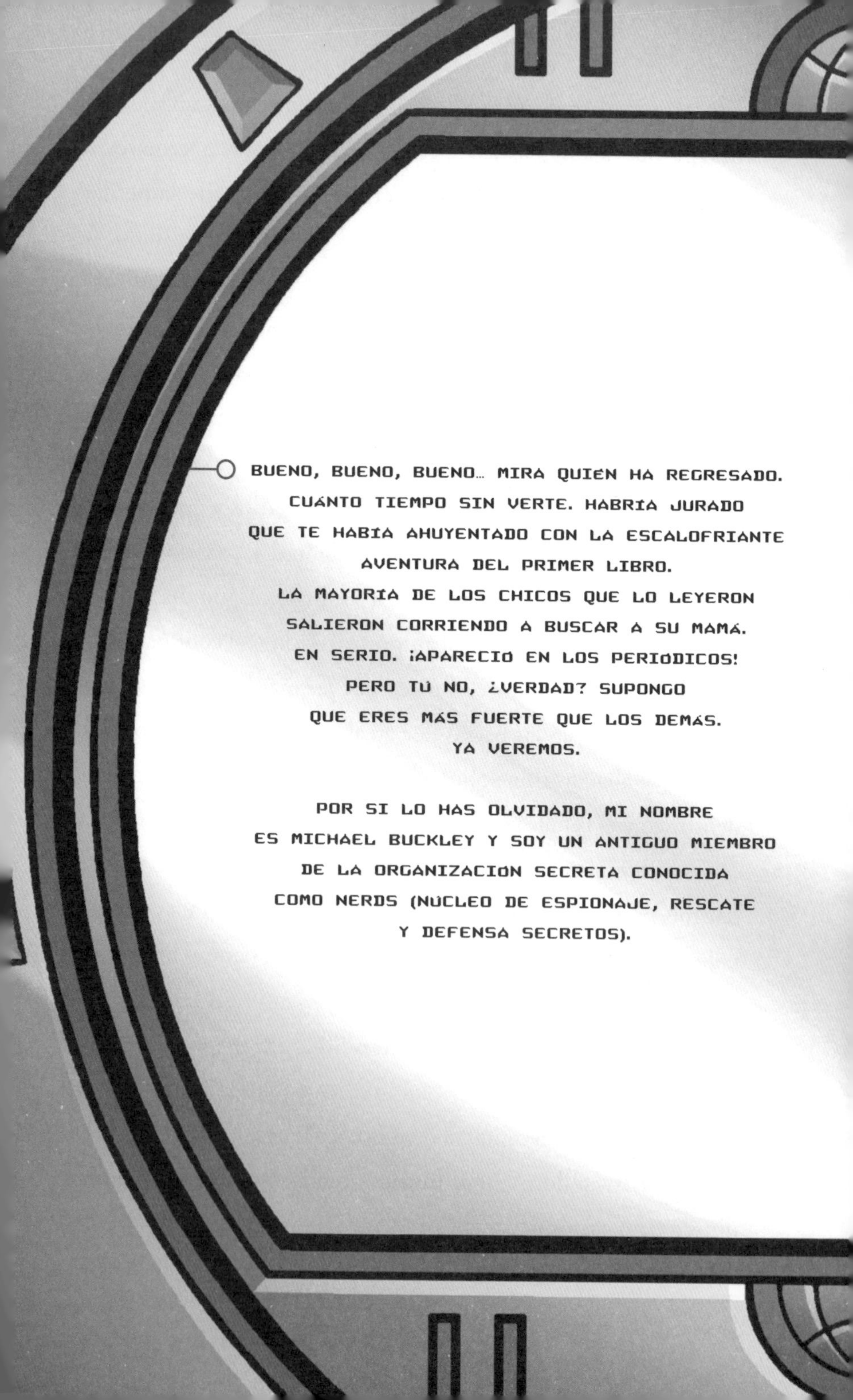

BUENO, BUENO, BUENO... MIRA QUIÉN HA REGRESADO.
CUÁNTO TIEMPO SIN VERTE. HABRÍA JURADO
QUE TE HABÍA AHUYENTADO CON LA ESCALOFRIANTE
AVENTURA DEL PRIMER LIBRO.
LA MAYORÍA DE LOS CHICOS QUE LO LEYERON
SALIERON CORRIENDO A BUSCAR A SU MAMÁ.
EN SERIO. ¡APARECIÓ EN LOS PERIÓDICOS!
PERO TÚ NO, ¿VERDAD? SUPONGO
QUE ERES MÁS FUERTE QUE LOS DEMÁS.
YA VEREMOS.

POR SI LO HAS OLVIDADO, MI NOMBRE
ES MICHAEL BUCKLEY Y SOY UN ANTIGUO MIEMBRO
DE LA ORGANIZACIÓN SECRETA CONOCIDA
COMO NERDS (NÚCLEO DE ESPIONAJE, RESCATE
Y DEFENSA SECRETOS).

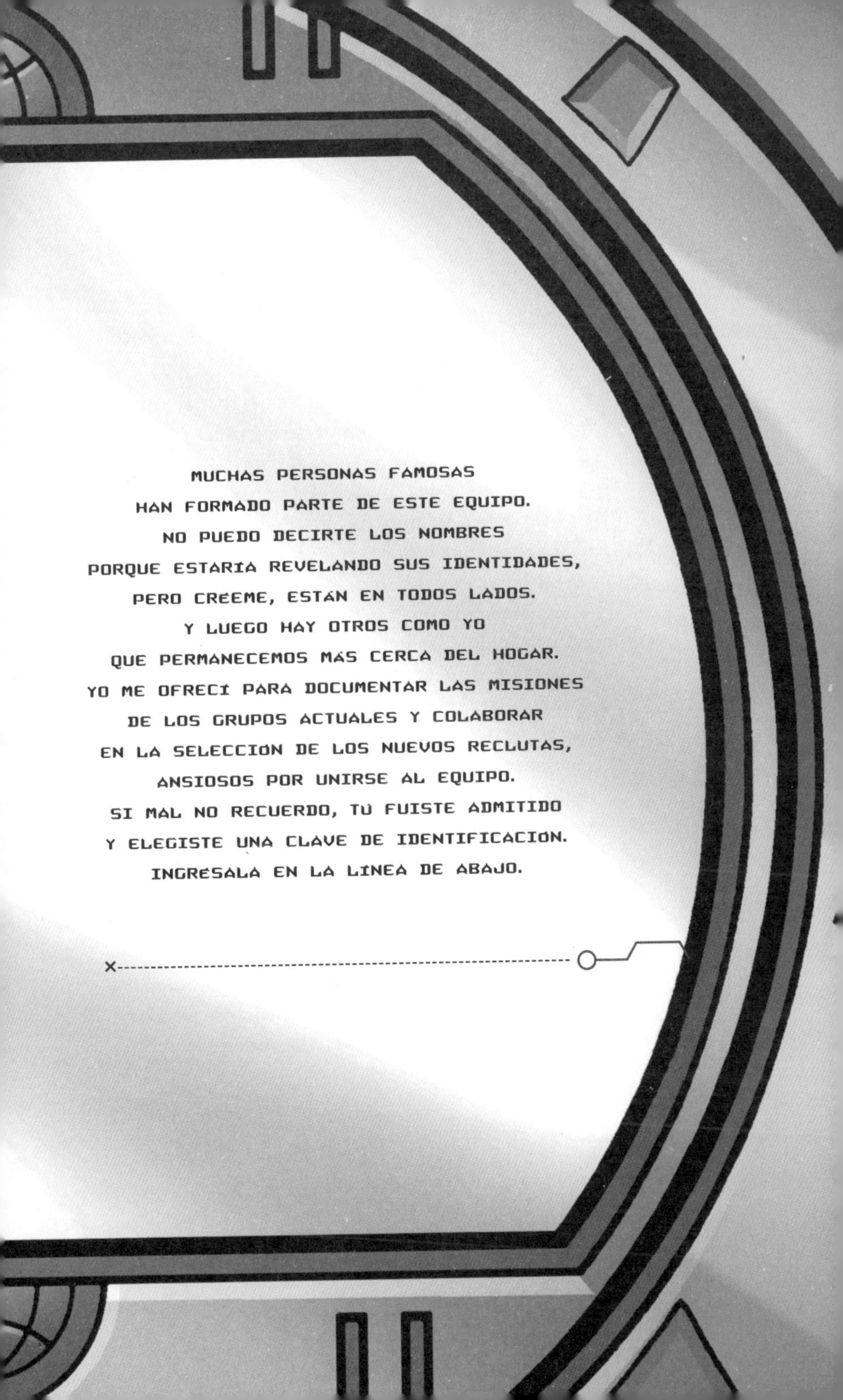

MUCHAS PERSONAS FAMOSAS
HAN FORMADO PARTE DE ESTE EQUIPO.
NO PUEDO DECIRTE LOS NOMBRES
PORQUE ESTARÍA REVELANDO SUS IDENTIDADES,
PERO CRÉEME, ESTÁN EN TODOS LADOS.
Y LUEGO HAY OTROS COMO YO
QUE PERMANECEMOS MÁS CERCA DEL HOGAR.
YO ME OFRECÍ PARA DOCUMENTAR LAS MISIONES
DE LOS GRUPOS ACTUALES Y COLABORAR
EN LA SELECCIÓN DE LOS NUEVOS RECLUTAS,
ANSIOSOS POR UNIRSE AL EQUIPO.
SI MAL NO RECUERDO, TÚ FUISTE ADMITIDO
Y ELEGISTE UNA CLAVE DE IDENTIFICACIÓN.
INGRÉSALA EN LA LÍNEA DE ABAJO.

X--

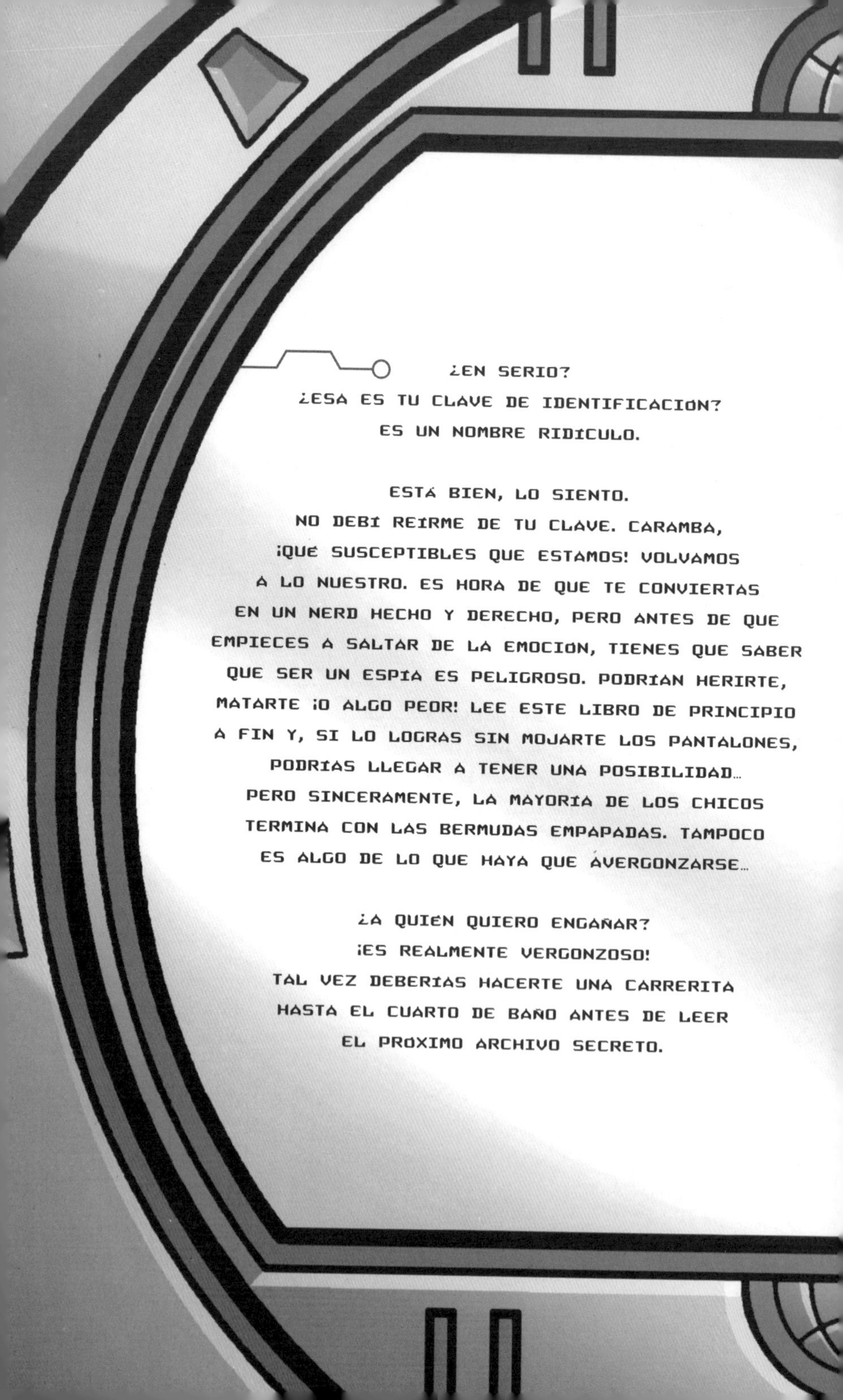

¿EN SERIO?
¿ESA ES TU CLAVE DE IDENTIFICACION?
ES UN NOMBRE RIDÍCULO.

ESTÁ BIEN, LO SIENTO.
NO DEBÍ REÍRME DE TU CLAVE. CARAMBA,
¡QUÉ SUSCEPTIBLES QUE ESTAMOS! VOLVAMOS
A LO NUESTRO. ES HORA DE QUE TE CONVIERTAS
EN UN NERD HECHO Y DERECHO, PERO ANTES DE QUE
EMPIECES A SALTAR DE LA EMOCIÓN, TIENES QUE SABER
QUE SER UN ESPÍA ES PELIGROSO. PODRÍAN HERIRTE,
MATARTE ¡O ALGO PEOR! LEE ESTE LIBRO DE PRINCIPIO
A FIN Y, SI LO LOGRAS SIN MOJARTE LOS PANTALONES,
PODRÍAS LLEGAR A TENER UNA POSIBILIDAD...
PERO SINCERAMENTE, LA MAYORÍA DE LOS CHICOS
TERMINA CON LAS BERMUDAS EMPAPADAS. TAMPOCO
ES ALGO DE LO QUE HAYA QUE AVERGONZARSE...

¿A QUIÉN QUIERO ENGAÑAR?
¡ES REALMENTE VERGONZOSO!
TAL VEZ DEBERÍAS HACERTE UNA CARRERITA
HASTA EL CUARTO DE BAÑO ANTES DE LEER
EL PRÓXIMO ARCHIVO SECRETO.

¿YA ESTÁS DE VUELTA?
¿TE LAVASTE LAS MANOS?
MUY BIEN… PON TU PULGAR AQUÍ.

NIVEL 1
ACCESO CONCEDIDO

COMENZANDO TRANSMISIÓN:

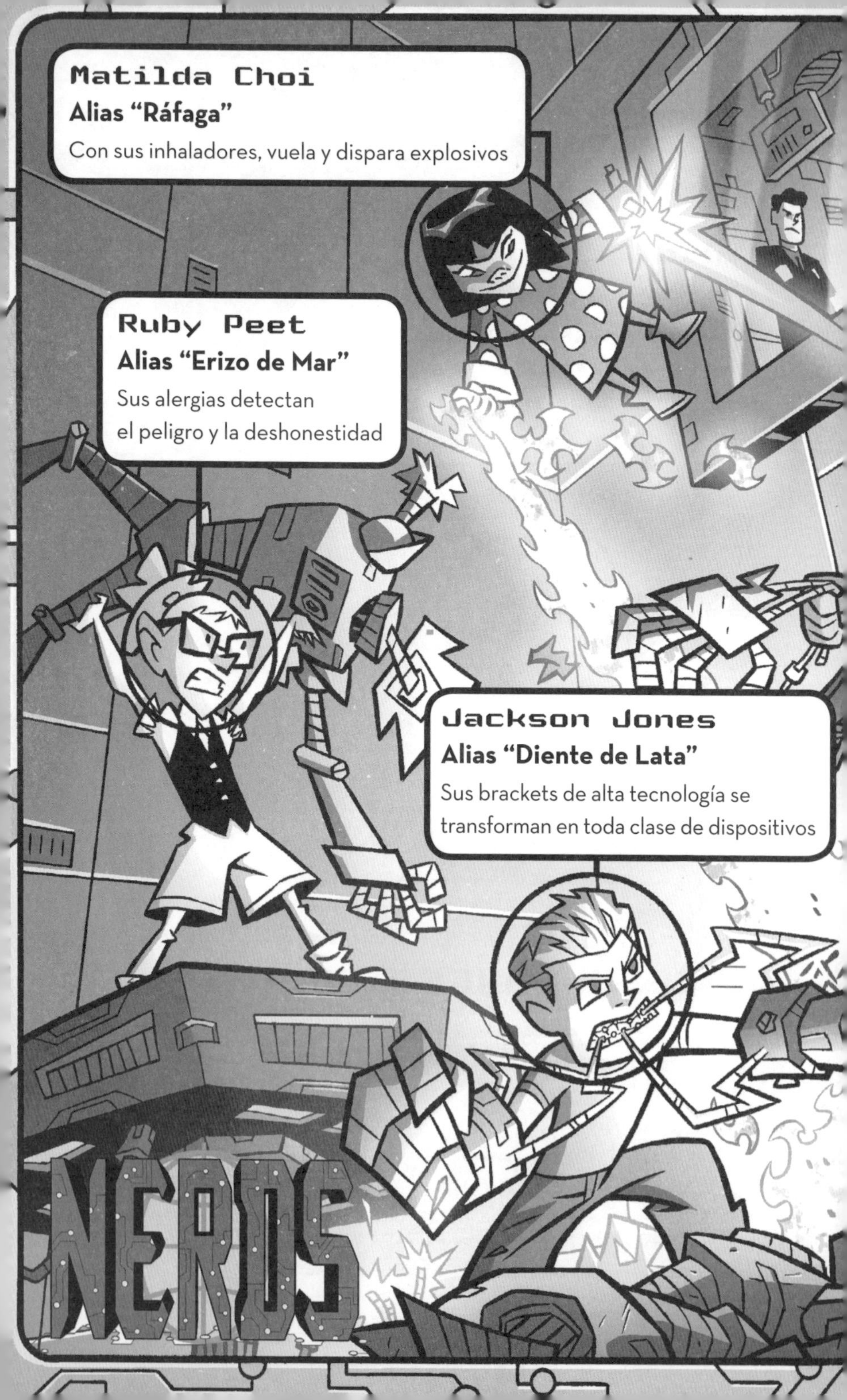
Matilda Choi
Alias "Ráfaga"
Con sus inhaladores, vuela y dispara explosivos
Ruby Peet
Alias "Erizo de Mar"
Sus alergias detectan
el peligro y la deshonestidad
Jackson Jones
Alias "Diente de Lata"
Sus brackets de alta tecnología se
transforman en toda clase de dispositivos
NERDS

Duncan Dewey
Alias "Pegote"
Gracias a las sustancias pegajosas que come puede adherirse a cualquier superficie
Julio Escala
Alias "Pulga"
Hiperactivo, hiperveloz e hiperfuerte

1

38°53'N, 77°05'O

–**Agente Pegote, felicitaciones por** detener a la profesora Nevisca y su globo de nieve letal –dijo la Hiena a través de un videochat. A pesar de que la señal se entrecortaba y tenía mucha estática, nada podía atenuar el brillo de los ojos verdes de la ex reina de belleza.

–Solamente cumplía con mi trabajo –respondió el chico.

–Siempre tan humilde, ¿no? Escuché que Diente de Lata pidió un trofeo y Ráfaga quería boletos para un espectáculo de lucha libre. Erizo de Mar necesitaba una caja de pomadas antialergia, y el otro… ¿el hiperquinético?

–Pulga.

–Sí, Pulga. Su pedido me resultó imposible de entender. Habla tan rápido.

–Yo hubiera deseado poder salvar Hollywood. Cuando la doctora encendió la máquina, toda la región se hallaba sellada dentro de una bola de vidrio y rodó hacia el océano.

–Eh... una vez, yo fui elegida Miss Preteen de Hollywood. Créeme, no ha sido una gran pérdida.

–Oí que andabas en una misión secreta.

–Sí, pero no puedo contar mucho, solo que es en una zona cálida. Ya estaba cansada de usar mitones y ropa térmica. Es muchísimo mejor trabajar para los buenos. Aunque me gustaría estar un poco más cerca de... tú sabes.

–¿Jackson?

–¡Si hablas, te mato! –gritó la Hiena–. Escúchame, ya debo irme porque hay que salvar al mundo. Mándale saludos a la banda. Ah, y la próxima vez que nos conectemos por video, ¿te importaría hablarme desde el suelo y no desde el techo? Estoy sintiendo mareos.

Duncan Dewey dio un salto y aterrizó directamente en el piso.

–Perdón. Es la costumbre.

De repente, se escuchó un golpe fuerte en la puerta, al otro lado de la habitación.

–¡Hey, lelo! ¡Abre de una vez!

–Me tengo que ir. Cuídate, Mindy –respondió Duncan.

La chica lanzó un gruñido.

–Lo siento. Cuídate, *Hiena* –aclaró Pegote tímidamente.

En el momento en que el rostro de ella desaparecía del monitor, una pequeña esfera azul salió flotando de un orificio del escritorio y zumbó alrededor de la cabeza de Duncan emitiendo silbidos agudos. Luego habló con una voz más bien solemne.

–Pegote, la Criatura está afuera.

–Puedo oírla, Benjamín –repuso Duncan con un suspiro.

–Hasta en Boston pueden oírla –agregó Benjamín–. Quizás deberías contestar antes de que tire la puerta.

Duncan abrió apenas unos centímetros. Afuera había algo tan horrible, tan perturbador, que hasta podría haber hecho aullar de terror a una persona adulta. Se trataba de Tanisha, la hermana de Duncan o –como a Benjamín y a él les gustaba llamarla– la *Criatura*. Encima, estaba furiosa. Cuando la veía enojada, Duncan decía que era parecida a un pitbull chupando un limón. ¿Y cuando estaba contenta? *Bueno*, él solía decir, *imagínense lo mismo pero sin el limón.*

–¿En qué puedo ayudarte?

–¿Qué estás haciendo ahí dentro? –rugió la Criatura.

–Me temo que es confidencial.

Tanisha resopló.

–¿Siempre con esa estupidez de agente secreto?

–Podría hablarte del tema, pero luego tendría que matarte.

Ella resopló aún más fuerte.

–Papá incendió la casa.

–¿Otra vez?

–¡Sí, otra vez! Tus aparatos locos son imposibles de manejar. Esta mañana casi salgo despedida por la ventana del baño cuando intenté utilizar ese estúpido secador de pelo que trajiste.

–Tal vez lo estúpido no sea el secador, sino la persona que lo usa –murmuró Duncan.

–¿Qué dijiste? –gritó Tanisha, pero él ya le había cerrado la puerta en la cara.

La esfera azul se acercó como una flecha al espía.

–¿Ya es hora de guardar los juguetes?

–Creo que sí, Benjamín. *Activar modalidad dormitorio.*

Al instante, el monitor de la computadora desapareció en el techo, el escritorio se volteó de costado y se hundió en el piso como una rebanada de pan en la tostadora, y el sillón de cuero se alejó rodando detrás de la pared. Cuando la habitación estuvo vacía, las paredes se deslizaron hacia abajo, dejando ver una ventana con cortinas, una cómoda, un espejo y una biblioteca repleta de libros de tecnología y electrónica. Se abrió un agujero en el suelo y brotó una cama. La transformación concluyó cuando una pila de revistas sobre mecánica asomó por debajo del colchón.

–Benjamín, ahora tengo que vestirme para ir a la escuela –dijo Duncan–. *Activar modalidad guardarropa.*

–Por supuesto –respondió la esfera, y comenzó a dar trompos mientras desprendía pequeñas partículas de luz azul que, a su vez, formaban remolinos alrededor de la habitación. Algunos se enroscaron hasta componer el holograma tridimensional de una tienda de ropa. Delante de Duncan se formó otro holograma: era la representación humana de la pequeña esfera azul, Benjamín Franklin, el viejo estadista estadounidense, quien, al igual que Pegote, alguna vez había sido espía. Llevaba medias blancas, calzas y una chaqueta larga. Con una gran sonrisa, sacó una cinta métrica y procedió a tomarle las medidas.

–¿Qué tal si empezamos por una peluca empolvada? –sugirió Benjamín, extendiéndole una melena blanca y brillante con bucles.

–Hum, parece del siglo dieciocho, un estilo demasiado antiguo para mi gusto –respondió Duncan.

El viejito guardó la peluca y sacó un traje marrón a rayitas blancas.

–Perfecto. Este es puro siglo veintiuno, Pegote. Con una camisa abotonada y un chaleco gris estarías a la moda.

–No, yo estaba pensando en la ropa de siempre –dijo el chico.

–¿Lo de siempre? –repitió Benjamín con el ceño fruncido.

Duncan asintió.

–Camisa verde, pantalones oxford violetas, ¿estás seguro?

Duncan volvió a asentir.

–Muy bien –dijo Benjamín. Entonces la tienda se esfumó y solo quedó la esfera azul dando vueltas y lanzando pitidos. Luego unos paneles de las paredes se deslizaron hacia atrás y dejaron a la vista un tablero con rayos láser, que comenzaron a escanear a Duncan. Su pijama desapareció en un instante, mientras descendían del techo decenas de cables con manos mecánicas en los extremos. Cada una sostenía un elemento diferente: tijeras, agujas, hilos, tizas, cepillos, etc., y comenzaron a trabajar sobre unos largos rollos de tela gruesa verde y violeta que se desplegaban desde arriba. Cortaron y cosieron el género hasta convertirlo en una camisa y un pantalón deportivo.

En segundos, las manos habían terminado y el pequeño espía quedó ceñido dentro de un conjunto de colores brillantes y llamativos que no lo favorecían.

–Justo como a mí me gusta –dijo Duncan al tiempo que la esfera sobrevolaba la palma de su mano. La deslizó en el bolsillo del pantalón y se dirigió al pasillo. La Criatura estaba esperándolo con expresión huraña y los puños apretados.

–Escuché lo que dijiste –gruñó–. Y me las vas a pagar.

–Primero tendrás que atraparme –dijo Duncan, y de un salto trepó hasta el techo con sus manos y pies pegajosos. Tanisha corrió tras él brincando y dándole manotazos como si fuera un insecto. Su hermano eludió la araña del comedor y disparó hacia la cocina. Se las arregló para quedar fuera de su alcance, lo que hizo enfurecer más aún a la chica.

Por suerte, los padres de Duncan lo esperaban en la cocina. Una nube de humo salía de la tostadora y Avery, su padre, vestido con botas de trabajo y overol, trataba de apagarlo con un trapo. Entretanto, Aiah, su madre, intentaba calmarlo.

–¡Duncan! –exclamó ella al verlo–. ¿Qué te he dicho?

–*No se camina por el techo*, perdón –replicó Duncan y cayó al piso–. Bien, parece que tenemos otro incendio de dimensiones descomunales.

Avery miró a su hijo con mala cara.

–Bueno, veo que esta mañana no andamos de humor –agregó Duncan mientras tomaba un control remoto de la mesa de la cocina. Pulsó una serie de números y un panel que estaba en la pared se abrió. De su interior salió volando un pequeño robot alado que llevaba un extinguidor diminuto. Este planeó sobre la tostadora y apagó las llamas. Después volvió a su compartimento secreto.

–¡Duncan! ¡Ya es suficiente! –gritó Avery–. ¡Todos estos aparatos deben irse! Tengo la sensación de estar atrapado dentro de una película de James Bond.

Aiah apretó los labios.

–Avery, no grites. No queremos que los vecinos escuchen. ¡Es una cuestión de seguridad nacional!

El señor Dewey frunció el entrecejo y bajó el tono de voz.

–El día que aceptamos que Duncan se convirtiera en espía, yo no tenía ni idea de que mi casa se vería invadida por una cantidad infinita de dispositivos electrónicos. Todo se mueve, zumba y hace *bip-bip*. Me estoy volviendo loco. Lo único que quiere un hombre por la mañana es un pan tostado, pero se necesita un doctorado en ingeniería avanzada para usar la tostadora. Bueno, se acabó. ¡Todo esto desaparece inmediatamente!

–Papá, no puedes estar hablando en serio. La tecnología mejora nuestra vida. ¡Tenemos cosas que el resto de la gente verá dentro de varias décadas! –afirmó Duncan.

–¡Todo esto es insoportable!

–Duncan también lo es y yo no escucho que nadie diga que tenemos que arrojarlo a la basura –agregó la Criatura.

–¡Tanisha! –le gritó su madre.

Duncan ignoró a su hermana.

–Miren, es fácil. Con este control remoto se puede manejar toda la casa. Primero hay que apretar el botón amarillo para activar el sistema de casa inteligente, luego se selecciona el número del aparato que se desea utilizar y, por último, se pulsa el botón verde para comenzar. Si quieren bajar las persianas de las ventanas, es amarillo, después el número siete y finalmente el verde.

De pronto, las persianas descendieron y la habitación quedó a oscuras. Al instante Duncan presionó unos botones que las levantaron nuevamente.

–Si quieren hielo, aprietan amarillo, cuatro, verde –y los cubitos saltaron desde el congelador hasta la puerta del refrigerador–. Si quieren café, es amarillo, nueve, verde –y de golpe la cafetera automática cobró vida y comenzó a lanzar un delicioso

aroma a café fresco–. Si quieren cambiar el empapelado de la pared, presionan amarillo, diecisiete, verde –y el papel de flores se enrolló en el techo y fue reemplazado por un motivo náutico muy alegre.

–¡Solamente quiero una tostada! –bramó Avery.

–Sencillo. Amarillo, cuarenta y cinco, verde, y luego puedes seleccionar cuánto la quieres tostar. Tienes diecisiete opciones desde cruda hasta muy negra. Cuando termina, el control te pregunta si deseas mantequilla o queso blanco y hay nueve variedades de dulces y mermeladas. Te recomiendo la número seis: fresa y naranja. Es alucinante.

–¡No! ¡No! ¡No! –rugió Avery tomando un termo, una lonchera y media tostada carbonizada. Le dio un mordisco e hizo una mueca de dolor–. Ya hablaremos más tarde. Tengo que irme al taller. Me esperan tres *Pontiac* que necesitan frenos y un *Chrysler* con problemas en la bomba de agua.

–¿Acaso te estás yendo de casa sin darme un beso? –le advirtió Aiah.

Duncan observó que el enojo de su padre iba disolviéndose mientras se inclinaba y besaba a su esposa en la mejilla. Luego, el señor Dewey le estampó un beso a Duncan en la cabeza y, al salir, besó a Tanisha en la frente.

–¡Papá! –se quejó la chica–. Ya soy demasiado grande.

Avery puso los ojos en blanco y atravesó la puerta a toda prisa.

–Si él tan solo leyera el manual –murmuró Duncan–. Es realmente muy claro.

–Duncan, mi amor, el manual tiene dos mil páginas –dijo su madre–. No quiero que nos malinterpretes. Tu padre está muy orgulloso de ti y de lo que haces por el país, pero él no quiere ser espía. ¿No podrías dejar algunos de tus aparatitos tecno en la escuela?

–¿Y por qué no todos? –bromeó Tanisha.

–¿Quééé? –exclamó Duncan–. Ma, eso es como pedirme que deje en la escuela mi pierna izquierda.

–Me parece que estás exagerando un poco –dijo Aiah, mientras llenaba dos tazones con leche y cereal. Agregó cucharas y luego condujo a los chicos a la mesa–. Podríamos vivir sin todos esos tontos accesorios.

Duncan se sentó y se llevó a la boca una cucharada repleta de cereal. Miró a su alrededor pensando en lo que su madre le había dicho. Vivían en una casa estilo rancho, demasiado pequeña para toda la familia. El techo tenía goteras que, durante las lluvias fuertes, demandaban la ubicación estratégica de baldes por toda la vivienda. La alfombra de la sala parecía el césped de un patio de juegos con mucho uso y la mayor parte de los muebles eran tan viejos que deberían pertenecer a un museo. Necesitaban de todos esos tontos accesorios para vivir.

Aiah le echó una mirada de complicidad a su hijo.

–Duncan, estamos muy bien –repuso, con una sonrisa que era pura luz. Duncan pensaba que ella era la persona más hermosa del planeta. Si pudieran envasar aunque solo fuera una parte de los sentimientos que él tenía al verla sonreír, ya serían multimillonarios–. Yo sé que tu intención es buena y que algunos de estos aparatos facilitan la vida, pero hazle caso a alguien que conoce a tu padre desde hace casi catorce años. Para ser un ex boxeador, tiene un carácter bastante tranquilo, es difícil hacerlo enojar. Pero si sigues impidiéndole que tome el desayuno, verás cómo estas máquinas recibirán algunos *jabs* y *uppercuts.* Todo lo que él quiere por la mañana es ver sus rostros sonrientes... –se detuvo un segundo y desvió la vista hacia Tanisha.

–¿Qué pasa? –dijo la Criatura a la defensiva.

Aiah prosiguió.

–Y una tostada. Es un placer simple, Duncan. No creo que necesitemos todo el presupuesto nacional para prepararle el desayuno.

Duncan puso cara de preocupación.

–Entonces, supongo que el Calentador de Pan RZ-481 está descartado, ¿no? Tuesta ambos lados simultáneamente utilizando rayos láser con puntas de diamante. Es de última generación.

Aiah sacudió la cabeza.

–Un tostador de diez dólares comprado en la tienda de electrodomésticos funcionaría tan bien como ese.

–Y ya que estamos en esto, ¿no querrías que yo fuera a la escuela en dinosaurio? –repuso Duncan con un suspiro.

Se oyó una bocina que venía de la calle.

–Ya llegó la tía Marcela y ustedes no terminaron de comer. ¡Dense prisa!

Duncan se estremeció. Observar comer a la Criatura le iba a provocar pesadillas. Masticaba y resoplaba tanto que era imposible no sentir pena por el cereal. De un salto se levantó de su silla.

–¿Alguna misión importante hoy? –preguntó Aiah, mientras le daba un abrazo. Había un dejo de inquietud en su voz.

–Que Dios no lo permita –mascullló la Criatura entre dos bocados–. Si el mundo depende de mofletes, entonces estamos perdidos.

Duncan ignoró a su hermana y se puso la chaqueta.

–Lo siento, mami, no puedo darte esa información. Pero te prometo que voy a tener cuidado.

2

38°53'N, 77°05'O

Albert Nesbitt no era el clásico superhéroe. Por un lado, no era un hombre musculoso con mandíbula de acero. De hecho, medía un metro setenta y tenía fácilmente unos setenta kilos de más. Su piel estaba en mal estado por comer tantos pasteles de crema, y su escaso pelo rojizo le caía por el rostro como si fuera hiedra mojada. Además, tenía treinta y siete años.

Tampoco ostentaba ningún superpoder digno de mención. No era más rápido que una bala ni más poderoso que una locomotora. No era capaz de saltar edificios altos de un brinco: apenas lograba bajarse de una silla con elegancia.

También carecía de guarida secreta. No tenía ni Salón de la Justicia ni Fortaleza de la Soledad ni Baticueva. Todo lo que poseía era el sótano de la casa de su madre, que contenía un sillón reclinable bastante apestoso, bolsas vacías de papitas fritas, una pila de un metro de altura de ropa para lavar, un colchón inflable agujereado, cajas viejas de pizza, una bicicleta fija de donde colgaba la ropa y una mesa de ping-pong sin paletas.

Sin embargo, tenía un par de cosas a su favor: una supercomputadora, construida por él con restos rescatados del basurero de la ciudad. Albert poseía una habilidad especial para investigar el funcionamiento de las cosas y mejorarlas. Su computadora era la más rápida del país.

Además, gozaba de algo que todo superhéroe necesita para combatir el mal: una identidad secreta. Verán, Albert Nesbitt, un tipo de treinta y siete años que vivía encerrado en el sótano de la casa de su madre, también era el sombrío acosador nocturno de Internet conocido como Capitán Justicia. Sentado en su sillón reclinable, navegaba por la Web en busca de delitos informáticos. Hasta el momento y sin moverse de su cueva, había detenido a una banda internacional de asaltantes de cajeros automáticos y había descubierto una estafa con tarjetas de crédito en Nigeria. Por supuesto que entrar por una ventana y golpear a un delincuente en la mandíbula sonaba genial, pero Albert tenía que ser práctico. No estaba en forma como para deslizarse por una ventana y, hasta tanto cumpliera su propósito de Año Nuevo y se inscribiera en un gimnasio, continuaría acechando el ciberespacio, listo para detener el delito electrónico dondequiera que este asomara su asquerosa cara. Desafortunadamente, el lado negativo de la cuestión era que los malos nunca llegaban a ver su disfraz *supercool*: un conjunto de látex negro y verde que incluía botas, guantes, capa y máscara. Hasta tenía en el pecho la imagen de un cursor en forma de flecha.

En ese momento, su computadora zumbaba en plena actividad. El sistema de seguridad de un banco cercano había sido violado y se había activado una alarma silenciosa. No obstante, cuando Albert consiguió averiguar la ubicación de la sucursal, la alarma ya había sido apagada. Era extraño. El hombre encendió una radio policial, que había adquirido recientemente en un remate. Escuchó que alguien anunciaba que no era necesaria la presencia de la policía en el banco. Era un 431: el código que utilizaban para una falsa alarma.

De todos modos, había algo raro. Con solo oprimir unas pocas teclas de la computadora, Albert ya estaba dentro del servidor principal de la institución. Unos segundos más y tenía controladas las cámaras de seguridad y lo que vio fue realmente insólito: un chico con enormes dientes de conejo estaba robando el banco… con la ayuda de un equipo de ardillas. Los inquietos delincuentes sostenían unas bolsas mientras los cajeros echaban, atemorizados, el dinero en su interior. Los guardias de seguridad se encontraban cerca, observando la situación sin mover un dedo. Albert nunca había visto nada igual, pero de algo estaba seguro: ese era un trabajo especial para Capitán Justicia. Desconectó el teléfono y lo enganchó a la computadora. Pulsó un botón que conectaba el aparato a Internet y luego activó un mecanismo para impedir que alguien pudiera rastrear la llamada. Entonces marcó 911.

–Novecientos once. ¿En qué puedo ayudarlo? –se escuchó del otro lado de la línea.

BANK

–Hola. Estoy en el Banco Nacional de South Arlington y lo están robando –contestó. Pudo oír un repiqueteo casi imperceptible que le confirmó que había hecho bien en preocuparse. La policía estaba tratando de localizar la llamada. Albert les contó todo lo que había visto en las cámaras y colgó. Cinco minutos después, observó cómo el chico se desprendía de la bolsa de dinero y reunía a la banda de roedores. Huyeron del banco segundos antes de que irrumpieran las fuerzas policiales. El ladrón había escapado, pero Capitán Justicia había frustrado el delito.

Orgulloso, Albert apagó la computadora y se pasó los veinticinco minutos siguientes intentando quitarse el traje. Usar látex no había sido la mejor idea.

Cuando finalmente se puso ropa de calle, trepó las escaleras del sótano hacia la cocina. Mama estaba en la mesa cortando cupones. Era una mujer baja y fornida, que usaba tacones altos y toneladas de joyas de oro a toda hora del día… incluso para irse a la cama. Llevaba el pelo rojizo recogido en una redecilla y olía a sopa de calabaza. Al verla, Albert esbozó una sonrisa forzada y luego se dio vuelta para cerrar el candado de la puerta.

–Al fin has regresado al mundo de los vivos –dijo Mama–. Ya son casi las once y media.

–Voy a salir –repuso Albert con el ceño fruncido. Mama podía ser muy criticona cuando se lo proponía.

–¿Adónde? –le gritó.

–A *El Planeta del Cómic.*

Mama produjo un concierto de suspiros.

–¿Más libros estúpidos?

–Mama, se llaman "novelas gráficas".

La mujer puso los ojos en blanco.

–Se llaman "pérdida de tiempo".

Albert no quería discutir con su madre. Ese día había hecho algo bueno. Era un héroe de verdad y, como no quería que ella le arruinara el momento, le dio un beso en la mejilla y se dirigió hacia la salida.

–Regresa antes de las seis. Cenaremos sopa de calabaza y no es rica si se enfría –rugió desde adentro.

–Tampoco es rica caliente –masculló Albert, mientras se escabullía por la puerta trasera. Minutos después pasaba zumbando por la acera en su escúter rojo oxidado mientras recibía las burlas de los chicos del barrio. A él no le importaban sus insultos hirientes. En *El Planeta del Cómic* se celebraba el día de las revistas de historietas: su día de la semana favorito.

La tienda de cómics era el mundo de los *¡Pafs!*, *¡Bums!* y *¡Bangs!* Cada estante era el hogar de buenos y malos a todo color. Había historietas de guerra, de superhéroes, de terror, de ciencia ficción, de romance. Había cómics basados en novelas como *Moby Dick* o *El corazón de las tinieblas* y hasta versiones de la vida de Jesús y Buda. Y eso no era todo. El negocio contaba con toda la parafernalia que un fanático pudiera soñar: muñecos, pósters, juegos, modelos en escala, réplicas, juguetes, camisetas y, lo más importante, gente igual a él. Cuando Albert

38°53'N, 77°05'O

traspasó las puertas del local, se encontró rodeado de personas que comían y respiraban historietas. Eran su vida y su gran amor. Esa era su gente.

Sin embargo, ese día una nube negra flotaba sobre *El Planeta del Cómic*. Un hombre extraño acechaba entre los estantes. Tenía el pelo aplastado hacia atrás con gel y una nariz que parecía haber sido abofeteada con un palo de hockey. Sus brazos eran gruesos como los troncos de los árboles y en la mano izquierda o, mejor dicho, a falta de una, tenía un garfio plateado. Daba la impresión de que se había escapado de alguna historieta.

Y no se trataba de que las personas de esa tienda fueran a rechazar a alguien por su aspecto. Lo que les disgustaba era la forma en que maltrataba los cómics. Los doblaba, los manchaba con su mano grasienta, los arrugaba con el gancho. Con una sola mano estaba convirtiendo libros flamantes en usados.

–Los héroes me desagradan –le gruñó a Albert. Su voz sonaba como una maza.

Albert ladeó la cabeza, pero no dijo nada.

–Le ofrecen al mundo tan poca cosa –continuó.

–Si te gustan los libros de villanos, hay muchos…

El hombre continuó hablando como si Albert no hubiera abierto la boca.

–¿Acaso construyen algo? ¿O inventan algo? ¿Crean máquinas que cambian el mundo? ¡No! Todo lo que hacen es romper cosas.

–Es una afirmación un poco simplista –dijo Albert.

El gorila giró hacia él y frunció el ceño.

–¿En serio? Mira las tapas de esos libros. Todos tienen un científico, un inventor o un visionario cuyos planes son destruidos por un tipo en pijama de goma. Estos supuestos héroes detestan la ciencia. Dirigen sus puños y poderes hacia los grandes pensadores. Los héroes son una amenaza. ¿Estás de acuerdo, Albert?

–¿Cómo sabes mi nombre? –preguntó.

–Sé muchas cosas acerca de ti, Albert. ¿O prefieres que te llame Capitán Justicia?

Albert sintió que una gota de sudor corría por su rostro. ¿Por qué ese hombre conocía su identidad secreta? Una vez al Hombre Araña le había ocurrido lo mismo, pero Albert no podía recordar qué había hecho Peter Parker.

–¿Qué quieres? –susurró.

–¿Yo? Nada. Es mi jefe. Desea conocerte –le contestó, entregándole una tarjeta, que estaba sujeta en el extremo del garfio–. Quiere tu ayuda. Si estás interesado, dirígete a la dirección que aparece ahí.

Con cautela, Albert quitó la tarjeta de la punta filosa.

–¿Mi ayuda? ¿Qué puedo hacer por él?

–Quiere contratarte para que le hagas un trabajo y el pago es cumplir tu mayor deseo.

–¿Y cómo puede saber él qué es lo que más deseo? –preguntó Albert, mientras observaba la tarjeta. Tenía impreso el nombre *Simon*. El gancho del matón había abierto un agujero en el medio de la "o".

–¿No es obvio, amigo? Tú quieres tener superpoderes, pero superpoderes de verdad.

3

38°53'N, 77°05'O

–Buenas tardes –dijo Duncan a la cocinera corpulenta y robusta que se encontraba detrás de la barra de la cafetería de la escuela. Tenía brazos tatuados y peludos, y estaba fumando un cigarro. Necesitaba una afeitada con urgencia.

–Buenas tardes –repuso con voz ronca–. Tengo algo muy especial en el menú que creo que te...

Duncan sacudió la cabeza y levantó una bolsa marrón de papel para que la cocinera pudiera ver el interior.

–Traje la comida de mi casa. Solo quiero una cuchara, por favor.

La cocinera se mordió el labio inferior: estaba muy orgulloso de su comida. Sí, dije "orgulloso".

Además de las recetas guardadas bajo llave, la cocinera tenía varios secretos más. La mayoría era ultraconfidencial, pero bastaría decir que no era realmente una cocinera. En verdad tampoco era una dama. No, ella –quiero decir *él*– era un espía, igual que Duncan Dewey. Pero mientras el niño deambulaba por los pasillos de la Escuela Nathan Hale vestido como un alumno normal de sexto grado, la cocinera tenía que usar delantal, peluca y redecilla. No obstante, a pesar de su desagradable disfraz, estaba feliz. Había descubierto el placer de cocinar. No sería tan divertido como –digamos– limpiar su bazuca o pelearse con un grupo de terroristas, pero le producía cierta satisfacción.

–¿Estás seguro? Hoy tenemos trucha con arándanos y alcaparras –continuó–. La trucha es un pez de carne muy sabrosa…

–No, gracias. Solo la cuchara, por favor –lo interrumpió Duncan.

La cocinera frunció la nariz y miró con desprecio la bolsa del almuerzo.

–Niño, comes demasiado de esa cosa. ¿Nunca te cansas?

Pegote sacudió la cabeza mientras la cocinera le alcanzaba el cubierto.

–¿Cómo podría cansarme del alimento más delicioso del mundo?

La cocinera le hizo una señal de despedida.

–¡Entonces vete! ¡Sal de mi cocina! –vociferó.

En el comedor, Duncan divisó de inmediato a Julio, su mejor amigo, más conocido como Pulga. Era un niño flacucho de origen mexicano, de pelo y ojos oscuros. Él también había llevado su propio almuerzo. Se trataba de una especie de sándwich hecho con dos enormes barras de chocolate con pasteles de fruta en el medio. Como guarnición, tenía dos bolas de helado con caramelo. Y, para el postre, un batido de plátanos con crema. Absorbió toda esa comida a una velocidad increíble y en pocos segundos estaba chillando y saltando en la silla como un mono.

–La cocinera es una cascarrabias –dijo Duncan.

Julio abrió la boca y escupió un chorro de palabras y sonidos incomprensibles. Siguieron algunos aullidos muy agudos, se golpeó la cabeza contra la mesa un par de veces y lanzó unas sonrisitas tontas. Finalmente, metió la mano adentro de la camisa y giró una gran perilla brillante en sentido contrario a las agujas del reloj. Eso pareció calmarlo.

–Lo siento, hoy estoy un poco acelerado –afirmó.

–¿Solo hoy? –le preguntó su compañero con una sonrisa. Hacía casi dos años que lo conocía y siempre había sido un chico hiperactivo. Por suerte, cuando Julio se convirtió en miembro de NERDS, recibió un arnés especial que transformaba toda esa energía azucarada en fuerza y velocidad sobrehumanas. También le servía para tranquilizarse cuando se encontraba al borde de un ataque hiperquinético. Sin ese dispositivo, era casi una nebulosa de nervios. De ahí su apodo: Pulga.

–¿Dónde está el resto del grupo? –preguntó Duncan.

–La última vez que los vi, Brett Bealer los estaba "escoltando" hacia el baño para su diaria inmersión en el retrete –respondió–. Tan pronto se sequen el pelo estarán de regreso.

–¿Alguna noticia del agente Brand o de la señorita Holiday? –dijo Duncan al tiempo que extraía de la bolsa su propio banquete: un sándwich de mortadela, un plátano, un recipiente con pasas de uva y una botella de engrudo. Abrió la tapa del adhesivo y lo olió como hacen los adultos con una copa de vino. Su nariz se llenó de sabores: había sido un buen año para los pegamentos artesanales. Como sabía que no debía comer primero el postre, volvió a taparlo y lo dejó a un lado.

–Nada todavía –dijo Julio–. Hoy me topé con Brand y continúa de mal humor. Ni siquiera me dirigió la palabra.

–La señorita Holiday me contó que sigue muy irritado por la traición de Heathcliff. Ella dice que él siente que nos falló por no haber descubierto antes lo que estaba sucediendo.

–Conozco a Heathcliff desde primer grado y yo tampoco lo vi venir –aclaró Julio–. Él era simplemente una caja de galletas que vino mala.

De repente, Duncan sintió un cosquilleo en la nariz. Sus ojos se pusieron vidriosos y lanzó un sonoro estornudo. Julio hizo lo mismo y luego ambos escucharon una voz familiar dentro de sus cabezas.

Pulga, Pegote, habla la señorita Holiday. Los necesitamos de inmediato en el Patio de Juegos.

El pequeño se levantó de un salto, se golpeó el pecho y rugió como Tarzán.

–Al fin una misión. ¡Pensé que tendríamos que pasar todo el día en clase!

–¡Andando! –dijo Duncan en voz alta y varios chicos de mesas vecinas, que no habían escuchado la voz, se corrieron para dejarlos pasar.

Los dos chicos salieron disparados de la cafetería. Esquivaron a varios estudiantes, se deslizaron sigilosamente delante de la mirada sospechosa del señor Dehaven, el director de la escuela, y atravesaron los corredores a toda prisa. En el trayecto, se unieron a tres chicos que corrían en la misma dirección. El primero era Jackson Jones: un niño de ojos grandes, toneladas de producto para el pelo en su cabellera rubia y los peores brackets vistos en un ser humano. Luego venía Matilda Choi: una pequeña coreana que nunca abandonaba los inhaladores. Y, por último, Ruby Peet, delgada como un alambre, con pelo rubio erizado y lentes gruesos. Se pasaba casi todo el día rascándose y evitando las millones de cosas que le causaban alergia. En ese momento, tenía las manos hinchadas como globos.

–Son malas noticias –dijo–. Estoy segura.

–¿Cómo lo sabes? –preguntó Duncan.

–Soy alérgica a las malas noticias –contestó, mostrándole las manos.

Jackson se encogió de hombros.

–Es probable que el agente Brand quiera darnos otro discurso sobre cómo debemos completar nuestros informes.

Matilda puso expresión de suficiencia y dejó pasar a un grupo de niñitos inquietos de sala de cinco.

–Dudo mucho que nos llame para llenar papeles.

–Lo haría si no hubieses escrito ni una hoja desde que te convertiste en agente –dijo Jackson con una sonrisa traviesa.

Matilda se rio pero, cuando captó la mirada de desaprobación de Ruby, se puso seria. Su amiga no estaba muy feliz de tener a Jackson en el equipo de NERDS. Él había sido el chico más popular de la escuela hasta que le pusieron los aparatos de ortodoncia, y aún seguía siendo un poco arrogante.

–Espero que sea una misión –dijo Duncan–. Hay unos nuevos dispositivos tecnológicos que quiero probar.

–¿A quién le importan esos dispositivos? –dijo Matilda–. Yo estoy ansiosa por aplicar mis nuevas técnicas de combate.

Doblaron la esquina y frenaron en seco. La banda de matones liderada por Brett Bealer –el ex mejor amigo de Jackson– les bloqueaba el camino.

–Bueno, bueno, bueno –dijo Brett–. Pero miren ustedes a la pandilla de nerds. ¿Qué están haciendo en mis pasillos, lelos?

–¡Los pasillos no son tuyos! –gritó Ruby.

Como respuesta, la banda de Brett rodeó a los chicos como una manada de lobos buscando los flancos débiles.

¡Pegote! ¿Dónde están tú y el resto del equipo?, sonó la voz de la señorita Holiday dentro de su cabeza. *El agente Brand está especialmente malhumorado esta tarde. No lo hagan esperar.*

Vamos en camino, murmuró Duncan. Luego volteó hacia Brett.

–Ruby, él tiene razón. Creo que no corresponde que estemos vagando por aquí como si tuviéramos derecho de hacerlo. Debemos recibir un castigo por nuestra conducta.

–¿Qué? –gritó Matilda.

–Duncan, me parece que estás llevando un poco lejos eso de comportarte como un buen chico –agregó Jackson.

Brett se rascó la cabeza como si acabara de abrir un rompecabezas de diez mil piezas y no tuviera la más mínima idea de cuál era la imagen que tendría que armar con ellas.

–Tal vez deberías encerrarnos en esos armarios –sugirió Duncan, señalando una fila de lockers cercanos.

–Ah, ya entiendo –le dijo Jackson, con un guiño de complicidad en la mirada–. ¡Sí, eso será una buena lección!

–¡Buena idea, inútil! Amigos, sujétenlos –dijo Brett mientras tomaban violentamente a Duncan y a sus amigos de los brazos, de los cuellos y de la ropa interior, y los introducían a los empujones en los armarios. Después cerraron las puertas de un golpe.

Para un chico normal, quedar aprisionado dentro de un locker sería la peor de las humillaciones, pero Duncan, Julio, Ruby, Matilda y Jackson no eran chicos normales y, ciertamente, esos lockers tampoco. En el techo del cubículo donde estaba Duncan titiló una luz azul y se oyó una voz femenina.

–Bienvenidos, agentes. Prepárense para ser transportados al Patio de Juegos.

El piso desapareció y Duncan salió disparado hacia abajo, dando vueltas y vueltas a través de tubos, rampas y curvas hasta que se desplomó en un sillón de cuero en el centro de una gigantesca cámara subterránea.

En la sala había científicos con batas blancas de laboratorio, que trabajaban en experimentos complicados que iban más allá de toda imaginación: mascotas robots, loncheras explosivas, calzado deportivo con silenciador y hasta un nuevo prototipo para respirar bajo el agua llamado Chicle Submarino. Con razón el lugar se llamaba Patio de Juegos. Para Duncan era el paraíso: estaba lleno de inventos geniales y gente brillante que amaba la ciencia y la tecnología tanto como él. Cuando cumpliera dieciocho años tendría que abandonar NERDS, pero ya estaba pensando en conseguir un trabajo ahí como investigador.

Muy pronto llegó el resto del equipo y cada uno aterrizó en su propio sillón. Estaban sentados alrededor de una mesa de vidrio que constaba de miles de cables, circuitos y luces intermitentes. En el centro tenía un orificio. Duncan metió la mano en el bolsillo y extrajo la esfera azul, llamada Benjamín. Esta se elevó por el aire y quedó suspendida en el centro, justo encima del hueco.

–Comencemos –dijo una voz a sus espaldas. Al darse vuelta se encontraron con un tipo alto de esmoquin. Se llamaba Alexander Brand y, en una época, había sido el agente secreto más importante del planeta: elegante, audaz y asombrosamente guapo. Era el hombre al que el gobierno recurría para los trabajos más arriesgados. Más tarde fue herido durante una misión y se vio obligado a usar bastón para moverse: su vida como espía había alcanzado un final abrupto. Sin embargo, su mente era tan peligrosa como alguna vez había sido su cuerpo, de modo que resultó la persona ideal para convertirse en el Director del Núcleo de Espionaje, Rescate y Defensa Secretos. A pesar de todo, era evidente que no se hallaba muy cómodo manejando un grupo de superespías de sexto grado.

Duncan sentía mucha curiosidad por Brand. Era un misterio para él. Había utilizado a Benjamín para intentar rastrear información acerca del agente, pero no había encontrado nada. Ninguna pista sobre cómo había sido el accidente, dónde se había criado ni cuáles eran los nombres de sus padres. Era como si el tipo no existiera y, aunque el chico estaba tentado de ingresar en el archivo de Brand del gobierno, sabía que el ex espía se pondría furioso si se enteraba. No era el tipo de persona a quien le gustara compartir. De hecho, hablaba muy poco, a menos que, por supuesto, estuviera enojado, lo cual sucedía muy frecuentemente.

–Bueno, jefe, ¿cuál es el problema...?

Brand levantó las manos para callar a Ruby.

–Heathcliff Hodges.

Los chicos se miraron en profundo silencio.

–Está de vuelta –dijo el agente.

–Eso no es posible –comentó Ruby, rascándose frenéticamente la pierna. Era alérgica a los imposibles.

–Erizo de Mar tiene razón –respondió Jackson–. Yo lo vi caer al océano. No pudo haber sobrevivido.

–Aparentemente, nadie se lo comunicó a Heathcliff –dijo el director–. Benjamín, ¿serías tan amable de volver a pasar la grabación que recibimos del banco?

La esfera azul, que seguía sobrevolando la mesa de vidrio, emitió unos extraños pitidos y súbitamente doce monitores descendieron del techo y comenzaron a lanzar destellos. Las pantallas mostraron a un jovencito que llevaba una máscara negra con una calavera blanca, vaciando el dinero de las cajas junto con una banda de ardillas. El chico se quitó la máscara y mostró sus grandes dientes de conejo. Duncan observó cómo los guardias de seguridad y los rehenes se calmaban y seguían sus órdenes como si fueran ovejas.

–*Aaarakhhjijj* –dijo Julio, y luego giró la perilla del arnés–. Lo siento, demasiada azúcar en el almuerzo. ¿Cuántos bancos robó?

–Este es el quinto atraco –intervino otra voz familiar. Desde uno de los pasadizos avanzó una mujer despampanante de pelo rubio y ojos azules. Tenía puesto un suéter de cachemira y una falda de lana. Llevaba unos lentes muy elegantes apoyados en su pequeña nariz. La señorita Holiday era la bibliotecaria de la escuela, pero también la especialista en información–. Según las declaraciones de los cajeros, estimamos que ha robado unos cientos de miles de dólares. También hipnotiza a los clientes para que vacíen sus cuentas a través de los cajeros automáticos.

–¿Por qué no ingresa directamente a la bóveda? –preguntó Matilda–. Allí está guardada la mayor parte del dinero.

–Los sistemas modernos de seguridad de los bancos han convertido a las bóvedas en lugares casi impenetrables. Eso del guardia con una porra ya se ha vuelto obsoleto –respondió la agente.

Duncan había leído muchos libros y revistas sobre ese tema. Le fascinaba la forma en que funcionaban los sistemas de seguridad.

–Si Simon decidiera robar la bóveda –explicó Pegote–, primero se encontraría con un muro de acero bloqueándole la salida y luego un gas adormecedor lo dejaría inconsciente hasta que los policías pudieran arrestarlo. Si lograra superar todo eso, muchos bancos poseen un sistema que arroja la bóveda varios metros bajo tierra, de modo que le resultaría casi imposible escapar.

–¿Para qué creen que ese mequetrefe quiere el dinero? –intervino Matilda.

–No es un problema de dinero –contestó Jackson.

–¿Y entonces qué es? –repuso Ruby.

–Escúchenme –dijo Jackson. Nadie abrió la boca. Diente de Lata era un experto en acaparar la atención ya que había sido el chico más popular de la escuela–. Si estuvieras tratando de pasar desapercibido, no robarías un banco con una banda de ardillas. Él quiere que lo veamos, que sepamos que está vivo y que tiene un nuevo plan entre manos.

HAS VUELTO.
MUY BIEN.
AHORA COMENCEMOS TU ENTRENAMIENTO COMO AGENTE SECRETO. ¿QUÉ? ¿QUIERES SABER CUÁNDO VAS A APRENDER LAS COSAS MÁS DIVERTIDAS, COMO SALTAR DE UN AVIÓN EN LLAMAS, DISPARAR UNA BAZUCA DESDE UN JET SKI O DERRIBAR A UNO DE LOS MALOS CON UN GOLPE DE KARATE? ALTO... TIENES QUE CALMARTE, AMIGUITO. PRIMERO, CONCENTRÉMONOS EN UNA DESTREZA BÁSICA QUE TODO ESPÍA DEBE POSEER: LA HABILIDAD PARA LEER Y ESCRIBIR MENSAJES SECRETOS.

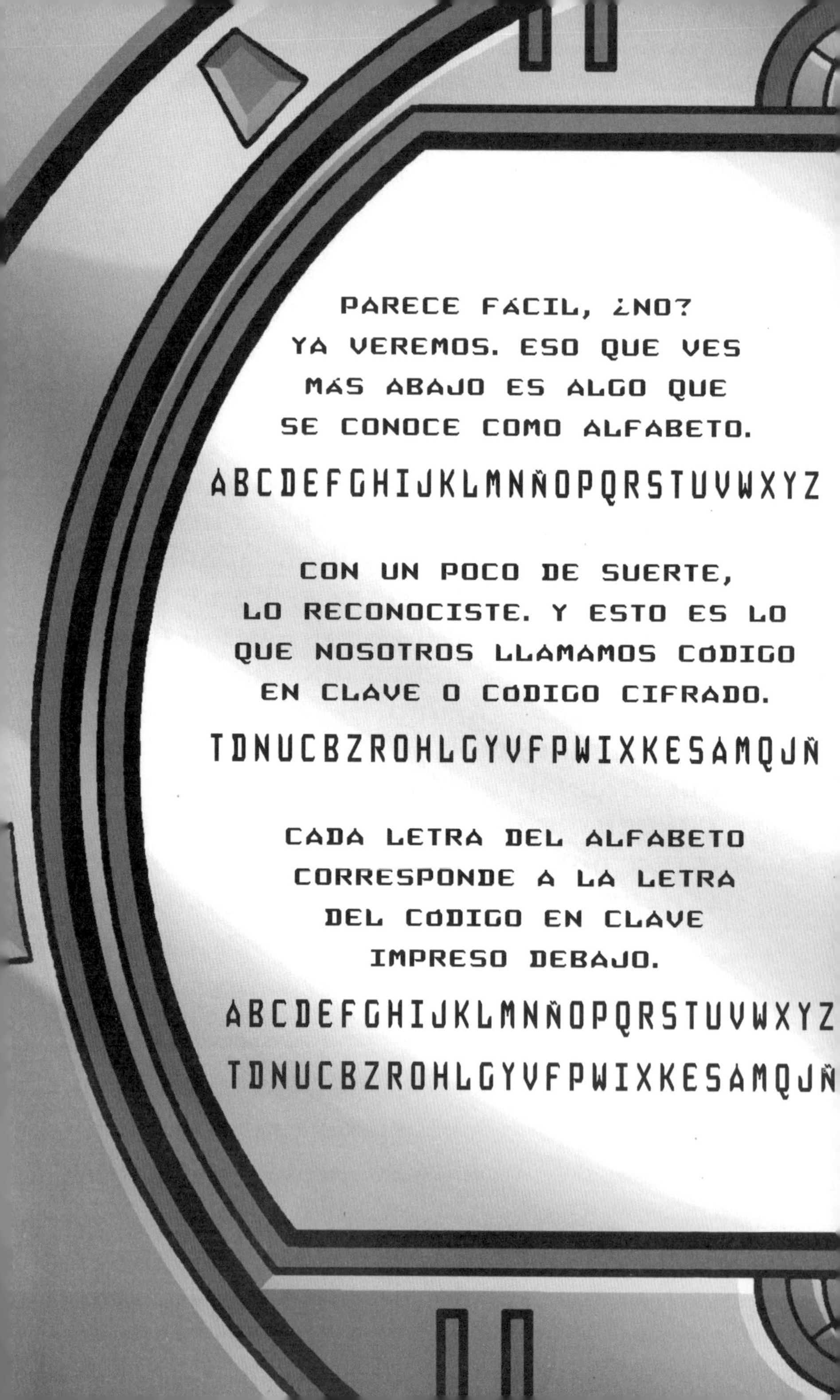
PARECE FÁCIL, ¿NO?
YA VEREMOS. ESO QUE VES
MÁS ABAJO ES ALGO QUE
SE CONOCE COMO ALFABETO.
ABCDEFGHIJKLMNÑOPQRSTUVWXYZ
CON UN POCO DE SUERTE,
LO RECONOCISTE. Y ESTO ES LO
QUE NOSOTROS LLAMAMOS CÓDIGO
EN CLAVE O CÓDIGO CIFRADO.
TDNUCBZROHLGYVFPWIXKESAMQJÑ
CADA LETRA DEL ALFABETO
CORRESPONDE A LA LETRA
DEL CÓDIGO EN CLAVE
IMPRESO DEBAJO.
ABCDEFGHIJKLMNÑOPQRSTUVWXYZ
TDNUCBZROHLGYVFPWIXKESAMQJÑ

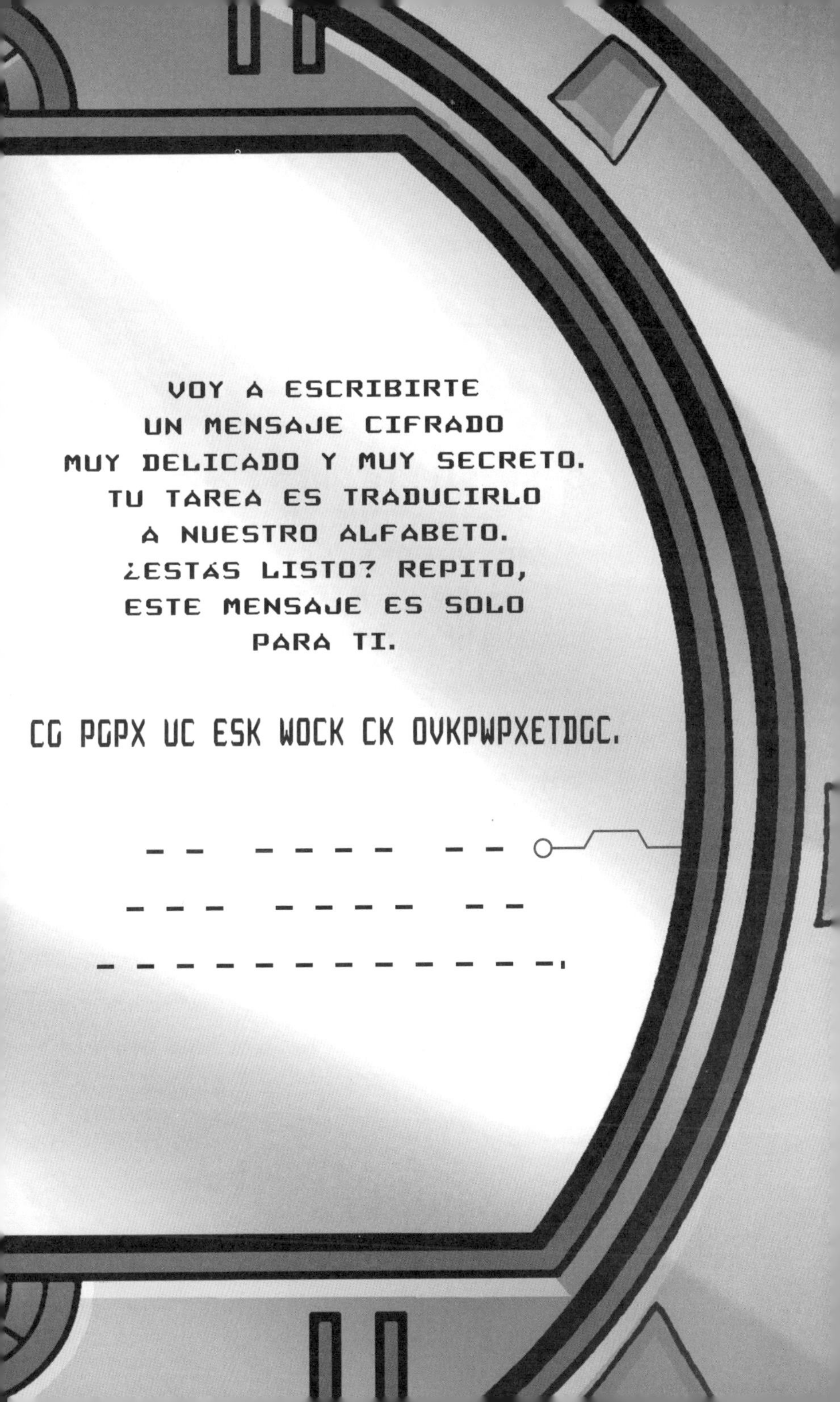
VOY A ESCRIBIRTE
UN MENSAJE CIFRADO
MUY DELICADO Y MUY SECRETO.
TU TAREA ES TRADUCIRLO
A NUESTRO ALFABETO.
¿ESTÁS LISTO? REPITO,
ESTE MENSAJE ES SOLO
PARA TI.
CG PGPX UC ESK WOCK CK OVKPWPXETDGC.

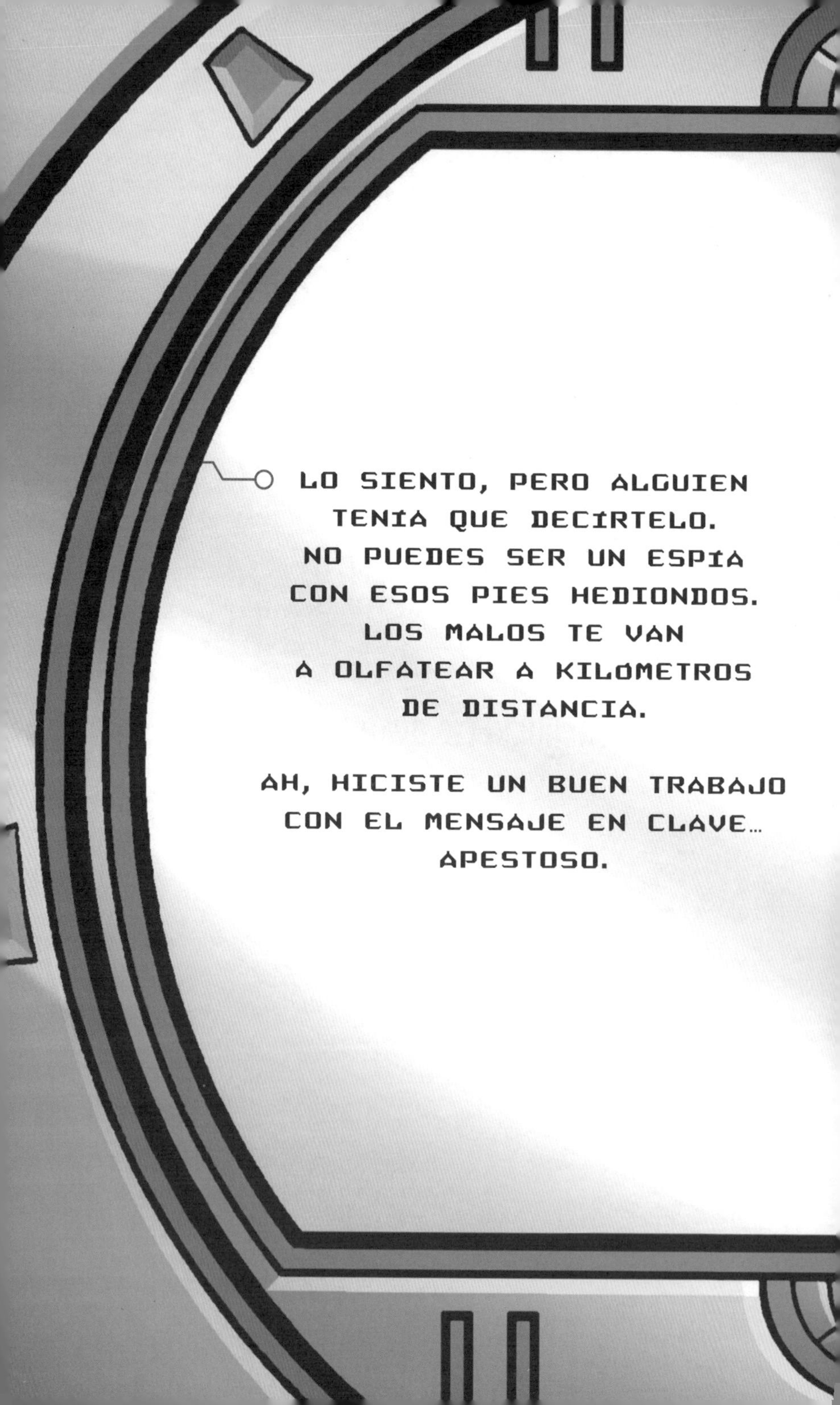

LO SIENTO, PERO ALGUIEN
TENÍA QUE DECÍRTELO.
NO PUEDES SER UN ESPÍA
CON ESOS PIES HEDIONDOS.
LOS MALOS TE VAN
A OLFATEAR A KILÓMETROS
DE DISTANCIA.

AH, HICISTE UN BUEN TRABAJO
CON EL MENSAJE EN CLAVE...
APESTOSO.

NIVEL 2
ACCESO CONCEDIDO
COMENZANDO TRANSMISIÓN:

4

38°53'N, 77°05'O

Albert miró la tarjeta y luego levantó la vista hacia la entrada abandonada del Jardín Botánico de South Arlington. El lugar llevaba cerrado casi una década y estaba habitado solo por alimañas. Él lo había visitado varias veces cuando era chico. Había sido un sitio maravilloso, pero ahora estaba en estado completamente salvaje. Alguien había forzado la verja, que estaba apoyada contra una pared. Cualquiera podía entrar.

–No puede ser aquí –dijo Albert, y verificó los datos de la tarjeta. No había ningún error.

Se preguntó si habría sido víctima de alguna broma de mal gusto. En *El Planeta del Cómic* había personas a las que podría considerar como sus rivales. Una vez había mantenido una acalorada conversación con Iván Purlman sobre quién había sido el mejor *Batman*: Michael Keaton, Christian Bale o Val Kilmer. ¿Acaso Iván habría tramado esa broma ridícula para desquitarse?

A Albert siempre le había resultado difícil tener amigos y la culpable de eso era su madre: Mama y sus estúpidos planes. Cuando él tenía apenas tres meses, ella había confeccionado una lista donde proyectaba todo su futuro. Algunos de los puntos más destacables eran: a los diez años, ganar el Concurso de Ortografía; a los catorce, participar del Campamento Espacial; a los dieciséis, admisión temprana en una de las mejores universidades; a los veintiuno, hacer un doctorado y, a los veinticinco, casarse con una mujer que ella le presentaría, y darle una gran cantidad de nietos.

Mama había planeado cada uno de los posibles obstáculos e incluso había llegado a asignarle, a los quince, un corto período de lucha adolescente por la independencia. Supuso que Albert necesitaría solo un par de semanas para entrar en razón y comprender que debía confiar ciegamente en ella.

De qué forma su pequeño bebé llegaría a ser esa persona exitosa era algo que no estaba del todo claro, por lo tanto, se dedicó a observar qué planeaban para sus hijos los vecinos del barrio. El padre de Tommy Beacon hamacaba a su pequeño mientras lo empujaba hacia una carrera como biólogo marino. La madre de Nikki Mock le preparaba el camino a su hija para que fuera Ministra de Educación. Los padres de Mark Killian hacían dormir a su vástago con un guante de béisbol. Mama se dio cuenta de que le convenía elegir pronto, pues de lo contrario todas las buenas carreras estarían ocupadas. De modo que, después de mucho reflexionar, decidió que Albert sería un brillante científico y, como lo quería tanto, se lanzó a lavarle el cerebro para que se consagrara únicamente a esa actividad.

Cada noche, cuando el pequeño esperaba con ansiedad el cuento de las buenas noches, Mama renunciaba a *Pulgarcito* o a *El gato con botas* por la teoría de la relatividad de Einstein o la última novedad acerca del cambio climático. Eliminó todos los juguetes de la habitación y la llenó de microscopios, fósiles y momias egipcias. Colgó de la pared la tabla periódica de elementos y le hizo un móvil para la cuna con sus rocas volcánicas favoritas.

Las fiestas significaban otra buena oportunidad para sumergir al niño en su futura carrera. Todas las Navidades, Albert se levantaba temprano y se encontraba con que Santa Claus le había dejado en el árbol un mechero Bunsen o una placa de Petri. Para Pascua, en vez de hacer una búsqueda del tesoro con los huevos de chocolate, el niño desenterraba tubos de ensayo que Mama escondía en el jardín trasero. La Noche de Brujas era el momento ideal para disfrazarse de los distintos tipos de científicos. A los siete, Albert fue paleontólogo y acarreó un hueso de plástico de dinosaurio. A los diez, se convirtió en geólogo y fue de casa en casa arrastrando un trozo de cuarzo. A Mama no parecía importarle que el disfraz de su hijo fuera cada año prácticamente igual al del año anterior.

Pero fue recién cuando Albert cumplió los trece que Mama descubrió que la verdadera vocación de su hijo era... la informática. La revelación no fue porque el niño mencionara o hiciera alguna insinuación al respecto. De hecho, Albert había mostrado muy poco interés por las computadoras, pero su madre había escuchado lo que ganaba un magnate de la computación y le regaló una *laptop* a su hijo el día del cumpleaños.

Para gran satisfacción de la señora, Albert se enganchó de inmediato. En pocos meses, conocía todos los secretos de la nueva máquina: las placas de red, los bytes y los códigos binarios. Al poco tiempo, había desarmado el aparato y lo había vuelto a armar para que fuera no solo más eficiente, sino también mucho más poderoso.

Mama no podía estar más feliz. Maravillada por su astucia, se relajó mientras se preguntaba si no debería escribir un libro sobre cómo convertir a los jóvenes en hombres exitosos. Desafortunadamente, su sueño pronto se haría pedazos. A pesar de la cuidadosa planificación, hubo una distracción que la tomó desprevenida y arruinó años de trabajo. No fueron las mujeres: el pobre chico tenía un físico desastroso, que raramente exponía a la luz del sol, menos aún a la mirada de aprobación del sexo opuesto. Tampoco fueron los automóviles: ella había visto decenas de madres perder a sus hijos por los coches modificados o las motocicletas, y no había permitido que las revistas especializadas entraran en su casa. No, lo que arrojó por tierra sus más preciados anhelos fueron los cómics. A los quince años, un vecino le prestó a Albert el número159 de la historieta del *Hombre Araña*. El chico la leyó de principio a fin y luego la volvió a leer una y otra vez. Al principio, Mama no le prestó mucha atención. Después de todo, en ese ejemplar había un personaje llamado *Doctor Octopus*

–conocido también como *Doctor Pulpo*– que tenía un doctorado. La señora Octopus debía sentirse muy orgullosa.

Por desgracia, el *Hombre Araña* fue solo el comienzo de la obsesión de Albert. Cuando devolvió la gastada historieta, le dijeron que de ahí en adelante tendría que comprarse las suyas propias. Sin demora, regresó a su casa y con un martillo rompió su alcancía, que estaba repleta de dinero para pagar la universidad. En un instante, dilapidó los sueños de Mama en *Batman*, *Linterna Verde*, el *Increíble Hulk*, los *Cuatro Fantásticos*, los *X-Men*, los *Vengadores* y, por supuesto, *Superman*. Albert devoró todo lo que la tienda de cómics tenía a la venta y pasaba los fines de semana patrullando las ferias de libros usados en pos de números atrasados de *Capitán América* y la etapa de oro de la *Liga de la Justicia*. Muy pronto el *Doctor Octopus* así como el *Doctor Fate*, el *Doctor Doom* y el *Doctor Strange* ocuparon más espacio en su imaginación que el Doctor Nesbitt, futuro experto en computación.

Mama estaba aterrorizada. Si su pequeño no llegaba a ser el dueño de una empresa multinacional de software, ¿de qué presumiría ante Linda Caruso, su vecina? Esta había estado preparando a su hijo para la carrera de abogacía, vistiéndolo con traje y corbata y recorriendo la ruta del vino durante las vacaciones. Si Albert no abandonaba esa ridícula fascinación por libros raros, ¡Linda la miraría siempre con desprecio! Había que hacer algo drástico.

Una mañana, cuando Albert se encontraba en la escuela, Mama empacó su colección de historietas y la sacó a la calle. Mientras contemplaba cómo los empleados de la basura arrojaban las cajas en la parte trasera del camión, se dijo a sí misma que le estaba haciendo un favor. Algún día, volando alrededor del mundo en un avión privado, su hijo se acordaría de ella y le daría las gracias.

Cuando Albert regresó a su casa y descubrió lo que su madre había hecho, se subió a su escúter y salió a toda prisa por la ciudad hasta dar con el camión recolector de basura que había robado su tesoro.

Al día siguiente, después de recuperar las historietas del basurero municipal, mudó todas sus pertenencias al sótano e hizo colocar una puerta blindada. A partir de ese momento, la relación con su madre fue distinta. Hablaban muy de vez en cuando y solo durante las comidas. Más de veinte años después, él seguía ahí abajo. Mama ignoraba a qué se dedicaba, sin embargo, cuando encontró los microscopios en el cesto de basura, renunció a sus sueños de tener un hijo científico.

A pesar de su aspecto y su olorosa guarida secreta, Albert no era perezoso y le estaba dando buen uso a su capacitación científica. Había llevado adelante cientos o, quizás, miles de experimentos con una sola meta: adquirir verdaderos superpoderes. Había bombardeado a las arañas con radiación y, en vez de trepar por las paredes, solo consiguió ir al hospital. Se había rociado con deshechos tóxicos esperando realzar sus sentidos, pero terminó siendo refregado con cepillos de acero por hombres con trajes de protección ante materiales peligrosos. Incluso había intentado construir un traje de acero para volar, pero solo logró quedar atrapado durante varios días en su interior.

Ahora, frente al jardín derruido con la reja oxidada y la maleza crecida, Albert mantuvo un debate consigo mismo. ¿Debía dar media vuelta y evitar hacer el ridículo o, en cambio, debía escuchar el rítmico llamado del destino? Eligió el destino y atravesó la entrada del jardín botánico. Adentro parecía una selva. Como nadie podaba los árboles, estos habían cubierto todos los senderos, borrando el parque y convirtiéndolo nuevamente en bosque. Las ramas se habían ido entrelazando unas con otras hasta crear un exuberante dosel verde que no dejaba pasar el sol. De los techos y ventanas de varias de las construcciones brotaban árboles. Y había ramas desparramadas por todo el lugar.

De golpe, una escalera de cuerda cayó del cielo y se estrelló contra su cabeza. Levantó los ojos para saber quién había sido el culpable y divisó al hombre que había conocido en la tienda de cómics, que lo observaba desde lo que parecía ser una enorme casa en el árbol.

–El jefe está esperando –dijo el matón.

–¿Allá arriba? –preguntó Albert, contemplando la cuerda con reservas.

–Sí. Y es muy impaciente –respondió el gorila.

Con una expresión de duda en el rostro, Albert trepó la escalera lo mejor que pudo. No fue sencillo: gruñó y resopló, emitió un par de gemidos, hasta que finalmente llegó arriba y el hombre lo ayudó a ponerse de pie. Quedó asombrado con lo que vio: un palacio hecho con ramas entrecruzadas, que se extendía hasta perderse en la distancia. Habían construido un piso firme en donde vivir. Tenían muebles fabricados con elementos de la naturaleza, y otros fáciles de encontrar en cualquier tienda: no faltaban ni camas ni un refrigerador ni un microondas. Y hacia donde mirara, Albert veía ardillas, decenas de ellas, brincando de árbol en árbol mientras llenaban los huecos de las ramas con hojas y basura. Estaban haciendo un nido gigante.

–Jefe –llamó el matón, sin prestar atención al desconcierto de Albert.

De repente, un reflector se encendió e iluminó a una figura pequeña cubierta con una máscara. Estaba sentada en un sillón de respaldo alto con un tazón de nueces delante. Había levantado la máscara lo suficiente como para poder comer, dejando a la vista dos dientes delanteros monumentales, como estacas de una cerca blanca de madera. Albert no podía despegar los ojos de ellos.

–Albert Nesbitt, encantado de conocerte –dijo el enmascarado entre dos bocados. Su voz era juvenil, como la de un chico–. Soy Simon.

Albert lo miró atentamente.

–Pero eres un niño.

Las ardillas parecieron notar su menosprecio. Saltaron sobre él y comenzaron a arañarle la cara y las manos. Cayó al suelo implorando clemencia.

–¡Cálmense, secuaces! –gritó Simon y los animalitos regresaron deprisa al sillón–. Te ruego que las perdones. Me protegen mucho. Después de todo, Albert, me has provocado bastantes dolores de cabeza últimamente. Has estado interfiriendo en mis asuntos.

Se dio cuenta de inmediato de que se refería al asalto al banco. Estaba listo para salir huyendo cuando el bravucón lo sujetó del hombro con su mano gigantesca, inmovilizándolo por completo.

–Bienvenido a mi guarida secreta –exclamó el pequeño con una sonrisa–. Es solo temporal. Tan pronto como consiga los fondos, construiré algo un poquito más permanente y con muchas menos termitas. Por ahora, es el escondite perfecto y mis amigas están felices –explicó Simon. De repente, una de

las ardillas trepó a su hombro y le profirió unos chasquidos al oído. El chico rio como si acabara de escuchar un chiste comiquísimo.

–¿Qué quieres de mí? –preguntó Albert.

–Relájate, no tienes por qué ponerte histérico. Si quisiera lastimarte, mi colega ya se habría encargado de hacerlo –dijo el jefe–. Mira, creo que empezamos con el pie izquierdo y en realidad yo soy un gran admirador tuyo.

–¿Un admirador? ¿Por qué?

–Bueno, quizás la palabra *admirador* no sea la más apropiada. Tú eres un desastre pero tu mente es verdaderamente increíble. Para detenerme a mí, se necesita alguien de gran intelecto y tú te las arreglaste para hacerlo con una computadora construida en el sótano de tu casa.

–Soy bueno con la tecnología –repuso con modestia.

–Ya lo sé y se trata de un talento que me podría resultar de mucha utilidad. Albert, quisiera contratarte. Necesito que fabriques algo para mí con esa mente alucinante que posees. Puedo pagarte muy bien. Mi amigo ya te informó lo que te ofrezco a cambio, ¿no es cierto?

–Me dijo que podías darme superpoderes –dijo Albert, escudriñando a la mole para ver si detectaba algún indicio de que hubiera mentido.

–Es verdad. Tengo acceso a una máquina que puede quitarte las debilidades y convertirlas en fortalezas. Con todos los defectos que tienes podrías llegar a ser un individuo increíblemente poderoso. Podrías transformarte en un verdadero superhéroe, Albert. Aunque yo espero que reconsideres la posibilidad de hacer una carrera como supervillano. Puede ser muy gratificante.

Al instante, se encendió un monitor de televisión, que estaba instalado en un árbol, y apareció una imagen borrosa.

–Me gustaría mostrarte algo... –continuó Simon, mientras la imagen se ponía en foco.

Albert no sabía bien qué era lo que estaba contemplando. Parecían miles de abejas electrónicas correteando en un extraño enjambre luminoso. Las observó mejor y entonces comprendió de qué se trataba: no eran criaturas vivientes sino robots diminutos. Cuanto más miraba, más grande se le abría la boca.

–¿Acaso son...?

–Nanobytes –respondió Simon.

–Los científicos vienen desarrollándolos desde hace más de una década, pero lo que tú tienes ahí va mucho más allá de la ciencia actual. ¿Cómo? ¿Dónde? –balbuceó Albert.

–Todo te será revelado a su debido tiempo. De todos modos, ¿no preferirías saber qué pueden hacer?

Albert sonrió: adoraba los misterios, especialmente aquellos que tuvieran que ver con la informática.

La imagen se fue alejando hasta que los mini robots se volvieron cada vez más pequeños. Cuando la cámara se detuvo, todo lo que Albert vio fue un par de gigantescos dientes.

–¿Esas cosas están dentro de tu boca? –exclamó Albert.

Simon lanzó una carcajada.

–Sí, fueron implantados en mis dos dientes delanteros. Crean un fenómeno alucinógeno que hipnotiza a las personas.

–¡Puedes controlar la mente con los dientes!

–Su capacidad ha sido incrementada gracias a una pasta de dientes alucinógena que, combinada con mi encanto y atractiva apariencia...

–Si puedes controlar a las personas, ¿para qué me necesitas? –interrumpió Albert–. Solo debes mostrar tus dientes y la gente hará lo que tú digas. Todo lo que siempre has deseado lo tienes al alcance de la mano.

–No todo, mi estimado amigo. Los nanobytes no me sirven para llevar a cabo mi venganza. Verás, en esta ciudad existe un chico con tecnología muy similar a la mía y quiero aniquilarlo.

–¿Por qué no envías a este tipo? –sugirió Albert, señalando al gorila.

–¿Y dónde estaría la diversión? Yo quisiera que mi enemigo dudara de sí mismo y de todo aquello que ama. Escúchame bien, amigo mío, lo que destruye a un hombre no son los puños ni los superpoderes, sino la falta de confianza en sí mismo. Albert, tú me ayudarás a destruir a este cretino y, una vez que lo hayas hecho, tendrás tus superpoderes.

–¿Este chico ha cometido algún delito? ¿Es una mala persona?

–No, en realidad es muy simpático –contestó Simon sacudiendo la cabeza.

–Pero si yo te ayudara a destruirlo, me convertiría en un villano –repuso Albert.

El niño asintió con la cabeza.

Albert buscó en su mente algún superhéroe que hubiera comenzado su carrera como villano antes de dedicarse a combatir el delito.

–No estoy muy seguro de esto. ¿En qué consistiría mi ayuda?

–Gracias a los nanobytes puedo dominar la mente de todo ser viviente que fije los ojos en mis dientes. Quiero que fabriques un dispositivo que me permita hacer lo mismo con las computadoras.

Cuando tenga a la gente y a la tecnología bajo control, habré obtenido las herramientas necesarias para vencer a mis enemigos y gobernar el mundo –concluyó Simon. Entonces comenzó a reír histéricamente y las ardillas se unieron a él.

–Un momento, pensé que solo querías destruir a un chico –dijo Albert–. No me dijiste que querías dominar el mundo.

Los ojos de Simon brillaron bajo la luz del reflector.

–Mi querido Albert, soy un genio diabólico. Mi objetivo siempre será dominar el mundo. Vamos, no te pongas mal. Me parece que es muy poco lo que tienes que pagar por tus superpoderes, ¿no crees?

5

38°53'N, 77°05'O

Como a la mayoría de los profesores de gimnasia, al entrenador Babcock le encantaba torturar a sus alumnos. Sentía que había fallado en su tarea si los chicos no aullaban pidiendo clemencia. A menudo alardeaba de tener un récord: el de haber causado los ataques de nervios más impresionantes de todas las escuelas de la zona en una sola tarde. Utilizaba formas clásicas de tortura, como levantamiento de pesas, lucha libre, flexiones y lagartijas, carreras de larga distancia, trepar la cuerda, carreras cortas en velocidad, pulseadas y algún juego ocasional de "quemado" (la pelota mojada hacía un ruido terrible cuando golpeaba a algún chico y dejaba una enorme marca roja). Pero su tormento favorito era tan horroroso y maléfico, que conducía a los alumnos al borde de la locura: se trataba de su propia versión de la danza tradicional "Square dance" o "Baile de cuadrillas".

Durante seis semanas del año escolar sus alumnos tenían que pasar por todos los giros y balanceos de esa danza. Babcock consideraba que era la forma más vergonzosa e incómoda de bailar y un método ideal para preparar a sus alumnos para el sufrimiento despiadado que les brindaría la vida. En realidad, esa danza no era otra cosa que una excelente metáfora de la existencia: te zamarreaban de un lado al otro y justo cuando creías que habías logrado zafarte, volvían a arrastrarte adentro del baile. Estaba convencido de que les estaba haciendo un favor a los niños.

Pero no podía continuar con la lección si la alarma de tornados seguía sonando durante la Vuelta al Mundo (otro de los famosos pasos de su baile), como estaba sucediendo en ese momento. Babcock miró por la ventana el cielo azul y lanzó un suspiro. Arlington tenía más amenazas de tornados que cualquier otro lugar donde él hubiera estado, y todas eran falsas alarmas. Pensó ignorar la sirena y continuar con la tarea pero, si realmente venía el huracán y alguno de los niños volaba por el aire, tendría que enfrentar *otra* audiencia disciplinaria. Desanimado, ordenó a los chicos que se dirigieran en silencio hacia el sótano para ponerse a salvo. El gimnasio quedó vacío, al son de la música de violines y banjos que venía de un antiguo tocadiscos.

Cuando todos se retiraron, una mano delgada levantó la púa del disco polvoriento y la música se detuvo. Lisa Holiday trabó las puertas del salón y luego hizo lo mismo con la salida de emergencia. Una vez que estuvo segura de que no hubiera miradas indiscretas, corrió por el piso recién encerado marcando el ritmo de cada paso con sus tacones altos. Al llegar a la cuerda que colgaba de la viga del techo, la aferró con fuerza y le dio tres rápidos tirones. De inmediato, el motor de una máquina retumbó bajo sus pies al tiempo que una luz verde empezaba a titilar en la pared. El techo se retrajo lenta y silenciosamente dejando ver el brillante cielo azul.

–Todo despejado –anunció. Al instante giró uno de los muros y el salón se llenó de científicos de batas blancas y de un equipo de mecánicos con overoles naranjas y capuchas. Después una parte del piso se deslizó y lentamente fue asomando un gigantesco jet espacial. Estaba pintado de amarillo, como un autobús escolar, y tenía dos grandes alas y una nariz con forma de aguja. Los mecánicos le adosaban unos enormes tubos de combustible, mientras los científicos abrían los paneles de control y ajustaban el motor.

Por último, el agente Brand entró rengueando al gimnasio con la ayuda de su bastón. Detrás de él, venían Duncan, Ruby, Matilda, Jackson y Julio.

Duncan sonreía. Adoraba el Autobús Escolar. Había visto innumerables películas de espionaje con héroes glamorosos, ¡pero ninguno de ellos tenía un jet espacial! Corrió hasta él y enseguida subió por el costado como una araña. Un científico que se encontraba verificando la nave desde un elevador, al ver al niño se tropezó del susto. Por suerte, Matilda andaba zumbando por ahí con sus superinhaladores y logró sujetarlo en medio de la caída. Luego, lo depositó en los brazos fornidos de Julio.

–Perdón –dijo Duncan tímidamente.

El hombre puso cara de pocos amigos. Luego le gritó al chico y se marchó enojado a presentar una demanda oficial.

Los brackets de Jackson se proyectaron fuera de su boca y lo elevaron hasta donde se encontraba Duncan.

–No te preocupes por eso –le dijo–. Yo tengo un archivo, lleno de quejas, tan gordo como la guía telefónica. ¿Qué pueden hacernos?

–Pueden deducir las multas de tu sueldo –acotó Ruby desde abajo.

–¡Qué! ¿Nos pagan? –exclamó Jackson.

–Chicos, ya llamamos a la cocinera y despegaremos de un momento a otro –anunció la señorita Holiday desde la base–. Regresen aquí, pues tengo que prepararlos para la misión.

Duncan se deslizó por el flanco del avión y Jackson descendió al piso para reunirse con sus compañeros.

–¿Adónde vamos? –indagó Ruby.

–Edimburgo, Escocia –respondió el agente Brand–. Nuestro amigo Simon ha retomado sus travesuras delictivas. Nos han informado que está intentando robar el Banco Real de Escocia, pero obviamente, ustedes cinco van a detenerlo.

–Denlo por hecho –dijo Ruby con confianza.

–Y luego le voy a aplicar uno de mis golpes de karate –repuso Matilda.

–Es hora de lanzar este pájaro al aire –bramó la cocinera mientras ingresaba de prisa al gimnasio–. Tengo un comedor repleto de preescolares hambrientos y no tienen ni idea de lo mal que pueden ponerse si los hago esperar el día que hay pizza –subió corriendo a la plataforma y saltó a la cabina.

Unos segundos después, los motores echaban llamas azules y un rugido atronador surcaba el aire.

La señorita Holiday y el agente Brand condujeron a los niños a bordo y los ayudaron a ajustarse los cinturones. Al instante, el jet espacial despegó hacia la estratósfera dejando atrás el gimnasio, que pronto se convirtió en un punto diminuto del otro lado de la ventanilla.

–¿Qué te parece el nuevo Autobús Escolar? –le preguntó la señorita Holiday a Duncan.

El espía esbozó una gran sonrisa. Habían perdido al viejo cohete cuando el grupo trataba de impedir que el doctor Rompecabezas destruyera el mundo. La nueva nave era diez veces más rápida. A diferencia de un avión, el Autobús Escolar no volaba a través del horizonte para unir dos puntos terrestres. En cambio, se elevaba muy arriba en el espacio, esperaba que el planeta girara y luego descendía a toda velocidad hacia el punto deseado. Ese método les permitía viajar a cualquier lugar de la Tierra en muy poco tiempo. Incluso, podían cumplir con una misión durante las horas de clase.

–Es una máquina alucinante y muy eficiente –respondió Duncan–. He leído acerca de la cantidad de combustible que consume y es impresionante, ¡gasta lo mismo que un auto mediano!

–¡A mí me encanta la comida! –exclamó Pulga, abriendo cuatro paquetes de caramelos que se encontraban debajo de su asiento.

Duncan se encogió de hombros: no podía pretender que su compañero de equipo se entusiasmara con la tecnología tanto como él. Los demás miembros del grupo tampoco estaban muy interesados en conocer el mecanismo de las herramientas que usaban, siempre y cuando estas funcionaran. Ruby se manejaba bien con las computadoras, pero su *notebook* de bolsillo con un procesador de última generación era para ella solo una *laptop*. Duncan, sin embargo, consideraba que las máquinas, por pequeñas y simples que fueran, eran un milagro. Estaba maravillado con la imaginación que se requería para diseñarlas. Habían sido fabricadas con una gran cantidad de amor y pasión, acompañados de una chispa de genio. Las máquinas eran verdaderos sueños hechos realidad.

Pero sus compañeros se sorprenderían si supieran que Duncan no siempre había sido un fanático del conocimiento y la tecnología. De hecho, unos pocos años antes, había sido un estudiante regular, en una escuela regular, en un barrio regular. Como alumno de cuarto grado de la Escuela Elmhurst (una institución famosa por sus problemas de disciplina y atestada de maestros exhaustos) él vagaba por los corredores como un fantasma. Era tímido y, debido a que sus padres le habían enseñado a respetar a los maestros, los pocos amigos que tenía pensaban que era un chico raro. Ya estaba en grave peligro de ser ignorado por completo cuando de la noche a la mañana se convirtió en una celebridad. Todo ocurrió por casualidad durante la clase de Arte de la señora Corron. Ese día, mientras Duncan trabajaba frenéticamente en un retrato de su madre realizado con semillas, su compañera René Seal olfateaba una masa informe de pegamento seco que había encontrado en su escritorio. Un bromista llamado Kevin Houser, vecino de banco de la niña, le pidió que se la comiera. Ante su negativa, Kevin recurrió al mejor medio de coacción que un alumno de cuarto grado podía tener: la desafió en público.

Los chicos contuvieron la respiración pues todos sabían lo que significaba un desafío. Si René se negaba, sería la deshonra de la clase, hasta podrían llegar a negarle la palabra. Pero una segunda olfateada a la masa viscosa le dejó claro a René que era mejor quedarse sin amigos que comer pegamento y se rehusó a hacerlo. Triunfante, Kevin echó una mirada al aula en busca de otra víctima.

–¿Y tú, Duncan? ¿Te consideras lo suficientemente valiente como para comer engrudo?

Duncan sacudió la cabeza. Estaba muy ocupado intentando colocar una lenteja en el lugar correcto para que su mamá no pareciera un cíclope.

–Te propongo un doble desafío –dijo Kevin, y de inmediato todos los chicos de la clase abandonaron lo que estaban haciendo. Un doble desafío era una de las mayores apuestas. Para algunos, la tensión de la situación podría provocar pesadillas y camas mojadas.

Duncan observó el pegamento y luego echó un vistazo a la clase. Hasta la señora Corron estaba sentada en el borde del asiento mordiéndose las uñas. Nunca le habían prestado tanta atención en su vida. Todas las miradas estaban puestas en él. Si se acobardaba, recibiría más burlas de lo habitual. No podía dejar de hacerlo. Tenía que ser valiente. Levantó los hombros, manoteó la bola pegajosa del escritorio y se la llevó a la boca. Luego la masticó y la tragó ante un concierto de *¡Puaaajjj!*

–No puedo creer que lo hayas hecho –dijo Kevin, perplejo–. Te apuesto que no lo haces otra vez.

–¿Y qué gano yo?

–Cinco dólares –respondió Kevin.

Duncan se estiró y tomó la botella de la mesa. Desenroscó la tapa, la volcó en su boca y se relamió.

Otro estruendoso *¡Puaaajjj!* se extendió por la sala. La señora Corron casi se desmaya.

–¡Págame! –exigió Duncan.

Kevin metió la mano en el bolsillo y le entregó un billete arrugado de cinco dólares. El chico no parecía estar enojado por haber perdido su dinero ni tampoco humillado; más bien lucía como si se hubiera ganado la lotería. De allí en adelante, se pegó a Duncan, bueno... como un poderoso adhesivo. Desfiló con el gordito por toda la escuela, haciendo alarde de su gusto peculiar en materia de gastronomía. Lo convirtió en su espectáculo personal y ofreció repetir el incidente de la clase de arte a quien estuviera dispuesto a pagar por verlo. Ante la sorpresa de Duncan, muchísimos chicos se interesaron. Hacían seis shows por día en armarios de limpieza vacíos, en baños y en la sala de calderas. Hasta daban funciones de matiné en el patio de juegos los sábados y domingos.

–¡No se pierdan al increíble Pegote: el chico que come engrudo!

Kevin se quedó con una parte inusualmente elevada de las ganancias, el setenta y cinco por ciento, pero a Duncan no le importó. Era una estrella, el centro de atención: algo que nunca hubiera creído posible. Además, a él le gustaba comer pegamento. Era suave como el flan, pero con sabor a leña. Kevin le dijo que si los chicos llegaban a enterarse de que comer esa pasta pegajosa le resultaba placentero, sería la ruina del espectáculo. Él no quería que alguien los imitara y tener que compartir el éxito. Por lo tanto, Duncan fingió detestarlo.

Sin embargo, al poco tiempo el acto carnavalesco de Kevin y Duncan atrajo la atención del director, quien, a su vez, advirtió a Avery y Aiah. Los padres de Duncan escucharon los detalles del burdo negocio mientras contemplaban a su hijo como si de pronto le hubieran brotado seis cabezas. Al día siguiente, comenzaron a buscar una casa en otro distrito escolar, lejos de la Escuela Elmhurst y de Kevin Houser.

Nathan Hale era una de las mejores escuelas públicas del estado y estaba enclavada en una zona muy arbolada que ofrecía a la familia la posibilidad de comenzar de cero. La hipoteca era elevada pero, si los padres de Duncan ahorraban y economizaban hasta el último centavo, podrían sobrevivir. La lucha por reencaminar a su hijo por la buena senda justificaba el esfuerzo. Por desgracia, lo que Avery y Aiah no sabían era que el listo Kevin tenía un primo en Nathan Hale que se llamaba Brett Bealer. Kevin le había contado a Brett acerca de las preferencias de Duncan por los adhesivos pero, a diferencia de su pragmático pariente, Brett usó la información para burlarse de Duncan y no para beneficiarse. Antes de que el chico pudiera hacerse amigos, ya le habían asignado toda una serie de apodos malvados: Pasta, Pegajoso, Colaloca. Y la lista seguía indefinidamente. Era como si alguien hubiera borrado de un plumazo la posibilidad de escribir un nuevo capítulo en la vida de Duncan.

Así siguieron las cosas hasta que un mediodía, en la cafetería de la escuela, se le acercó un jovencito con los dientes delanteros más colosales que él hubiera visto jamás.

–¿Tú eres el chico que come engrudo?

Duncan asintió, con la cara roja de vergüenza.

–Me llamo Heathcliff Hodges. Represento a un grupo de personas que quieren conocerte. Creemos que tienes el talento necesario para ser un héroe.

Tiempo después, el rostro de Heathcliff lo atormentaba. El chico de las enormes paletas había sido quien lo había reclutado para formar parte del equipo y había colaborado en su entrenamiento. Duncan se había sorprendido más que ninguno ante la traición de Heathcliff y se había quedado muy triste. No le agradaba la idea de tener que enfrentar a su antiguo amigo nuevamente.

–¿Cómo sabemos que Heathcliff está robando ese banco? –preguntó Jackson.

–Los informes de la policía sostienen que hay decenas de ardillas correteando en su interior. También encontraron un sendero de cáscaras de nueces en la vereda –contestó el agente Brand.

–*BEEORRJJSHT* –gritó Pulga y luego movió la perilla del arnés. Los caramelos le habían provocado un estado de sobreexcitación–. Me parece que se trata de nuestro chiflado ex compañero.

No se preocupen. Nosotros nos encargaremos de él. Y, esta vez, nos aseguraremos de atraparlo.

–Señorita Holiday, un poco de información sobre nuestro destino, por favor –dijo Brand.

Lisa se levantó, se acomodó la falda y luego pasó la mano por un censor. A sus espaldas, aparecieron un panel con monitores y un mapa de Escocia.

–Escocia forma parte del Reino Unido. Está formada por 790 islas y tiene una antiquísima cultura que data del período Neolítico.

–Mmm, ¿el período qué? –preguntó Jackson.

–La Edad de Piedra –bufó Ruby–. ¿Es que nunca haces la tarea?

–¿Para qué? Con mi atractivo natural es suficiente –respondió Jackson, sacándole la lengua.

La señorita Holiday continuó la explicación.

–Gran parte de la historia de ese país está llena de disputas domésticas y también de guerras con su vecino del sur, Inglaterra. La población tiene un fuerte sentimiento nacionalista y no es raro ver a los habitantes vestidos con el atuendo tradicional escocés llamado *kilt*.

La pantalla de la computadora mostró a un hombre con falda llevando un maletín.

–El escocés actual usa esa prenda como una muestra de orgullo nacional y como parte de su vestimenta formal. Si uno se encuentra a alguien con *kilt*, debe comportarse en forma respetuosa. Hay que ser un hombre fuerte y valiente para andar con falda en medio del frío glacial escocés.

–Eso significa que están prohibidas las sonrisitas tontas –añadió Ruby mirando a Jackson.

–Chicos, Holiday tiene razón –intervino la cocinera desde la cabina–. Mi padre era escocés y a nadie se le habría pasado por la cabeza burlarse de su *kilt*.

–Nos dirigimos al Banco de Escocia, situado en Picardy Place, cerca de la calle Princes, en Edimburgo, la ciudad capital. Es uno de los bancos más antiguos de Europa: data del siglo diecisiete –explicó la bibliotecaria–. Pueden imaginarse que una entidad que viene funcionando desde hace tantos siglos tiene que haber aprendido un par de cosas acerca de la seguridad. El sistema que posee es uno de los más avanzados del mundo: sensores de calor y de movimiento; vigilancia las veinticuatro horas del día; una bóveda que caería en una fosa de treinta pisos si alguien accediera sin permiso.

–Salió publicado el mes pasado en la *Revista de Sistemas de Seguridad*. Tiene tecnología de última generación –agregó Duncan.

–Solo a ti se te podría ocurrir leer una publicación sobre sistemas de seguridad –comentó Matilda, con una sonrisa burlona.

–Lo que quiero decir es que habría que ser un genio para robar ese banco –dijo Duncan, encogiéndose de hombros.

–Desafortunadamente, Conejo es un genio –mascull ó el agente Brand–. Tendrán que ser más listos que él.

–¿Alguno de ustedes tiene la sensación de que acá hay algo raro? –dijo Ruby.

–¿Qué es lo que te preocupa, Erizo? –preguntó Brand.

–Como ustedes saben, soy alérgica al pescado y también a las cosas que huelen mal. Mis pies se hincharon y me pica la garganta: hay algo sospechoso en todo esto. ¿Por qué Simon trataría de asaltar el banco más seguro que existe, en el centro de una gran ciudad, en una calle muy transitada, sabiendo que lo estamos vigilando?

–Yo me estaba preguntando lo mismo –dijo Duncan.

Brand sacudió la cabeza en señal de inquietud.

–Todo esto no me gusta nada. Simon… Heathcliff… Conejo –o como se llame– es peligroso e imprevisible. Si yo pudiera mandar a agentes con más experiencia…

–¿Con más experiencia? –chilló Ruby. El resto del grupo emitió gruñidos de desacuerdo.

–¡Basta! –gritó Brand–. Lo que quiero decir es que ese chico era amigo de ustedes y es posible que intente usar eso a su favor. Pero recuerden, ya no es más su amigo. Creo que los hechos ocurridos el año pasado demuestran que no se lo puede tomar a la ligera. Cuando estén dentro del banco, mantengan los ojos bien abiertos por si se trata de una trampa. Y también cuiden a sus compañeros. No quiero perder a otro miembro del equipo.

–Estamos sobre la zona de salto –anunció la cocinera desde la cabina–. Si pasan por una carnicería, tráiganme uno de esos famosos embutidos escoceses de cordero. Creo que a los estudiantes les encantará.

La señorita Holiday abrió un compartimento, tomó cinco chaquetas de colores diferentes y las distribuyó entre los chicos.

–¿Qué es esto? –preguntó Jackson.

–Son los Rompevientos LX-919. Lo último en tecnología. A diferencia del paracaídas tradicional, este no requiere un embalaje meticuloso. Una vez que lleguen a los seiscientos metros, la chaqueta se va a expandir para poder atrapar el aire que se encuentra debajo de ustedes. Flotarán como una pluma y, una vez que hayan aterrizado, no tienen que rastrear el paracaídas o guardarlo. Al tocar el suelo, se pliega solo y vuelve a convertirse en una chaqueta.

–¡*Guau!* –exclamó Duncan pasmado.

–A Pegote lo vuelve loco la tecnología –rio Pulga.

–El Rompevientos también los mantendrá abrigados en las alturas. El viento puede ser bastante fresco en las tierras altas de Escocia –advirtió Holiday–. No quiero que mis amorcitos se congelen.

–¿Amorcitos? –masculló Matilda.

La mujer se sonrojó. No podía controlar su sentimiento maternal.

–Quiero decir *agentes.*

Pulga sonrió de oreja a oreja y le guiñó un ojo.

–Yo puedo ser tu amorcito.

Jackson se colocó el Rompevientos.

–¿Este accesorio será realmente seguro? No estoy muy convencido de querer arrojarme hacia la muerte. No recuerdo que estuviera entre las condiciones para ser espía.

–Son los mejores paracaídas que existen –le aseguró la señorita Holiday–. Cuando estén a trescientos metros del suelo, solo tienen que jalar de los cordeles que se encuentran debajo de la chaqueta y la correa aire-tierra quedará activada.

–La *correa aire-tierra* no suena mejor que "un paracaídas grande y lindo" –repuso Jackson.

–Vamos, Diente de Lata, los paracaídas son una antigüedad –dijo Duncan golpeando sus manos. Se moría de ganas de probar el nuevo accesorio.

Mientras los chicos se ponían el equipo, el agente Brand abrió la escotilla y una intensa ráfaga de viento ingresó en la nave.

–¡Erizo, como siempre, tú lideras el grupo! –gritó Brand por encima del estruendo–. Ubícate en el techo del banco y presta mucha atención a cualquier movimiento. Utiliza las habilidades de los otros miembros del equipo para encontrar y arrestar a Simon. ¡Ten cuidado! Los demás, ¡no se separen y estén atentos!

–Delo por hecho, señor –dijo Ruby.

–Señor Brand, ¿alguna palabra de aliento para nuestros héroes? –preguntó la señorita Holiday.

El director frunció el ceño. Duncan sabía que el hombre no era de los que daban discursos sentimentaloides ni arengas. A pesar de los constantes esfuerzos de Lisa para lograr que fuera más cálido con los chicos, el tipo apenas abría la boca.

Comenzó a resoplar y a gruñir hasta que finalmente dijo: "No se dejen matar".

–Ahora sí me siento motivada –exclamó Matilda y saltó al cielo azul. Pulga fue el siguiente, al grito de "hombre bala". Luego le tocó el turno a Ruby, seguida por Jackson, quien utilizó sus últimos minutos a bordo para rogarle a la mujer que le consiguiera un paracaídas de verdad. Duncan era el último.

–Pegote, sé que tú eras muy amigo de Heathcliff –le advirtió Brand–, pero usa la cabeza. Ahora es el enemigo.

–Por supuesto, señor –respondió, apartando las preocupaciones de su mente–. Sé cuál es mi trabajo. Lo detendremos.

Se lanzó al vacío y al instante sintió la fuerza del viento en el cuerpo. La gravedad lo empujó hacia abajo a toda velocidad. A lo lejos divisó a sus compañeros, que parecían diminutas manchitas negras que caían como gotas de lluvia. De repente, escuchó un sonido metálico dentro de la cabeza y, a continuación, la voz de Ruby. Había activado el sistema de comunicación que todos tenían implantado en la nariz, el mismo que los hacía estornudar cuando eran convocados al Patio de Juegos.

Chicos, este es el plan: Ráfaga y Diente de Lata, ustedes estarán a cargo de controlar a la multitud que se encuentra dentro del banco. La policía cree que hay entre noventa y cien personas en el interior. Por favor, tengan mucho cuidado. Delante de los rehenes, traten de usar sus habilidades lo menos posible. Es difícil ser agente secreto si el secreto sale a la luz. Pulga, tú serás el encargado de hacernos entrar.

¿Cómo?, preguntó el niño.

Te abrirás paso en el edificio con golpes de karate.

¡Alucinante!, gritó. *Ahora mismo empiezo a comer golosinas para juntar energía.*

Pegote, tú serás nuestro observador invisible. Quiero que te arrastres por el techo sin que nadie te vea y busques el objetivo. Ya conoces el procedimiento: si detectas a Simon, no te acerques a él hasta que alguno de nosotros pueda ayudarte. Yo voy a estar en el techo, vigilando el edificio y suministrándoles información. Como siempre, manténganse en contacto entre ustedes.

Hum, yo estoy un poco preocupado con mi Rompevientos, intervino Jackson. *Parece una chaqueta y, hasta ahora, se está comportando como tal.*

Cállate la boca, campeón, o te lo perderás, dijo Matilda.

¿Qué cosa?

El momento en que atravesemos la barrera del sonido, contestó la niña con una sonrisita tonta. Hubo una tremenda explosión sónica en el cielo y el suelo comenzó a acercarse hacia ellos a una velocidad sorprendente. El Rompevientos de Duncan se expandió y atrapó el aire en su interior, haciendo más lento el descenso, como si se tratara de una semilla de diente de león flotando en el viento.

Es genial, ¿no crees?, dijo Duncan.

Sí, realmente genial. Creo que perdí mi almuerzo hace seis mil metros, gruñó Jackson.

Prefería cuando íbamos más rápido, repuso Pulga. Metió la mano en el bolsillo y sacó una bebida energizante. Se la tragó y luego miró la lata como si fuera a devorársela.

Estamos llegando a los trescientos metros, avisó Ruby. *Prepárense para jalar de las cuerdas.*

Seiscientos, dijo Matilda.

Quinientos cincuenta, prosiguió Duncan. *Sería mejor tomarnos de los brazos.*

Todos los chicos habían recibido entrenamiento en caída libre con paracaídas y habían realizado cientos de saltos individuales y en tándem. Dado que sabían muy bien cómo maniobrar en el aire, con unos leves movimientos del cuerpo, formaron un círculo y entrelazaron los brazos.

Ahora traten de apuntar los pies hacia la tierra, advirtió Duncan, continuando con las instrucciones.

Quinientos metros, dijo Jackson.

Duncan miró hacia abajo y divisó un distrito comercial muy concurrido y una serie de rutas que se entrecruzaban en todas direcciones como gusanos.

Cuatrocientos ochenta, anunció Matilda.

Prepárense, ordenó Ruby.

Hum, ¿qué pasa si esto no funciona?, preguntó Jackson.

¡Nos estamparemos contra el suelo!, chilló Pulga y se echó a reír.

Cuatrocientos cincuenta… cuatrocientos… trescientos cincuenta, OK, chicos, ¡activemos las correas!, gritó Ruby.

Los agentes tironearon de las cuerdas ubicadas en la parte inferior de las chaquetas. Duncan sintió que algo salía disparando y, al mirar hacia abajo, vio un cable que se sacudía en forma de espiral en dirección a la terraza de un edificio. Su extremo se clavó como una flecha en el tejado del Banco Real de Escocia. El cable estaba tan tenso que parecía el tubo de los bomberos. Duncan se deslizó por él hasta que sus pies se apoyaron en el techo del banco. El Rompevientos volvió a transformarse en chaqueta y el cable, en una correa.

Pulga fue el segundo en aterrizar. Después Jackson y Ruby. Matilda tuvo un mal descenso, derrapó por el techo y casi sigue de largo, de no haber sido por Duncan que la sujetó del brazo con fuerza.

–Gracias, te debo una –dijo Matilda, mientras su chaqueta se replegaba.

–No hay problema –repuso su amigo.

Ruby abrió su *laptop* y la pantalla se iluminó.

–Perfecto, ya tengo conexión y estoy abriendo los planos del banco. Parece que hay tres niveles. El primer piso está ocupado principalmente por oficinas, en la planta baja están los cajeros y el subsuelo es un hueco de diez metros de profundidad. Pegote tenía razón. Si te metes con esa bóveda, más vale que te consigas una pala. Los sensores térmicos satelitales muestran que los clientes están echados en el piso y hay una figura deambulando por el banco.

–¿Cómo entramos? –preguntó Jackson, mientras se quitaba el Rompevientos.

–Ese es un trabajo para el pequeño maníaco –respondió Ruby.

Pulga esbozó una sonrisita traviesa y engulló tres barras de chocolate de una sola vez. Masticó con avidez y tragó. El arnés despidió una luz azul: se estaba cargando de combustible para convertirse en un agente superfuerte.

–¡Soy todopoderoso! –bramó el niño, golpeándose el pecho.

–Ya está listo –anunció Jackson.

Pulga se arrodilló y, con la mano desnuda, comenzó a aplicar golpes de karate en el techo. Se escuchó un crujido y un gran trozo de material cayó en el interior de la construcción, despidiendo una nube de polvo y escombros.

–Ingenioso –acotó Matilda.

–Entra de una vez –ordenó Ruby, frunciendo el entrecejo.

Matilda encendió sus inhaladores y se elevó en el aire. Cuando los apagó, se desplomó por el agujero como una piedra. A último momento, volvió a activarlos hasta aterrizar sin problemas. Pulga se introdujo de un salto, afirmándose en sus dos pies con agilidad gatuna.

–Creo que me toca a mí –dijo Jackson, mientras los odiosos brackets se arremolinaban dentro de su boca. Al instante, dos piernas flacas y enormes se proyectaron hacia afuera y lo depositaban en el interior.

–Pegote, es tu turno. Explora las habitaciones y mantenme informada. Una vez que hayas encontrado a Heathcliff, te enviaré a los otros para que te ayuden. Nada de heroísmos, ¿OK? Quiero que lo atrapemos entre todos.

Duncan se quitó los zapatos bruscamente, se puso en cuatro patas y gateó por el hueco. Con los dedos pringosos se aferró al techo y se deslizó en el interior del banco. Se desplazó con mucha cautela y a toda velocidad por el largo corredor, de una puerta a la otra. Tras varios minutos de búsqueda, se comunicó con Ruby.

No hay nadie en el primer piso.

Comprendido. Ve a la planta baja, le indicó la líder.

Duncan bajó los peldaños de puntillas y luego trepó a una pared hasta quedar, una vez más, cabeza abajo. Se topó con una puerta abierta que daba al vestíbulo del banco y la cruzó. Ahí se encontró con los rehenes que Ruby le había mencionado. Unas cien personas estaban acostadas boca abajo con las manos en la cabeza. Algunas sollozaban y otras parecían sentirse mal. Un guardia fornido, vestido con *kilt* verde, estaba esposado a un pesado escritorio sin poder moverse. Pero no eran los rehenes lo que más preocupaba a Duncan, sino las ardillas. Habría unas diez ubicadas encima de la gente cual pequeños centinelas roedores. Otras arrastraban bolsas de dinero hacia la entrada y las apilaban junto a la puerta. Otro grupo inspeccionaba las billeteras y sustraía las joyas directamente de las manos de las aterrorizadas víctimas. Duncan había visto muchas cosas raras a lo largo de su vida, especialmente desde que se había convertido en espía, pero esto iba mucho más allá.

Pegote, quiero información, exigió la voz de Ruby.

Hay ardillas, murmuró. *Por todos lados.*

Sí, Brand se refirió a ellas. ¿Cuántas son?

Treinta. Tal vez más.

¿Rastros de Simon?, preguntó Ruby.

Duncan echó una mirada por todo el recinto.

No, no está en el salón principal. Hay algunas oficinas hacia la… espera. Se oyen gritos.

Siguió el ruido y pronto se encontró en la oficina de la gerencia. Una mujer regordeta de traje elegante estaba agachada en el suelo. Era pelirroja y tenía pecas.

–Haz lo que quieras pero no lograrás violentar la bóveda –chilló con un marcado acento escocés–. Aunque te diera los códigos, necesitarías a otros dos gerentes para abrir la puerta y ellos están de vacaciones. Junta lo que tienes y vete.

Duncan no podía ver a Simon, pero tenía delante de sus ojos lo que parecía ser una pistola de rayos salida de una película de ciencia ficción.

Hay un arma extraña apuntando a la gerenta, murmuró Duncan. *No estoy lo suficientemente cerca como para adivinar qué es. ¿Puedes escanearla?*

La estoy viendo, pero sea lo que sea, está interfiriendo con el satélite, dijo Ruby. *Quédate donde estás. La gerenta del banco está en peligro. Voy a mandar al resto del equipo.*

–No necesito que me des los códigos –dijo alguien dentro de la habitación. Duncan se sobresaltó. Esa no era la voz de Simon. Sonaba más bien como la de un adulto–. La computadora misma me los facilitará.

El hombre oculto y misterioso apuntó el arma hacia la máquina y apretó el gatillo. La pantalla se volvió loca: letras y números comenzaron a bailar frenéticamente por el monitor. Luego, la computadora emitió una serie de pitidos y la puerta de la bóveda se abrió lentamente.

–¿Cómo lo hiciste? –gritó la mujer.

–Es un secreto. ¡Ardillas! –vociferó el hombre y, antes de que Duncan pudiera reaccionar, un ejército de peludos delincuentes irrumpió en la oficina. Ingresaron rápidamente en la bóveda con las bolsas, las llenaron hasta el borde con dinero, bonos y joyas, y luego arrastraron el botín de regreso al salón central junto con el resto.

Erizo, no sé de quién se trata, pero no es Simon. Es un tipo grande y acaba de disparar el arma, susurró Duncan. *Parece haber afectado la computadora y logró abrir la bóveda.*

No recibió respuesta, solo oyó un extraño sonido de interferencia.

Por favor, Erizo, contéstame. ¿Estás allí?

Seguía sin responder. Duncan decidió acercarse. De pronto, se sintió muy enfermo. Se le revolvió el estómago y notó que tenía la cara muy caliente. Le picaban las manos y los pies y, antes de saber qué estaba pasando, sus dedos se despegaron del techo. Cayó al lado de un hombre que tenía varios kilos de más y llevaba un disfraz verde y negro.

–El jefe me advirtió sobre ti –dijo el asaltante, muy nervioso. Duncan nunca había conocido a un villano tan falto de confianza en sí mismo–. Supongo que si tú estás aquí, los otros estarán en camino. Ardillas, tomen lo que puedan. ¡Tenemos que irnos!

–¿Quién eres? –le preguntó Duncan, mientras se incorporaba. Detrás de la máscara, pudo distinguir unas cejas rojas y un rostro lleno de pecas, pero nada más.

–Capitán Just… ¿sabes algo? No importa quién soy –respondió.

Sin dejar de apuntar a Duncan con la pistola de rayos, comenzó a arrear a la tropa peluda hacia la salida y se fue tras ella. El agente quiso fijar al hombre a una pared, pero no logró activar correctamente los adhesivos de sus manos. La habilidad parecía funcionar pero, al segundo, se desvanecía.

–Niño, entra en la bóveda –le ordenó el extraño.

Indefenso, Duncan obedeció. No tenía idea de lo que podía hacer esa extraña pistola, pero era bastante inteligente como para no querer averiguarlo. Una vez que estuvo dentro, el ladrón apuntó al pecho del chico. Hubo un destello de luz y Pegote tuvo la sensación de que ya no controlaba su cuerpo. Las manos y los pies producían la sustancia pegajosa que le permitía caminar por las paredes, pero a un ritmo alarmante. Brotaba de él como si fuera, literalmente, una manguera de jardín. Trazó un círculo alrededor de sus pies y quedó pegado al piso. En segundos, ya no podía moverse. Había sido atrapado como un ratón.

–Lo siento, pequeño –dijo el hombre, y disparó el arma contra la bóveda.

Incapaz de actuar, Duncan contempló cómo la puerta se cerraba en forma hermética y luego, con una sacudida repentina, la bóveda se desplomaba. El rufián había detonado el sistema de seguridad. Duncan estaba clavado dentro de una bóveda que acababa de precipitarse diez metros bajo tierra.

6

55°57'N, 03°11'O

–Jefe, ¿le gusta lo que está viendo? –preguntó Albert.

En un minúsculo cibercafé de la calle Princes, Simon estaba siguiendo los acontecimientos con su *laptop*. El lugar estaba lleno de personas mediocres que escribían obras de teatro y novelas épicas. Peor aún, los clientes no dejaban de observarlo sorprendidos ante el atuendo de capa y máscara. ¿Acaso nunca antes habían visto a un cerebro diabólico? Decidió ignorarlos: no iba a permitir que arruinaran ese buen momento. ¡El invento de Albert había funcionado! Unos breves disparos y computadoras, máquinas y cualquier otra cosa que tuviera inteligencia electrónica se inclinaban ante su voluntad. Y lo mejor de todo: había hipnotizado a los nanobytes que se encontraban dentro de Duncan, su antiguo amigo, inutilizándolos.

–Es impresionante –respondió Simon–, sin embargo, me gustaría saber en dónde están… –en ese momento escuchó el grito de guerra de Pulga por el monitor–. ¡Cuidado, Albert! –le advirtió al hombre de la pantalla. Pero ya era demasiado tarde. Su hiperactivo ex compañero de equipo se dirigía raudamente hacia Albert en forma de una colorida nebulosa. Pulga se detuvo, sujetó al hombre por una de sus gruesas piernas y lo levantó por el aire como si fuera algodón.

–¡Atrapé al malo! –cantaba el chiquitín.

–Bájame ya –le exigió Albert. Pero, ante la negativa de Pulga, le apuntó con su pistola de rayos y apretó el gatillo. De inmediato, el niño soltó su presa y se miró las manos con incredulidad. Luego, empezó a correr totalmente fuera de control hasta que se estrelló de cabeza contra una pared y se desplomó, inconsciente.

–¿Qué le hiciste? –aulló una voz familiar. Simon escudriñó la pantalla y vio a Matilda, que salía despedida hacia delante.

–No se acerquen, chicos –tartamudeó Albert. Por tratarse de alguien que quería convertirse en superhéroe, era bastante inseguro–. ¡Atrás!

Matilda le disparó con los inhaladores, voló hasta él y le golpeó la cabeza. El gordinflón retrocedió tambaleándose mientras luchaba por acomodarse la máscara que se le había deslizado de los ojos. Aprovechando la distracción, la niña inició un nuevo ataque, pero Albert logró acomodar la máscara justo a tiempo para dispararle. Ráfaga cayó al suelo de forma lastimosa.

A continuación, fue el turno de Jackson y Ruby, que no tuvieron mejor suerte. Tan pronto como se abalanzaron contra él, Albert les apuntó y descargó la pistola de rayos sobre ellos.

Cuando los cuatro chicos yacían en el suelo a los pies de Albert, Simon escuchó la voz de Ruby.

–Tú eres otro de los lacayos de Heathcliff, ¿no es cierto?

–No conozco a ningún Heathcliff. Yo trabajo para Simon –respondió Albert, confundido.

–Ah, son la misma persona. Nosotros solíamos llamarlo Conejo. Formaba parte de nuestro equipo hasta que nos traicionó e intentó destruir el planeta. ¿Te mencionó eso?

–No quiero saber nada acerca de él.

–Bueno, por lo menos deberías estar al tanto de una cosa, amiguito. Tu jefe es un llorón que vive amargado porque nunca pudo ser un chico popular. Ese es su error fatal y el motivo por el cual siempre lo derrotaremos. Lamentablemente, nunca se lo podrás decir porque irás a la cárcel.

–*¡Un llorón!* –gritó Simon. Toda la gente del café se dio vuelta para mirarlo, pero él no le prestó atención–. ¡Los voy a destruir a todos! Los haré papilla y me rogarán misericordia, pero no la tendrán. ¡Simon consumará su venganza!

–¿Deseas otra gaseosa, querido? –preguntó la camarera.

Simon giró en su silla y le echó una mirada de irritación.

–Si tienes la más mínima esperanza de recibir una propina, te sugiero que me dejes en paz. ¿No ves que estoy ocupado?

–Está bien –refunfuñó la jovencita y se alejó arrastrando los pies hacia otro cliente.

Simon volvió a la computadora y tecleó furiosamente. Había algunas teclas pringosas por todo el chocolate caliente que solía derramar. De todos modos, lo que había visto en el video había disparado su inspiración. Usaría los planos de Albert para construir un arma lo suficientemente grande como para neutralizar todas las máquinas de la tierra y dominar a la raza humana. Y daba la impresión de que no existía nada que Pegote, Ráfaga, Erizo, Diente de Lata y Pulga pudieran hacer para impedirlo. Otra cuestión a su favor era que pronto tendría la fortuna necesaria para trasladar la base de operaciones a una guarida secreta apropiada, donde no tuviera que competir por el espacio con gatos, pájaros y mapaches. De esa forma, la comunidad de villanos comenzaría a respetarlo un poco más.

Con el dinero robado podría edificar un increíble cuartel general secreto, desde donde concebir sus planes diabólicos. Golpeaba las teclas con violencia, anotando ideas para el lujoso baño diabólico, el solarium diabólico, donde diseñaría tramas macabras, y la diabólica sala de reuniones con una mesa diabólica de roble, donde intimidaría a sus diabólicos subordinados. Pero nada lo hacía más feliz que pensar en la diabólica sala de los espejos, donde se burlaría de sus enemigos, haciéndoles creer que existían miles de Simons (lo había visto en una película y le había parecido una genialidad).

–Lo primero que construiré en mi nuevo escondite secreto será un cibercafé donde yo sea el único cliente –exclamó en voz alta para que todos lo escucharan–. Tendré camareras robots que no sean incompetentes y no habrá absolutamente nadie trabajando en un blog.

PRUEBAS COMPLEMENTARIAS

Estos son los e-mails enviados por Simon a Steven Ostwick, un arquitecto de Bethesda.

De: simon@simondiceobedeceme.com
Fecha: 20 de marzo
Para: Steven Ostwick
Asunto: Mi Guarida Secreta

Steven:

Me encantó hablar contigo por teléfono y estoy ansioso por comenzar a construir mi guarida secreta. Como ya te dije, tengo grandes ideas y estoy muy contento de que tú también estés entusiasmado con el proyecto. Te adjunto un boceto que hice yo mismo del estilo que debería tener mi escondite (por supuesto que también estoy abierto a tus propuestas, pero es completamente imprescindible que haya un estanque de tiburones. ja ja ja).

Por favor, confírmame que has recibido este correo y no dudes en contactarte conmigo ante cualquier duda.

Tu amo,

Simon

De: Steven Ostwick
Fecha: 21 de marzo
Para: simon@simondiceobedeceme.com
Asunto: RE: Mi Guarida Secreta

Estimado Simon:

Gracias por mandarme tan pronto el anticipo de mis honorarios. He estado mirando tus diseños y tengo algunas dudas. Debo admitir que nunca antes había diseñado ni construido una guarida secreta. Lo más cercano que hice fue una casa en un árbol muy lujosa para el hijo de un multimillonario. No tengo experiencia en puertas trampa, fosas, calabozos, hornos o enormes sierras industriales para "cortar en dos al enemigo". La mayoría de mis diseños son proyectos pequeños, como remodelar un baño, o construir estructuras de exterior, como cobertizos. Mientras tengas eso claro, yo estaré feliz de llevar a cabo tus estimulantes ideas.

Mi mayor preocupación tiene que ver con el láser gigante cuyo objetivo es proteger la fortaleza de ataques por aire o tierra. Estuve estudiando tus dibujos y tengo que ser muy franco contigo. El tamaño de ese aparato podría aplastar la estructura. Temo que sea demasiado pesado y ponga en peligro los cimientos.

También tengo muchas preguntas que hacerte acerca de la habitación a la que llamas "laboratorio de mutación".

Saludos,

Steven

Fecha: 21 de marzo
Asunto: RE: RE: Mi Guarida Secreta

Querido Steve:

Recibí tu e-mail. Si algo sale mal, te ataré a un cohete y te lanzaré al espacio... ja ja ja.

Tememe,

Simon

Fecha: 21 de marzo
Asunto: RE: RE: RE: Mi Guarida Secreta

Hey Simon:

Los chicos y yo nos matamos de la risa con eso del cohete. Eres un tipo muy gracioso. Tengo algunos precios de fosas, que te mando en un archivo adjunto.

Steven

Fecha: 22 de marzo
Asunto: RE: RE: RE: RE: Mi Guarida Secreta

Amiguito:

Lo del cohete no era una broma. Te mataré. ¿Recibiste mis ideas sobre las molduras y las muestras de color?

Tu peor pesadilla,

Simon

Fecha: 24 de marzo
Asunto: RE: RE: RE: RE: RE: Mi Guarida Secreta

Stevie:

¿Recibiste mi último correo electrónico? Cuéntame cómo van las cosas.

Simon, el Caballero Negro

FIN DE LA TRANSMISION

¡AAAAHHHHH! EXCITANTE, ¿NO CREES?
¿SABES QUE MUCHOS CHICOS
SE VUELVEN LOCOS DESPUÉS
DE LEER ESO? EN SERIO.
LOS ÚLTIMOS DIEZ CANDIDATOS
TUVIERON QUE SER TRASLADADOS
A UN HOSPITAL PSIQUIÁTRICO
PARA "RELAJARSE".

DE TODAS MANERAS, LOS QUE
MANDAN ESTUVIERON ANALIZANDO
TU CAPACIDAD PARA DESCIFRAR
CÓDIGOS Y DECIDIERON QUE YA
ERA HORA DE QUE PASARAS
AL SIGUIENTE NIVEL. POR LO TANTO,
VOY A ENSEÑARTE ALGO QUE SE
LLAMA: RUEDA DE SUSTITUCIÓN
EN CLAVE. ES UN SISTEMA DE CÓDIGO
CIFRADO USADO DESDE LA ÉPOCA
DE JULIO CÉSAR, QUIEN,
CON LA TOGA, LAS SANDALIAS
Y LA CORONA DE LAURELES,
FUE UN FAMOSO NERD A.C.

ASÍ FUNCIONA:
TIENES DOS CÍRCULOS CON LAS LETRAS DEL ALFABETO.
UNO GRANDE:
ABCDEFGHIJKLMNÑOPQRSTUVWXYZ
Y UNO PEQUEÑO:
ABCDEFGHIJKLMNÑOPQRSTUVWXYZ

HAZ UNA FOTOCOPIA
DE LOS CÍRCULOS Y LUEGO
RECÓRTALOS O, MEJOR AÚN,
RECORTA ESTE LIBRO Y VE
A COMPRAR OTRO: ESO ES EXCELENTE
PARA AUMENTAR LAS VENTAS.
A MENOS QUE LO HAYAS SACADO
DE UNA BIBLIOTECA, EN CUYO CASO,
¡ERES HOMBRE MUERTO!

MUY BIEN. PRESTA ATENCIÓN,
PORQUE AHORA SE PONE DIFÍCIL.
HAZ FOTOCOPIAS DE LOS CÍRCULOS
Y DESPUÉS RECÓRTALOS. TOMA
EL CÍRCULO PEQUEÑO Y COLÓCALO
ENCIMA DEL GRANDE, DE MODO
QUE UNO QUEDE DENTRO DEL OTRO.
¿ENTENDISTE? PERFECTO.

AHORA ELIGE UNA "LETRA CLAVE"
PARA EL CÍRCULO MÁS PEQUEÑO.
ESA LETRA SOLO LA CONOCERÁS TÚ
Y EL DESTINATARIO DE TU MENSAJE.
SI YA TIENES LA LETRA CLAVE,
ALÍNEALA CON LA "A"
DEL CÍRCULO GRANDE.

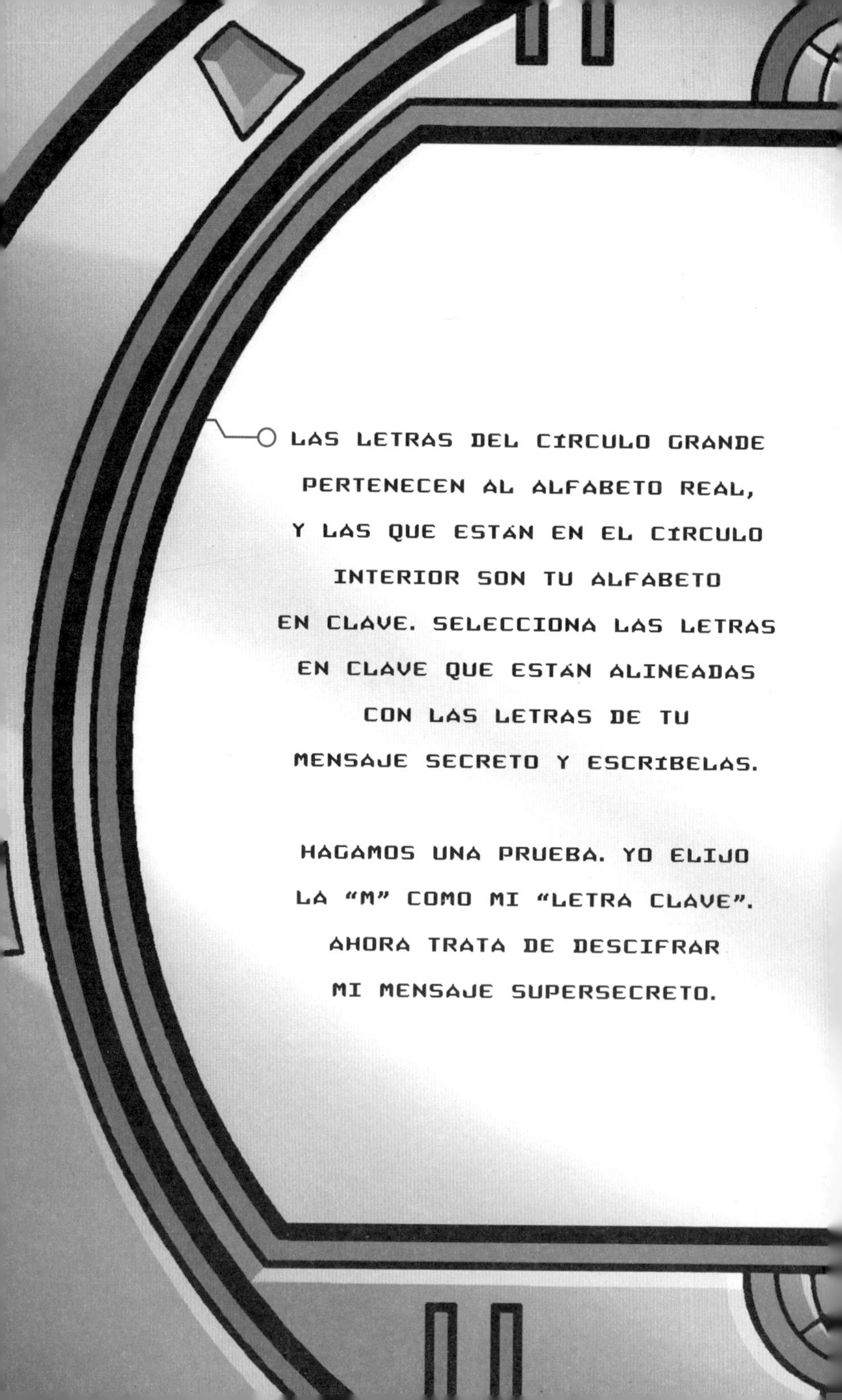

LAS LETRAS DEL CÍRCULO GRANDE
PERTENECEN AL ALFABETO REAL,
Y LAS QUE ESTÁN EN EL CÍRCULO
INTERIOR SON TU ALFABETO
EN CLAVE. SELECCIONA LAS LETRAS
EN CLAVE QUE ESTÁN ALINEADAS
CON LAS LETRAS DE TU
MENSAJE SECRETO Y ESCRÍBELAS.

HAGAMOS UNA PRUEBA. YO ELIJO
LA "M" COMO MI "LETRA CLAVE".
AHORA TRATA DE DESCIFRAR
MI MENSAJE SUPERSECRETO.

PY EPDTA, SML MWRA ÑAY FGE BTPE. SGPWPY M SGPHAE XPLÑWMOAE ÑAY BPOAE. FTPYPE EGPDFP OP ÑAYFMD ÑAY GY MXTRA ÑAXA KA CGP FP OTÑP ÑGMYOA MBPEFME.

LO SIENTO, PERO ESTÁ CLARO QUE NO CAPTASTE EL MENSAJE.

NIVEL 3
ACCESO CONCEDIDO

COMENZANDO TRANSMISION:

7

55°57'N, 03°11'O

Duncan oyó un crujido arriba de su cabeza, el techo de metal iba cambiando de color: de negro a rojo y de rojo a blanco incandescente. Se dio cuenta de que alguien estaba usando un soplete para ingresar a la bóveda. Debía ser Matilda con sus inhaladores mejorados. Deseó poder liberarse de su propio pegamento, pero solo le restaba observar. Toda la situación era muy incómoda.

Por fin, se desplomó una porción del techo y la cabeza de Brand asomó por el hueco. Miró a Duncan un instante y luego frunció el ceño. Para el niño, la expresión decepcionada del agente fue como un golpe en el estómago.

–Pronto te sacaremos de ahí, hijo –dijo Brand.

Inmóvil, Duncan se preguntó si no hubiera sido mejor quedar atrapado bajo tierra para siempre.

–Pegote, ¿puedes oírme? –preguntó la señorita Holiday. El agente Brand y Lisa lo observaban a través de la ventana de vidrio de una habitación contigua al Patio de Juegos, mientras unos haces de luz verde danzaban a lo largo de su cuerpo.

–El escáner está mostrando que todos tus nanobytes han sido infectados por un virus que los va destruyendo uno por uno. Dos tercios del total ya están desconectados y, en menos de una hora, el resto correrá la misma suerte.

–¿Y eso qué quiere decir exactamente? –preguntó Duncan.

–Que ya no tienes tus poderes –respondió Benjamín, revoloteando sobre la cara del chico–. Al menos por ahora. Verás, los nanobytes que te dan tus habilidades no son más que computadoras microscópicas. En tu caso, producen el adhesivo que te vuelve pegajoso. La pistola de rayos con la que te dispararon lo que hizo fue, básicamente, reconfigurar el código de tus nanobytes, y eso provocó que muchos de ellos se quemaran y dejaran de funcionar. Los que quedaron están actuando de una manera muy peculiar, como si obedecieran instrucciones completamente diferentes.

–Sé cómo funcionan los nanobytes –exclamó Duncan, mientras sentía que el pánico lo invadía por dentro–. ¿Y qué vamos a hacer al respecto?

–Pegote, tendremos que extraerles los nanobytes a ti y al resto del equipo. Después podemos hacerte pasar otra vez por el proceso de actualización.

–No debí haber irrumpido de esa forma si no tenía la menor idea de con qué me encontraría… o con quién –afirmó con un suspiro.

–Duncan, estás siendo muy duro contigo –dijo la señorita Holiday–. Estabas preocupado por la gerenta del banco y…

El agente Brand la interrumpió bruscamente.

–En realidad fue un error garrafal.

La mujer se mordió el labio.

–Gracias por la ayuda –susurró.

–Pegote fue entrenado por los mejores. Él sabe perfectamente que no puede lanzarse a lo desconocido sin tomar ciertas precauciones –afirmó Brand, defendiendo su posición.

–¿Cómo están los otros? –preguntó Duncan–. ¿Se encuentran bien?

–Ya pasaron por el escáner y los resultados son idénticos –respondió la bibliotecaria.

–¿Piensan que Heathcliff encontró la manera de... hipnotizar máquinas tal como lo hace con las personas y los animales?

–Eso es lo que debemos averiguar –contestó el agente–. ¿Cuándo estará listo el equipo?

–En tres días –dijo Benjamín.

–¡Tres días! –gritó Brand–. ¡En tres días Simon podría dominar al mundo!

–Es que tengo que extraer todos los nanobytes de cada uno de los espías.

–Pero, Benjamín, nosotros ya hemos quitado las actualizaciones en otras oportunidades –intervino la señorita Holiday.

–El año pasado se las sacamos a Jackson y, en un par de días, se las volvimos a colocar –les recordó Duncan–. No tuvo que esperar tres días para conectarse.

–Los nanobytes de Jackson respondieron bien a mis órdenes –explicó Benjamín–. Yo les pedí que se retiraran y luego que regresaran. Los tuyos no obedecen. Tendré que rastrearlos uno por uno, hasta reunirlos a todos. Si llegara a dejar alguno adentro, ese podría infectar a los nuevos. Sin embargo, lo que sí puedo hacer es reinstalar los implantes nasales que me mantienen comunicado con el equipo.

–Ponte a trabajar, Benjamín –gruñó Brand y salió de la habitación como un vendaval, dejando a la señorita Holiday a cargo del pequeño espía.

–Está bien, Pegote, no te preocupes –lo consoló–. Relájate que en pocos días volverás a estar en condiciones.

Duncan tuvo que juntar fuerza para devolverle la sonrisa. Por dentro, se sentía tonto, triste y avergonzado.

Pasó la mayor parte del día en la sala de actualizaciones, tumbado en una camilla mientras le quitaban los nanobytes. Antes no había notado que podía percibirlos en su interior. Era una sensación muy sutil, pero a medida que se los iban extrayendo se iba quedando cada vez más vacío.

–Ya que estamos aquí, podrías darme información acerca de tu extraño atacante –dijo Benjamín–. Quizás, con tus detalles, podamos armar un esbozo.

–Bueno. Debía medir un metro setenta o, tal vez, un metro setenta y cinco, si bien las botas le debían agregar algún centímetro más.

Benjamín comenzó a girar y la habitación se llenó de millones de partículas de luz. De pronto, delante de Duncan apareció la figura alta de un hombre.

–¿Algo más?

–No parecía muy preocupado por su apariencia –continuó Duncan, mientras se bajaba la camiseta para taparse la barriga–. Debía pesar como ciento treinta kilos.

Súbitamente, la figura se ensanchó hasta convertirse en una persona obesa.

–¿Algún rasgo facial?

–No pude ver mucho. Llevaba una máscara negra que le cubría el pelo y el rostro. Ah, sí. Tenía cejas rojizas. Debe ser pelirrojo.

Al hombre le creció pelo rojo y una máscara negra se ubicó sobre la cara, dejando solamente los ojos a la vista.

–¿Color de ojos?

–No lo sé. Fue todo tan rápido.

–Tenemos algunas secuencias de las cámaras de seguridad, pero no hay imágenes de su rostro. Veamos si puedo combinar tu descripción con lo que capturaron las cámaras de video –dijo Benjamín. En un instante, la figura redonda tenía manos y dedos. El traje era verde y negro con capa, y tenía en el pecho el símbolo del cursor. Benjamín le agregó botas, guantes y un cinturón con hebilla, pero faltaba la cara.

–No es mucho –dijo Duncan con un gran suspiro.

–Si recuerdas algo más, házmelo saber –gorjeó la esfera–. Le enviaré esto al señor Brand. Con respecto a tus nanobytes, creo que, por hoy, ya terminamos. Vete a tu casa y descansa.

Duncan salió por los armarios y caminó por los pasillos de la escuela en el momento en que los alumnos dejaban las aulas en dirección a los autobuses. Se sentía débil y pequeño. Cuando tenía los superpoderes, se paseaba sin una sola preocupación. Es verdad, podía aparecer algún matón que lo enfrentara, pero siempre se lo había tomado con calma. Después de todo, él era un espía internacional. Viajaba por el mundo. Podía pegarse a las paredes. Su doble vida siempre se había encargado de equilibrar las cosas. Por más calzones chinos que le hicieran, podía sonreír pues sabía que era especial. Ahora, era un chico común… otra vez.

Se encontró con Julio afuera del edificio. Decidieron ahorrarse el transporte y regresar a casa caminando.

–Esto debe ser muy duro para ti –comentó Duncan a su amigo–. Las actualizaciones no solo te proporcionaban habilidades, también te ayudaban a controlar la hiperactividad.

Pulga estaba visiblemente tembloroso.

–Benjamín me recomendó que me alejara de las golosinas y de las gaseosas hasta que recupere mis nanobytes. No sabes lo que me cuesta en este momento no llenarme la panza de galletas con chispas de chocolate.

–Lo siento. Nos atraparon por mi culpa.

–Amigo, estás loco. No puedes culparte por haber sido sorprendido. Todos creímos que nos encontraríamos con Simon y no con un tipo del tamaño de una bañera, atravesando la crisis de los cuarenta, con una pistola de rayos en la mano. Hiciste lo mismo que hubiera hecho yo. Además, nos regalaste tres días de vacaciones. Eso le dará una oportunidad a Jackson para ponerse al día con el estudio.

–Tres días como un tipo común y corriente –dijo Duncan. Sentía escalofríos de solo pensarlo.

–Ya sé cómo levantarte el ánimo –sugirió Julio–. Puedes invitarme a cenar. Soy un invitado de lujo y sé que la Criatura siente adoración por mí.

Pegote intentó reírse, pero su humor sombrío flotaba sobre él como un nubarrón.

Las cenas en la casa de los Dewey siempre eran muy bulliciosas. Los miembros de la familia disfrutaban contándose qué habían hecho durante el día, por lo general, hablando todos al mismo tiempo. Estar juntos les generaba un entusiasmo genuino. Aiah les contó acerca de una familia a la que había ayudando a conseguir su propia vivienda, después de que dejaran el refugio para personas sin hogar. Avery mencionaba una y otra vez las virtudes del *Aston Martin* en el que había estado trabajando esa tarde, y lo excitante que había sido probarlo en la autopista. "Me sentí como si fuera un espía", le confesó a su hijo, con una gran sonrisa. La Criatura, en cambio, se quejó de todo: maestros, chicos, chicas, amigas, enemigas, Duncan, sus padres y cualquiera que se hubiera cruzado en su camino.

–¿Y ustedes dos no tienen nada para decir? –preguntó Aiah mientras le quitaba la bolsa de caramelos de menta a Pulga y le servía otra cucharada de puré de calabaza en el plato–. Sé que no me pueden contar todo, pero ¿ocurrió hoy algo interesante?

Los dos amigos se miraron.

–Lo mismo de siempre –respondió Julio–. Nada nuevo. Solo otro aburrido día de escuela.

–Ah, odio cuando me contestan de esa forma –suspiró Aiah–. Siempre pienso que debe haber sucedido algo muy peligroso, pero ustedes no pueden hablar de eso.

–Estoy segura de que les hicieron algún remolino y los encerraron en los armarios –exclamó la Criatura–. Lo mismo de siempre para los miembros de la pandilla de nerds.

–Trata de ser agradable, Tanisha –le advirtió Avery.

–Calma, papá –dijo la Criatura–. Pulga y el pelmazo aquí presente tienen superpoderes. Me imagino que pueden soportar mis insultos.

Los dos amigos volvieron a mirarse con incomodidad.

Cuando terminaron de cenar, los chicos se ofrecieron para cargar el lavaplatos. Duncan se moría de ganas de usar el control remoto. Después de un día tan deprimente, presionar los botones le brindó un poco de consuelo. Ingresó un código y enseguida un brazo mecánico manoteó los platos sucios de la mesa del comedor, los enjuagó y los introdujo en la máquina. Luego cerró la puerta y el ciclo de lavado comenzó.

Avery los observaba desde la mesa de la cocina, mientras recorría la sección de clasificados del periódico en busca de autopartes. Venía restaurando un *Ford Mustang* convertible de 1968 desde antes de que Duncan naciera. Ocupaba la mayor parte del garaje. Salvo la pintura, estaba casi listo. Él quería que todos los repuestos fueran originales, y no eran fáciles de encontrar.

Algunos fines de semana, se pasaba horas revolviendo en el depósito de chatarra local para darle los toques finales: espejos retrovisores y una radio AM original.

–Tú y tus aparatos –suspiró Avery–. Si quieres ver una máquina de verdad ve al garaje. El *Mustang* está hecho con amor y cuidado. Tiene corazón.

–Es cierto. ¿Pero acaso tu auto puede hacer esto? –preguntó Duncan mientras oprimía algunos botones del control remoto. De golpe, las puertas de los armarios se abrieron y una mano mecánica sacó los platos limpios del lavavajillas y los revoleó por el aire. Todo fue aterrizando en los armarios con puntería perfecta y sin una sola rajadura, y quedó guardado en un santiamén.

Avery puso los ojos en blanco.

–Chicos, ustedes nunca lo van a comprender. Yo puedo apreciar un aparato novedoso. Lo que quiero decir es que no deben dejar que esos dispositivos los vuelvan perezosos: de cabeza y de cuerpo –sentenció. Luego tomó el periódico y enfiló para el living.

–No es muy fanático de la tecnología, ¿verdad? –comentó Julio al tiempo que revisaba el refrigerador en busca de helado.

–Creo que él preferiría que viviéramos en una cabaña de troncos y sin electricidad –dijo Duncan, mientras le alcanzaba una cuchara a su amigo. Este la hundió en el pote de helado de naranja que encontró detrás de una bolsa de maíz–. ¿Quieres ver si hay algunos chicos malos cometiendo algún delito?

–¡Obvio! –exclamó Julio.

Los agentes caminaron deprisa por el pasillo hacia el dormitorio y cerraron la puerta. Duncan metió la mano en el bolsillo y sacó a Benjamín. La esfera lanzó unos destellos azules y luego salió volando de la mano.

–Agentes, ¿en qué puedo ayudarlos?

–*Activar cámara de seguridad* –dijo Duncan y súbitamente los muebles se esfumaron y reapareció la supercomputadora. Los monitores mostraban imágenes del mundo.

–Es genial que Brand te permita llevarte a tu casa una de las esferas de Benjamín –comentó Julio.

–En realidad, fue idea de la señorita Holiday. Ha insistido mucho en que ocupe mi tiempo libre buscando problemas alrededor del planeta. Además, me resulta muy útil para hacer la tarea. Dime, Benjamín, ¿hay algún villano que esté haciendo maldades por ahí?

–Parecería ser que tienes uno muy cerca –dijo Benjamín–. ¡Mira!

Duncan observó uno de los monitores que mostraba una escena afuera de su propia casa. En el patio trasero había un adolescente de gran estatura, de unos dieciocho años, apoyado contra la puerta del garaje.

–¿Quién es ese? –preguntó Julio.

Duncan se encogió de hombros y siguió mirando hasta que divisó a Tanisha escabulléndose por la puerta de atrás. Cuando el chico la vio, se inclinó y la besó.

–Ajj… Siento náuseas –exclamó Pulga–. ¿Quién puede querer besar a la Criatura?

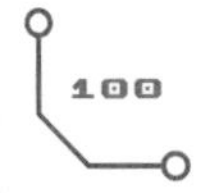

–Debe estar ciego –bromeó Pegote.

Después, el muchacho sacó del bolsillo un paquete de cigarrillos. Le pasó uno a Tanisha, que lo encendió y le dio algunas pitadas. Duncan se quedó boquiabierto.

–¿Qué deberíamos hacer? ¿Les avisamos a tus padres? –preguntó Julio.

–No, nosotros nos encargaremos.

–¿Acaso te olvidaste de lo malvada que puede ser tu hermana? ¡La Criatura es como un rottweiler!

A pesar de los temores de Pulga, los dos compañeros salieron de la casa. Encontraron a Tanisha y a su amigo muy abrazados.

–Apaga el cigarrillo –le ordenó Duncan.

–Hey, pequeño, no es necesario que te enojes tanto –dijo el novio de Tanisha–. Soy TJ.

Duncan lo ignoró.

–Apágalo ya o se lo voy a decir a papá.

–Tanisha, ¿quién es este chico? ¿Tu guardaespaldas?

–No es nadie y está a punto de volver por donde vino, a ocuparse de sus asuntos –respondió la chica, echándole a su hermano una mirada fulminante.

–Tanisha, hablo en serio –insistió Duncan.

–Hey, pequeños –dijo nuevamente TJ–. ¿Qué tal si se entretienen con unos videojuegos y nos dejan tranquilos?

–Está bien. Tú lo quisiste –le advirtió Duncan a su hermana–. ¡Papáááá!

TJ dio un salto y lo enfrentó.

–Eso no está bien. ¿Acaso tus padres no te enseñaron que no se debe delatar a las personas, pequeño?

–Me llamo Duncan y mis padres me enseñaron a cuidarme de las malas influencias y de la gente desagradable. Y sucede que tú eres ambas cosas, de modo que eres fácil de detectar.

TJ lo sujetó del cuello.

–Es mejor que tengas cuidado con lo que dices.

–¡Suéltalo, TJ! –le exigió Tanisha.

Julio se acercó al chico, que era muchísimo más grande que él.

–Te doy tres segundos para que lo sueltes –le dijo–. Después de eso, viene el dolor.

TJ se echó a reír. Después tomó al flaquito del cuello y sostuvo a ambos niños a la altura de su cara.

–¿Así que tú también vas a hacerte el bravo conmigo?

Duncan sabía perfectamente qué hacer con TJ. Si se quedaba dos días pegado al techo, se le pasarían las ganas de volver por ahí. Se concentró para activar los nanobytes y entonces lo recordó: ¡no tenía poderes!

–Uno –comenzó a contar Julio.

–Pulga, déjalo en paz –rogó Tanisha.

–¿Dejarme en paz? –gritó TJ–. Nena, soy tres veces su tamaño.

–Dos.

–A ver. Escúchenme bien. Regresen a la casa y no digan una sola palabra.

–Tres.

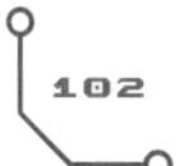

En un segundo, Pulga le aplicó una patada en la rodilla a TJ, quien, desprevenido, los dejó caer. Luego el gnomo lo tomó de la muñeca, le llevó el brazo a la espalda y se lo retorció hasta que el tipo gritó. A continuación, lo golpeó en las costillas y, cuando se agachó para recuperar la respiración, se le trepó en la espalda, le puso los brazos alrededor de la garganta e hizo presión en la carótida. TJ luchó unos instantes, como un pez en la arena, y enseguida se deslizó hacia el suelo, completamente dormido.

–¿Por qué no me ayudaste? –le preguntó Julio a Duncan.

–¿Qué podía hacer? Mis actualizaciones no funcionan.

–¡Las mías tampoco! –se quejó–. Los dos recibimos entrenamiento en artes marciales, amigo.

La Criatura estaba aún más indignada que Pulga. Arrojó el cigarrillo en el césped y se encaminó hacia su hermano. Al verla tan irritada, Duncan intentó explicarse.

–Ese tipo es un inútil…

–¡No! El único inútil aquí eres tú. ¡No necesito tu protección y no la quiero! Llévate tus *enanobytes* a otra parte y déjame en paz.

–Se llaman *nano*bytes, Tanisha. Ya sé que estás enojada, pero por favor no levantes la voz…

–¿Qué pasaría si me pongo a chillar a los cuatro vientos para que todos me escuchen? Podría gritar que mi hermanito nerd es en realidad un espía. ¿Acaso ellos me llevarían a la fuerza? ¿Me pondrían en prisión?

–Sí –dijo Julio.

Tanisha vaciló, pero luego continuó hablando con furia.

–Duncan, deberías ocuparte de ti mismo. Podrás ser un héroe nacional, sin embargo, aquí no eres más que un inadaptado.

–¿Qué quieres decir con "aquí"?

–Tú no eres como nosotros –rugió–. ¿A quién te pareces? ¿A papá? ¿A mamá? ¿A mí? No eres más que un fenómeno de circo que comparte nuestra casa: con tu vida secreta y tus estúpidos aparatitos. ¿No te das cuenta de cómo te miran papá y mamá? Es como si fueras de otro planeta. Y también por tu culpa nos tuvimos que mudar a este maldito barrio. ¿Acaso no notas que nadie es como nosotros en un kilómetro a la redonda? ¿Y que no tengo amigos? Todo esto es porque *tú* tenías que ser diferente. Tenías que ser especial. A nosotros nos parece perfecto ser simplemente como somos, pero no, Duncan necesita ser el centro del mundo.

Tanisha pasó entre los chicos y entró a la casa.

–¡No deberías haber fumado! –le gritó Duncan.

La chica cerró la puerta con violencia y dejó a los dos espías con TJ, cuyo cuerpo era un bulto oscuro en estado inconsciente.

–La Criatura ha hablado –dijo Julio.

Duncan sacudió la cabeza y observó a su familia a través de la ventana trasera. Avery seguía examinando el periódico, Aiah estaba leyendo un libro y Tanisha lloraba en silencio delante de la mesa de la cocina. Las palabras de su hermana eran una carga muy pesada que él no podía resistir.

–Ella tiene razón.

–No es así, hermanito.

–No me parezco a ellos –afirmó Duncan–. Soy mucho más inteligente que toda mi familia junta. La mayor parte de las veces no saben de qué estoy hablando. Y como si eso fuera poco, está el tema del espionaje. No tienen la menor idea de quién soy.

–Ellos te quieren mucho –insistió Julio–. La Criatura solo está enfurecida porque la pescaste fumando.

–Mira a tu alrededor, Pulga. Mi familia fue arrancada del barrio en donde se criaron mis padres solo para que yo pudiera tener una mejor educación. Nadie le preguntó a ella si quería mudarse. Es normal que esté hecha una furia. Perdió a sus amigos y a todas las personas que conocía. Está sola y todo porque se supone que su hermano es un genio.

Julio sacudió la cabeza, pero no lo contradijo.

–Tengo que enfrentar la realidad: soy un nerd en la escuela y soy un nerd en casa –prosiguió–. Peor aún, ya ni siquiera tengo una fabulosa vida secreta. Sin las actualizaciones, Brand no nos enviará más a ninguna misión.

Desanimado, Duncan se dejó caer en los peldaños y Julio se sentó a su lado. Estuvieron callados durante un rato largo hasta que una fuerte explosión en el patio de la casa vecina los sobresaltó. Corrieron hacia la cerca para averiguar qué estaba ocurriendo. Un hombre de unos treinta y siete años estaba haciendo equilibrio encima de una pila de bolsas de basura. Era pelirrojo y le sobraba un poco de papada. Era evidente que el pobre se había tropezado con el recipiente para colocar los desperdicios y el contenido se había desparramado por todos lados. Lanzó unas maldiciones mientras trataba de incorporarse.

–Bueno, podría ser peor –bromeó Julio–. Podrías ser ese tipo.

–Es Albert, el hijo de la señora Nesbitt –repuso Duncan–. Bueno, me parece.

–¿Qué quieres decir con eso?

–Nunca lo había visto antes. Vive en el sótano y solo sale en raras ocasiones. Algunos de los chicos del barrio piensan que ni siquiera existe. Es como Pie Grande.

–Es un desastre –dijo Julio, pero cuando el hombre sacó un caramelo del bolsillo y le quitó el papel, cambió de idea–. Aunque debo reconocer que tiene un gusto excelente en materia de golosinas.

Pulga le echó una mirada a Pegote.

–¿No dijiste que el tipo del banco de Escocia era pelirrojo y tenía unos kilos de más? –le preguntó.

Duncan lo observó con atención. Al intentar imaginar a Albert con un traje de superhéroe negro y verde, se dio cuenta de que el parecido era asombroso.

–Pulga, creo que mi vecino es un supervillano –susurró.

8

38°53'N, 77°05'O

Mama estaba muy sorprendida de recibir visitas a esa hora de la noche, pero si abres la puerta y te encuentras con el hombre más guapo del mundo, lo correcto es dejarlo pasar y responder a sus preguntas. Por supuesto, ella también podría haberlo hecho sin la presencia de la mujer rubia que lo acompañaba.

–¿Albert está en algún tipo de problema, agente…?

–Brand. Alexander Brand, señora Nesbitt –replicó.

–Oh, es señorita Nesbitt, Alexander. No estoy casada –aclaró, dejando escapar una risita nerviosa.

–Solo nos gustaría saber dónde estuvo él ayer, digamos, ¿alrededor de las dos de la tarde? –inquirió la mujer rubia.

Mama frunció el ceño y mantuvo la mirada puesta en Brand mientras contestaba.

–Si tuviera que apostar dinero, diría que se hallaba encerrado en la habitación con sus extraños libros. Una verdadera lástima. Yo tenía la esperanza de que fuera un gran científico. Cuando era jovencito, tenía un gran talento para las computadoras y las máquinas en general. Pero ¿qué puede hacer una madre? El pobre chico necesita una figura paterna, usted sabe –concluyó, y le sonrió a Brand.

El agente levantó una ceja.

–Quisiera hacerle un par de preguntas a su hijo.

Mama reflexionó unos segundos.

–Pensándolo bien, es muy posible que esté en la tienda de historietas. Gasta todo su dinero en esas tonterías. ¿Puede creerlo? Un hombre grande leyendo cosas de niños.

–¿Habría alguna posibilidad de que echáramos una mirada a su habitación? –preguntó la rubia.

Mama volvió a poner cara de desaprobación. ¿Por qué no se iba de una vez esa mujer y los dejaba tranquilos? Ella y el agente se estaban llevando tan bien...

–No estando Albert aquí, me parece que no corresponde que los haga pasar. Una vez, cuando era niño, le arrojé algunas de sus cosas y ya lleva veintidós años encerrado en el sótano. Tal vez cuando regrese. Suele volver a casa a eso de las diez.

Brand se acercó a la puerta y su compañera lo imitó.

–Volveremos a esa hora, señorita Nesbitt.

–Por favor, llámeme Gertrudis –acotó Mama.

El hombre hizo una afirmación con la cabeza, luego él y la rubia se retiraron. Mama los vio subir a un automóvil negro y alejarse. Una vez que estuvieron fuera de su vista, se acercó de prisa a la puerta del sótano y apoyó la oreja. Albert se hallaba ahí abajo. Podía escuchar los pitidos y zumbidos de sus estúpidas películas de guerras espaciales.

Golpeó pero no obtuvo respuesta.

–Albert, soy Mama. Quiero verte ahora mismo.

–Estoy durmiendo –se quejó con voz cansada.

–¡Albert Nesbitt! ¡Más vale que subas tu pesado trasero por esa escalera y abras esta puerta de inmediato!

Como no escuchó ningún ruido, Mama comprendió que tenía que implementar medidas más drásticas. Buscó la caja de herramientas, tomó un martillo y volvió a la puerta. Aporreó el picaporte con toda su fuerza. Le pegó una y otra vez hasta que por fin lo desprendió junto con el cerrojo. La puerta se abrió. Una ráfaga de olor a encierro y pizza rancia subió por los peldaños dándole la bienvenida. Mama titubeó, después regresó al armario de la cocina, agarró un desinfectante en spray y roció la escalera. Bajó corriendo y encontró a su hijo encorvado sobre un escritorio, trabajando en un extraño aparato que parecía salido de una película de ciencia ficción.

–¡Albert! –aulló.

Su hijo, sorprendido, dio media vuelta.

–¡Mama! ¡Esta es mi habitación!

–Albert, vino alguien del FBI o de la CIA preguntando por ti –anunció.

–¿Cuál? ¿El FBI o la CIA?

–¿Qué importancia puede tener? –chilló la mujer–. Me dijeron que piensan que estás metido en algún lío. Querían saber en qué andabas.

–Eso es asunto mío.

Mama echó un vistazo al lugar. Había partes de computadora desparramadas por el piso y las paredes estaban tapizadas con los planos de una máquina muy peculiar. Un insólito traje negro y verde se hallaba tirado en la cama y había historietas diseminadas en forma caótica.

–Dime, hijo –insistió Gertrudis–. ¿Estás en problemas?

Albert ladeó la cabeza hacia atrás como si estuviera reflexionando.

–Creo que sí.

–¿Qué clase de problemas?

El hombre respiró hondo.

–Estoy trabajando para un cerebro diabólico que está empeñado en destruir a sus antiguos amigos y luego dominar al mundo con una máquina que puede hipnotizar otras máquinas.

Mama palideció y se echó a llorar.

–Finalmente te has vuelto loco.

EXIT!

Albert se levantó de la silla, tomó la pistola de rayos del escritorio y se la alcanzó.

–No, Mama. Estoy bien. Esto es lo que estoy construyendo. Sirve para trastornar las computadoras. Puede neutralizar cualquier cosa que tenga un procesador: televisiones, computadoras, teléfonos móviles. Si le apuntas a un cajero automático, te entregará alegremente todo el dinero que posea. Hasta puedes hacer que te obedezca el lector de código de barras del supermercado.

–¿Y qué es lo que intenta hacer ese cerebro diabólico con el invento?

–Quiere controlar la tecnología informática del planeta –contestó Albert–. Pero primero, anda detrás de unos viejos compañeros de equipo. Está obsesionado con destruirlos.

–¿Y qué ganas tú con todo esto?

Albert se aclaró la garganta.

Mama podía ver la respuesta dando vueltas en la mente de su hijo. Sabía que no le iba a gustar lo que estaba por oír.

–Superpoderes.

–¡Albert, por el amor de Dios! ¿Superpoderes? ¿Y cómo se supone que esos superpoderes te ayudarán a pagar las cuentas?

–Bueno, estoy seguro…

Mama no estaba dispuesta a escuchar una palabra más.

–No, es hora de ser prácticos. A cambio de un aparato que puede controlar al mundo, deberías recibir algo más que un láser para ojos. ¿Qué más te ha ofrecido tu jefe?

–Nada más.

–Hijo, qué buen negocio hiciste. ¡Puedo ver que no se han aprovechado de ti! Por suerte, tu mamá está aquí para ayudarte. Empaca tus cosas: todo lo que necesitas para construir esa máquina y hasta el último centavo que haya dando vueltas. No podemos quedarnos en esta casa ni un minuto más. Esos agentes saben que andas en algo raro y van a regresar.

–¿Adónde vamos, Mama? –preguntó Albert mientras levantaba una canasta con ropa semilimpia.

–A discutir con tu jefe los términos de esta *sociedad* –contestó.

El matón no logró intimidar a Mama. El verano anterior, ella se había enfrentado a Jennifer DiDomizio en el concurso de pasteles. Jennifer había tenido el descaro de preparar cuadrados de limón sabiendo perfectamente que esa era la especialidad de Gertrudis. Las dos mujeres habían discutido en voz tan alta que el soufflé de chocolate de Bonnie Fuller se había desmoronado. Si Mama podía lidiar con los limoncitos secos y desabridos de Jennifer, un tipo con un garfio no la iba a amedrentar.

Seguida tímidamente por su hijo, trepó la escalera de cuerda y se acercó a Simon, que estaba sentado en su sillón, rodeado de ardillas.

–¿Eres tú quien se aprovecha de mi hijo?

Simon apoyó las nueces en el suelo, se acomodó en el asiento y la observó con atención. Mama se dio cuenta de que el chico no estaba acostumbrado a que nadie lo enfrentara.

–¿Perdón?

–Mi hijo Albert dice que fue contratado para construir una máquina de destrucción y todo lo que recibirá a cambio son unos estúpidos superpoderes –dijo la mujer.

–Yo jamás llamaría estúpidos a los superpoderes –respondió Simon–. Cuando todo esto termine, su hijo podría ser capaz de volar y levantar un automóvil por encima de la cabeza. Hasta podría tener visión de rayos X.

–Albert no necesita rayos X, lo que necesita es un futuro.

–Ma, me estás haciendo pasar vergüenza –se quejó Albert.

–Cállate, querido. Están hablando las personas mayores –repuso Gertrudis bruscamente y volvió a concentrarse en Simon–. Mi hijo ha despilfarrado los últimos veinte años en historietas y ahora, finalmente, está haciendo algo que podría cambiar su vida.

Simon frunció el ceño.

Mama se estiró y le arrebató la pistola de las manos a Albert.

–Seamos sinceros. Con esta pistolita de juguete que él inventó, no se puede dominar al mundo.

–¡Ese es el prototipo, Mama! –gritó su hijo.

–Albert, está claro que tu madre entiende perfectamente lo que está ocurriendo –dijo Simon–. De modo que sí, señorita Nesbitt, ahora que sabemos que el invento funciona, pretendo que él construya un arma mil veces más grande para que podamos dispararle a la Tierra desde el espacio. En un instante, todas las máquinas desde aquí hasta Oceanía estarán bajo mi control.

–Eso debería valer algo más que poder saltar por los rascacielos.

–Señorita Nesbitt, ¿cuál es su propuesta? –preguntó Simon. Una de las ardillas se subió a sus rodillas y de ahí brincó hasta el hombro. Luego se inclinó hacia delante como si también quisiera escuchar la propuesta de la extraña mujer.

–Llámame Mama –acotó.

–Muy bien, Mama –replicó Simon.

–Digamos que Albert construye algo para ti que te permite dominar todo el mundo.

–Entiendo.

–El mundo es muy grande –continuó Mama–. Te sería muy difícil manejarlo tú solo. Para evitarte dolores de cabeza, podrías regalar una parte. ¿Quién mejor que mi hijo para quitarte esos problemas de las manos?

–Cuando dice "una parte", supongo que ya tiene pensado algunos lugares en particular –sugirió el pequeño frunciendo el entrecejo.

–Me he tomado la libertad de confeccionar una lista –dijo Mama, extendiéndole un papel.

–¿Quiere que su hijo controle la mitad de los Estados Unidos, incluyendo Arlington, Virginia? –preguntó Simon, mientras observaba lo escrito.

–Sí –contestó ella, con un movimiento de cabeza.

–¿Y por qué Arlington?

–¿De qué sirve tener un hijo que haya ayudado a conquistar el mundo, si uno no puede presumir delante de sus vecinos?

9

38°53'N, 77°05'O

El maestro de sexto grado de Duncan, el señor Pfeiffer, no era bueno en su trabajo. Pasaba demasiado tiempo hablando de su vida personal y muy poco enseñando. Divagaba sin interrupciones sobre sus temas favoritos: el levantamiento de pesas, su infinita hilera de novias y su participación en un anuncio de papel higiénico siendo bebé. Sabía prácticamente nada acerca de todo. Cierta vez le contó a la clase que Abraham Lincoln había muerto al resbalarse en la ducha. La mayoría de los alumnos –y de haber sido sincero, él mismo– se preguntaban cómo había hecho para conseguir trabajo en una escuela. Después de todo, ni siquiera tenía título de maestro. Pero Duncan y sus compañeros de equipo sabían que la falta de concentración de Pfeiffer lo convertía justamente en el hombre perfecto para dar clase a un grupo de agentes secretos que, por lo general, estaban ausentes.

–Niños, la clave para tener un buen físico no es levantar mucho peso –explicó el maestro arremangándose para mostrar los bíceps–, sino levantar poco peso pero hacer muchas repeticiones. Y siempre deben recordar las tres palabras mágicas: proteína, proteína, proteína.

Mientras Duncan luchaba por no dormirse, escuchó una voz familiar en su cabeza. Era el señor Brand.

Agentes, los necesitamos ahora mismo en el Patio de Juegos.

Al instante, la observó a Matilda. Ahora que Heathcliff y sus incisivos hipnóticos no estaban más, ella era la encargada de encontrar la forma de distraer a la clase.

–¡Hey, chicos! –gritó–. ¡Afuera hay un pony!

Todos los alumnos, con el señor Pfeiffer a la cabeza, se lanzaron hacia las ventanas. A Matilda siempre se le ocurría algo astuto para levantarlos de sus asientos. Maravillado ante la imaginación de Ráfaga, Duncan salió disparando con los demás, hacia los armarios.

En pocos segundos, el equipo se zambullía en los sillones del Patio de Juegos.

–Los enviaremos a una misión –anunció el agente Brand.

Duncan sintió crecer el pánico dentro del estómago.

–¿Una misión?

–Sí, nada peligroso. Solo tienen que reunir pruebas –lo tranquilizó–. La información que tú y Pulga nos dieron sobre nuestro villano misterioso parecería ser correcta. Después de que la señorita Holiday y yo hablamos con su madre, el sospechoso se dio a la fuga. Necesitamos que vayan a inspeccionar la casa para ver si encuentran algún indicio que nos lleve hasta Simon.

–Pero… –titubeó Duncan.

–¿Sí, Pegote?

–No tenemos las actualizaciones –exclamó Duncan.

El agente Brand se puso más furioso que nunca.

–Ustedes han sido entrenados como agentes secretos, ¿correcto?

–Sí.

–Y ya antes tuvieron misiones para recolectar pruebas, ¿correcto?

–Sí.

–Esto será fácil, hermanito –dijo Pulga.

–Es solo que nuestras actualizaciones nos hacen…

Brand se inclinó hacia Duncan.

–Si necesitas algunos dispositivos tecnológicos para sentirte mejor, tenemos una habitación llena de ellos. De lo contrario, lleva al grupo a la casa de Albert Nesbitt y consigan pruebas.

–Albert y su madre deben haber desaparecido durante la noche –comentó Ruby mientras los cinco descendían a la guarida secreta–. *Puaj*, aquí es donde dormía. Me pica todo el cuerpo. Soy alérgica al sudor y a la desesperación.

–Yo me siento humillada –dijo Matilda, levantando un par de calcetines con el mango de una escoba–. Ahora que estamos desconectados, Brand nos da trabajos para bebés. ¿Cuántas veces más tendremos que salvar al mundo para merecer un poco de respeto?

Duncan se encontraba demasiado ocupado haciendo equilibrio en la escalera como para hablar. Se había tomado muy en serio el consejo de Brand y había llenado sus bolsillos con todo tipo de accesorios electrónicos. Si bien tuvo que pedirle ayuda a Pulga para bajar los peldaños, estaba preparado para cualquier contratiempo.

–Pegote, ¿te puedo comentar algo? –dijo Diente de Lata, llevándolo aparte.

–Claro. ¿De qué se trata?

–Ese pequeño discurso que dio Brand en el Patio de Juegos antes de que saliéramos. ¿Te diste cuenta de que estaba tratando de enseñarte algo, no?

Duncan parpadeó. No tenía la menor idea de lo que su compañero intentaba decirle.

Jackson le sonrió comprensivamente.

–Amigo, cuando yo jugaba al fútbol americano, solíamos decir que ese era el famoso discurso "para hacerse hombre".

–¿Hacerse hombre? –repitió Duncan.

–Sí. Es el sermón que los entrenadores les dan a los jugadores que lloran y se quejan.

–Yo no estaba...

–Sí, estabas –lo interrumpió Jackson–. Lo que él quería decirte no era que llevaras todos los aparatos que había en el cuartel general, sino que no los necesitabas para hacer tu trabajo. En realidad, te estaba explicando que estás perfectamente capacitado para cumplir con esta misión y que deberías dejar de lloriquear por no tener las actualizaciones.

–Ah...

–Está todo bien –repuso Jackson–. Todo el mundo recibe ese discurso un par veces en la vida. Pero nunca había conocido a alguien que no entendiera de qué le estaban hablando.

Duncan echó una mirada a sus compañeros, que asentían con la cabeza.

–Entonces lo defraudé –afirmó, mientras observaba los aparatos.

–Un poco –dijo Matilda.

–Y yo te voy a dar mi propio discurso para que te hagas hombre ahora mismo –intervino Ruby–. Brand tiene miedo de enviarnos a realizar cualquier trabajo. La traición de Heathcliff lo golpeó muy fuerte. En este momento, se está cuestionando todas sus decisiones e incluso su puesto como líder. Y, como si esto fuera poco, el gran error del Banco de Escocia le hizo reconsiderar si nosotros realmente estamos en condiciones de llevar a cabo la misión. Pegote, él tiene la autoridad necesaria como para deshacer nuestro equipo. Podría negarse a reemplazar las actualizaciones y mandarnos de vuelta a clase como chicos normales. Si queremos seguir siendo los sabelotodos más increíbles del mundo, tenemos que demostrarle que podemos realizar el trabajo, con o sin poderes.

Duncan frunció el ceño con expresión de desconfianza.

–Pero la tecnología es una parte esencial de lo que hacemos. Sin ella, no seríamos capaces de lograr ni la mitad de las cosas alucinantes que hemos logrado... ni tendríamos ahora el Proyector Narigón.

El espía sacó lo que parecían ser unas gafas muy modernas con una nariz ridícula y un bigote tupido, y se las colocó en la cara.

–Pegote, a veces me preocupas –dijo Matilda.

–No es ninguna broma –protestó Duncan–. Es lo último en recopilación de información sensorial.

–¿Recopilación de qué? –preguntó Jackson.

–Es una ciencia nueva que te permite tomar un sentido y transformarlo en otro. El Proyector Narigón recoge olores y los transmite en imágenes.

–De modo que, si me echo un pedo, ¿serías capaz de verlo? –preguntó Julio.

–Hum, por desgracia, sí –contestó Duncan–. Detecta la transpiración, los perfumes, los desodorantes –cualquier tipo de olor corporal ya sea natural o fabricado por el hombre– y puede mostrarnos una versión aproximada de la persona de la cual provienen. Es capaz de rastrear la estela de una fragancia dentro de esta habitación y, tal vez, mostrarnos qué estaba haciendo Albert aquí abajo. Yo vi funcionar el prototipo en el Patio de Juegos y es una maravilla. ¡Miren!

Duncan oprimió un botón en el costado de los anteojos y los cristales emitieron un resplandor. Un momento después, el grupo escuchó un fuerte estornudo y apareció un rayo de luz brillante que mostraba una imagen ondulante de Albert.

–¡Impresionante! –comentó Pulga.

Otra figura temblorosa surgió en la habitación. Era de corta estatura y tenía el pelo recogido en una redecilla.

–La mamá de Albert abusa del perfume y su ropa está reseca por la cantidad de suavizante que utiliza. Ella despide un olor que podemos rastrear fácilmente e, incluso, llegar a verlo –afirmó Duncan.

El grupo observó a los dos hologramas moviéndose por el sótano. Aunque no era una imagen perfecta, se notaba claramente que estaban discutiendo. Luego ocurrió algo inusual. El hombre corrió hacia un escritorio vacío y tomó algo metálico. Duncan lo reconoció de inmediato: era el arma con la cual Albert le había disparado.

–¡Esa es la pistola de rayos! Debe haberla construido aquí mismo –intervino Matilda mientras contemplaba las imágenes que titilaban alrededor de la habitación–. Su madre no parece muy contenta. ¡Observen! Está sacando maletas del armario. Lo está obligando a empacar.

Ruby sacudió la cabeza con indignación.

–La mujer debió entregarlo. Él es peligroso.

–¿Qué está haciendo ahora? –dijo Jackson. El holograma de Albert se acercó deprisa a una mesa y daba la impresión de que quería algo que se encontraba allí encima. Pero su madre se dirigió violentamente hacia él y se lo arrancó de las manos.

Pulga atravesó la habitación hasta donde habían estado las dos figuras y levantó una pila de historietas.

–Parece que mami no estaba muy feliz con lo que su hijo se quería llevar.

–Qué lástima que el Proyector no nos permita escuchar sobre qué hablaban –repuso Matilda–. ¿Existe alguna posibilidad de que nos indique hacia dónde se fueron?

–Lo siento. El aparato funciona mejor en espacios cerrados. El viento de afuera es probable que haya borrado los olores.

–Bueno, estamos seguros de que la madre lo ayudó a escapar –dijo Jackson, mirando debajo de la cama–. Y sabemos que hicieron las maletas, de modo que no piensan regresar. Creo que podemos apagar el dispositivo tecno. Esto requiere un poco de trabajo detectivesco clásico. Aquí abajo, no hay nada más que envoltorios de golosinas y cartones de jugo de frutas vacíos.

–¿Alguno sin abrir? –acotó Julio–. ¡Estoy muerto de hambre!

Duncan sacudió la cabeza.

–Recuerda lo que te dijo Benjamín: tienes que suprimir los dulces hasta que las actualizaciones estén funcionando otra vez.

Pulga puso cara de disgusto.

Matilda inspeccionó el guardarropa de Albert.

–Nunca había conocido a alguien que tuviera tantas camisetas con logos de superhéroes.

Ruby registró los cajones de la cómoda.

–No se puede decir que sea una persona limpia. Me parece que usa la ropa y la vuelve a guardar en los cajones.

–Esperen un momento, ¿qué es esto? –dijo Jackson mientras se incorporaba con un rollo de papel en las manos. Lo llevó hasta una mesa pequeña y lo desplegó. Era un dibujo de Albert con el traje negro y verde de Capitán Justicia. A diferencia del verdadero, este era guapo y musculoso. En la mano, empuñaba el arma que había usado contra los chicos.

–Este tipo tiene una gran imaginación –comentó Matilda.

–O esta casa no tiene ningún espejo –repuso Ruby.

–No es malo como artista –agregó Jackson–. Esa pistola parece de verdad.

–Hay tantos instrumentos en el Patio de Juegos que podrían ayudarnos... Uno de los científicos estaba construyendo un aparato detector de huellas. Benjamín también podría rastrear las llamadas telefónicas de ese día –suspiró Duncan.

–Vamos, Pegote, ¡aunque sea por una vez usa tus ojos! –gritó Ruby, exasperada.

El chico estaba anonadado: era obvio que ella estaba harta de él. A menudo, Ruby se enojaba con Julio y no soportaba a Jackson, pero a él siempre lo había tratado con respeto. De repente, parecía que el mundo entero se había vuelto en su contra.

Mientras sus compañeros exploraban hasta el último rincón de la guarida de Albert en busca de alguna señal que indicara su paradero, Duncan vaciló, sin saber por dónde comenzar. Estaba a punto de renunciar a la búsqueda cuando bajó la vista hacia la pila de historietas tan preciadas para Albert. Sus ojos se detuvieron en la tapa de la revista que estaba encima de todo. La tomó de un golpe, sin poder creer lo que veía.

–¡Miren!

Cuando sus amigos se dieron vuelta, les enseñó la portada.

–*Ultraforce* 119. Esa no la leí –comentó Julio.

–¡No! Mira al tipo de la portada. ¿Ves lo que tiene en la mano?

Ruby observó la revista con atención y abrió los ojos desmesuradamente.

–Es la pistola de rayos de Albert. ¡Tomó la idea de una historieta!

FIN DE LA TRANSMISION

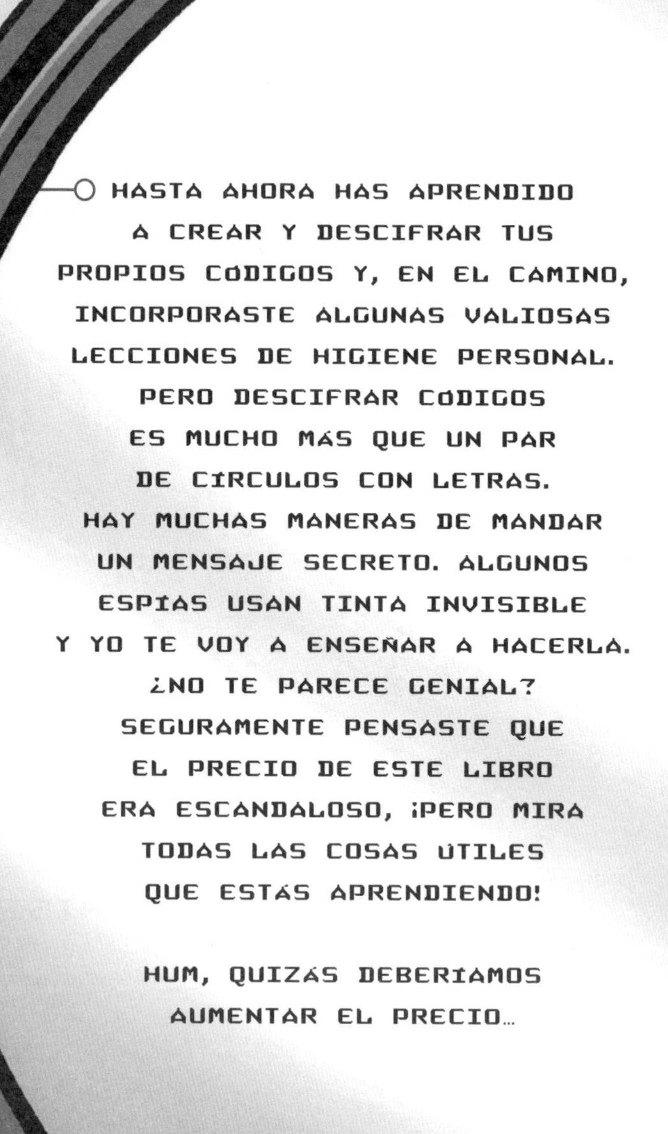

HASTA AHORA HAS APRENDIDO
A CREAR Y DESCIFRAR TUS
PROPIOS CÓDIGOS Y, EN EL CAMINO,
INCORPORASTE ALGUNAS VALIOSAS
LECCIONES DE HIGIENE PERSONAL.
PERO DESCIFRAR CÓDIGOS
ES MUCHO MÁS QUE UN PAR
DE CÍRCULOS CON LETRAS.
HAY MUCHAS MANERAS DE MANDAR
UN MENSAJE SECRETO. ALGUNOS
ESPÍAS USAN TINTA INVISIBLE
Y YO TE VOY A ENSEÑAR A HACERLA.
¿NO TE PARECE GENIAL?
SEGURAMENTE PENSASTE QUE
EL PRECIO DE ESTE LIBRO
ERA ESCANDALOSO, ¡PERO MIRA
TODAS LAS COSAS ÚTILES
QUE ESTÁS APRENDIENDO!

HUM, QUIZÁS DEBERÍAMOS
AUMENTAR EL PRECIO...

MUY BIEN. PARA HACER TINTA INVISIBLE TIENES QUE CONSEGUIR ALGUNOS INGREDIENTES. DESGRACIADAMENTE, TAMBIÉN SON INVISIBLES.

GUAU, ERES MUY INGENUO.

ESTO ES LO QUE NECESITARÁS:

- UNA OLLA Y UNA HORNALLA
- FÉCULA DE MAÍZ
- AGUA
- HISOPOS/COTONETES
- PAPEL
- YODO
- UNA ESPONJA PEQUEÑA

ANTES DE SEGUIR CON LA TINTA, TENGO QUE HACERTE UN TEST PARA COMPROBAR SI REALMENTE POSEES EL PODER MENTAL PARA HACERLO.

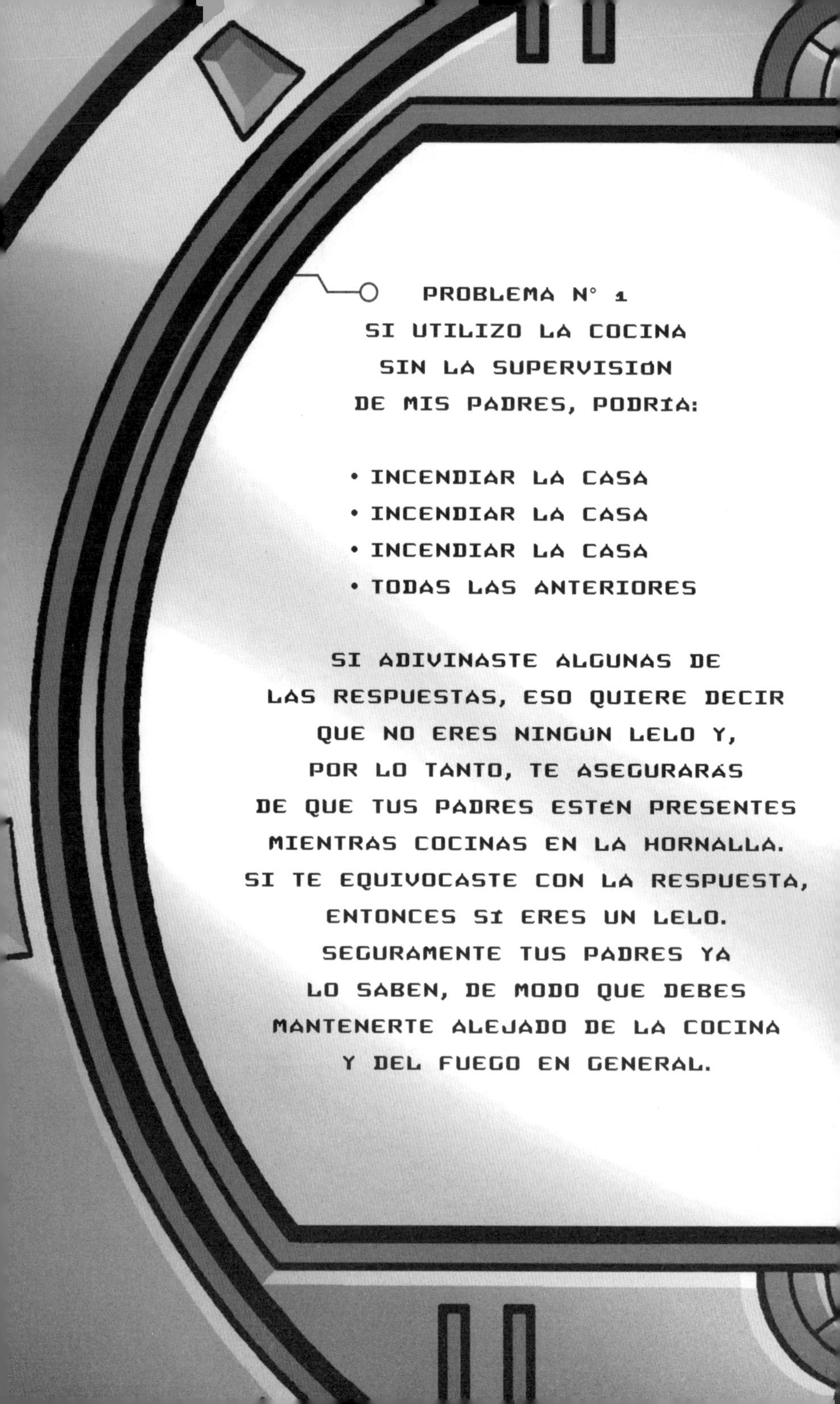
PROBLEMA N° 1
SI UTILIZO LA COCINA
SIN LA SUPERVISIÓN
DE MIS PADRES, PODRÍA:
• INCENDIAR LA CASA
• INCENDIAR LA CASA
• INCENDIAR LA CASA
• TODAS LAS ANTERIORES
SI ADIVINASTE ALGUNAS DE
LAS RESPUESTAS, ESO QUIERE DECIR
QUE NO ERES NINGÚN LELO Y,
POR LO TANTO, TE ASEGURARÁS
DE QUE TUS PADRES ESTÉN PRESENTES
MIENTRAS COCINAS EN LA HORNALLA.
SI TE EQUIVOCASTE CON LA RESPUESTA,
ENTONCES SÍ ERES UN LELO.
SEGURAMENTE TUS PADRES YA
LO SABEN, DE MODO QUE DEBES
MANTENERTE ALEJADO DE LA COCINA
Y DEL FUEGO EN GENERAL.

BUENO, CEREBRO,
PONGAMOS MANOS A LA OBRA.

EN UNA OLLA MEZCLA
3 CUCHARADAS SOPERAS
DE FÉCULA DE MAÍZ
CON 1/4 DE TAZA DE AGUA.
REVUELVE HASTA QUE LA FÉCULA SE
HAYA DISUELTO. COCINA A FUEGO SUAVE
BAJO LA MIRADA ATENTA DE ALGÚN ADULTO.
¿TUS PADRES ANDAN POR AHÍ?
PERFECTO. DEJA ENFRIAR DURANTE
UNOS MINUTOS. LUEGO MOJA UN HISOPO
EN LA PREPARACIÓN Y ESCRIBE
UN MENSAJE SECRETO EN UNA HOJA
DE PAPEL. DESPUÉS, EN UN RECIPIENTE
MEZCLA 3 CUCHARADITAS DE YODO
CON 2/3 DE TAZA DE AGUA. SUMERGE
LA ESPONJA EN LA MEZCLA,
ASEGURÁNDOTE DE QUITAR
EL EXCESO DE AGUA. Y PASA
LA ESPONJA POR EL MENSAJE.

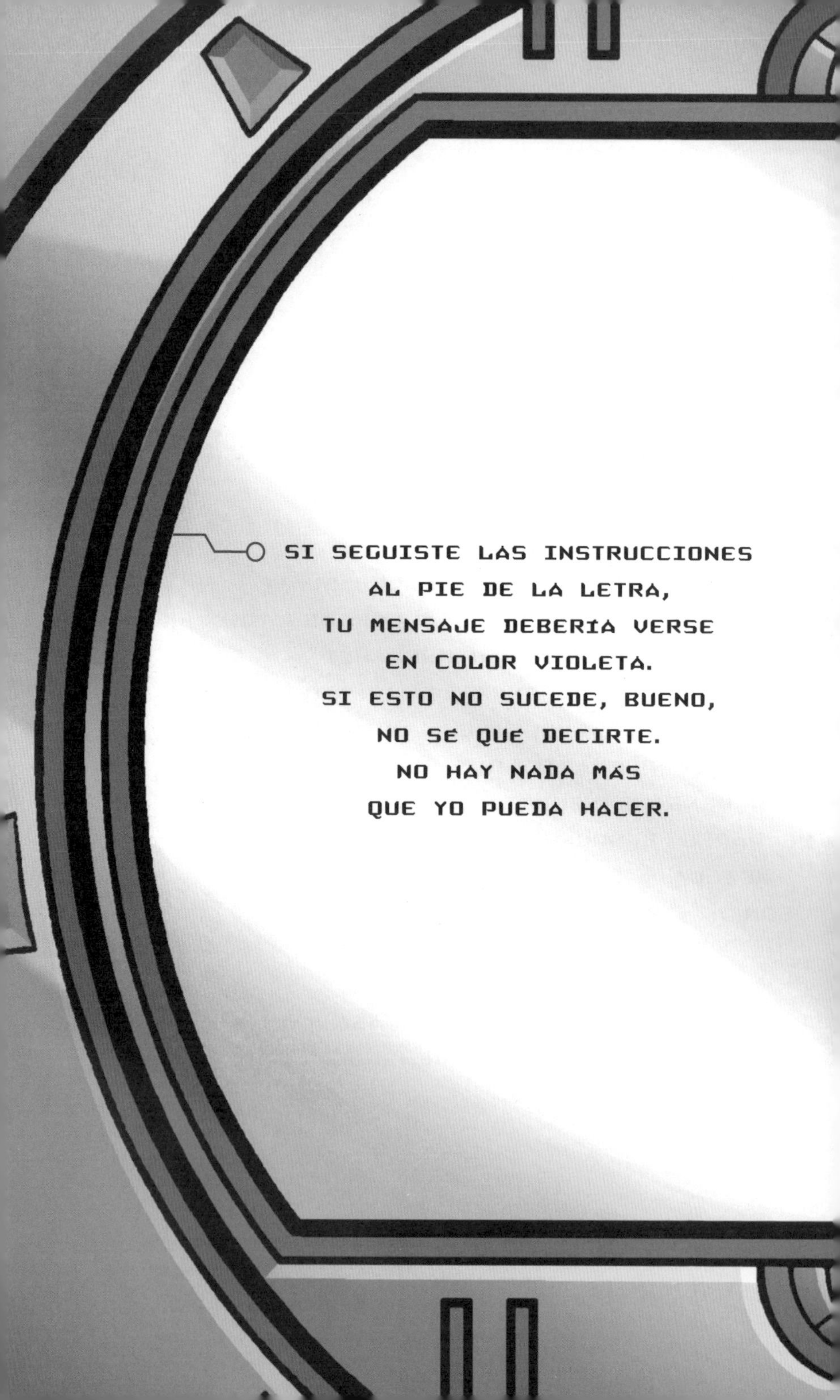
SI SEGUISTE LAS INSTRUCCIONES
AL PIE DE LA LETRA,
TU MENSAJE DEBERÍA VERSE
EN COLOR VIOLETA.
SI ESTO NO SUCEDE, BUENO,
NO SÉ QUÉ DECIRTE.
NO HAY NADA MÁS
QUE YO PUEDA HACER.

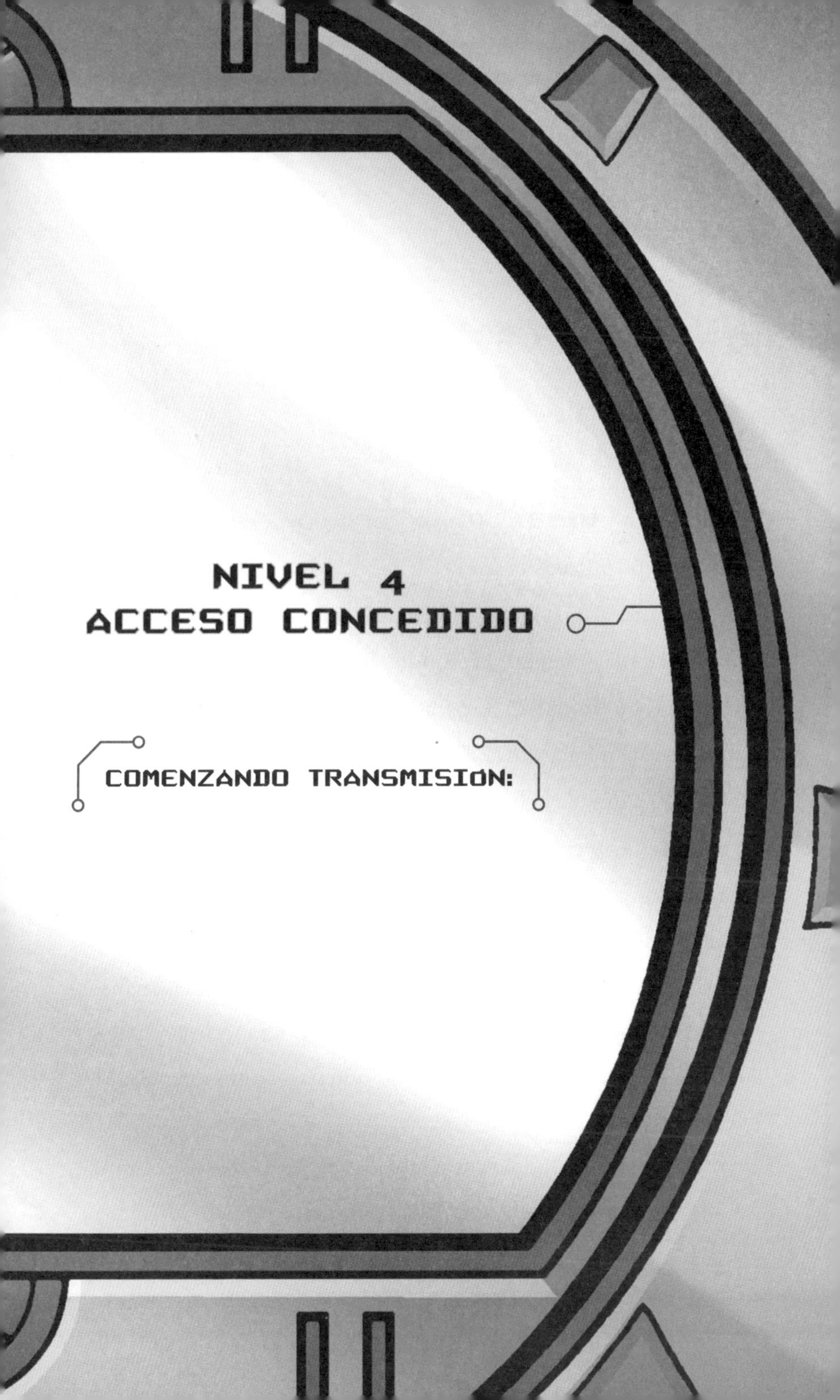
NIVEL 4
ACCESO CONCEDIDO
COMENZANDO TRANSMISION:

10

40°69'N, 73°99'O

Spencer de la Peña era un novelista. Durante los últimos cinco años de su vida se despertaba todas las mañanas, comía una omelette de claras de huevo y se iba en bicicleta a la cafetería de la esquina de la avenida Wykoff y la calle Smith, en Brooklyn. Se pasaba el día tomando interminables tazas de café mientras trabajaba en una epopeya dramática sobre los últimos días de la China feudal. Era una historia complicada y exigente, con cientos de personajes y todavía no había encontrado una editorial interesada en publicarla… ¡pero ya lo haría! Spencer no tenía la menor duda.

Escribía el día entero y, a las cinco en punto –con las manos tan temblorosas por la cafeína que apenas podía teclear–, archivaba la novela y se dirigía al trabajo que pagaba sus cuentas: escribir historietas.

En ese momento, Spencer estaba ocupado en tres colecciones al mismo tiempo: *Sargento Blast, Ultraforce* y *Clash of Heroes.*

Todas estaban plagadas de tipos con disfraces que se golpeaban constantemente en la boca unos a otros. Se había dedicado a los cómics con la esperanza de dotarlos de una mayor profundidad pero, después de unos pocos números de su versión de Medea, el editor le informó que a los lectores no les interesaba la profundidad. Solo querían más puñetazos en la boca. Qué podía hacer: había que pagar el alquiler.

–¿Usted es Spencer de la Peña? –preguntó una voz detrás de la pantalla de su *laptop*. Al levantar la vista, se encontró con uno de los niños más torpes y ridículos que había visto en su vida: regordete, bajito, con pantalones violetas y camiseta llamativa. Spencer conocía a esa clase de chicos. Tenía un vasto público de jóvenes lectores, todos nerviosos, inadaptados y destinados a una existencia de burla y maltrato.

Spencer lo miró con expresión molesta.

–Lo siento, niño, estoy muy atareado. No tengo tiempo para firmar autógrafos.

–No es eso lo que necesito. ¿Usted es el tipo que escribe *Ultraforce*? –dijo el chico, mostrándole un ejemplar de la historieta.

–Sí, y…

–¿Y es el autor de este número?

El escritor observó la portada. En ese libro había introducido un personaje creado por él mismo: el Amo de las Máquinas.

–Sí.

El gordito señaló el arma del villano: una pistola espacial de rayos láser que hacía que las máquinas se doblegaran ante sus caprichos.

–¿Cómo funciona?

Spencer puso los ojos en blanco, mientras levantaba la computadora y tomaba su chaqueta.

–Niño, sé que todo eso es muy interesante y reconozco que yo también soy un poco fanático del tema, pero nada de lo que hay en esas páginas es real. Esa pistola de rayos no existe y, si la construyeras, no funcionaría. La inventé. Es pura imaginación. Y ahora tengo que irme. Fue un placer conocerte, pero tengo un trabajo que entregar.

–Pero…

–Estoy seguro de que hay alguna comunidad virtual sobre ese cómic. Quizás entre todos, puedan encontrar alguna solución –concluyó. Desafortunadamente, cuando intentó salir de la tienda, se encontró con otros cuatro niños con el mismo aspecto que su supuesto admirador.

–Me parece que no contestó la pregunta de mi amigo –repuso un chico tembloroso, de origen mexicano.

–¿Qué es esto? ¿Acaso son miembros de un club de fans?

–Algo así –comentó el muchacho que lo había encarado en la cafetería–. Y necesitamos su ayuda.

De pronto, Spencer sintió un pinchazo en la mano. Bajó la vista y vio que un chico con unos enormes brackets le había puesto una inyección. Antes de poder reaccionar, lo invadió el sueño y todo se oscureció.

Al despertar, no tenía la menor idea de cuánto tiempo llevaba dormido ni cómo había terminado amarrado a un sillón de cuero dentro de lo que parecía ser un avión moderno.

Tampoco sabía quién era la hermosa rubia que estaba inclinada sobre él, pero gracias a ella los dos primeros misterios no le preocuparon demasiado.

–Buenas tardes, señor De la Peña –dijo la mujer–. Soy la señorita Holiday y nos encontramos a bordo del Autobús Escolar.

–Hace un tiempo que terminé la escuela, pero tampoco tanto como para que hayan reemplazado a los autobuses por aviones.

La agente sonrió.

–En realidad, Spencer, esto no es un avión –lo corrigió. Luego señaló hacia fuera de la ventanilla. Él se estiró para mirar y tardó en reaccionar. Del otro lado se podía ver la Tierra a lo lejos, volviéndose más pequeña con el paso de los segundos. Aun así, él juraría que el grito que dio se escuchó hasta en su vecindario.

–¿Qué pasa? ¿Por qué me mandaron al espacio? –preguntó, una vez que logró calmarse.

–Porque tenemos algo increíble que contarle… –dijo una voz a sus espaldas.

Spencer giró el sillón y se enfrentó a los cinco pelmazos de la cafetería. El que hablaba era el gordito de tez oscura.

–Pero como no tenemos tiempo para explicaciones, digamos solamente que somos agentes secretos, trabajamos para el gobierno, este es nuestro jet espacial y necesitamos su ayuda.

–Ustedes son una banda de…

–¿Niños? –preguntó la pequeña coreana cejijunta–. Sí, siempre nos dicen lo mismo. La cuestión es que somos espías. El resto es confidencial, Spencer, así que vayamos al grano.

La chica de anteojos y pelo erizado prosiguió.

–Hay un hombre muy malo que inventó una máquina inspirándose en su historieta…

–Eso es una locura –señaló Spencer.

–No me interrumpa o haré que mi amigo lo arroje por la puerta –le advirtió, apuntando al chico pequeño y nervioso, que hizo pose de atleta–. Este tipo tan malvado ya utilizó su aparato para asaltar un banco y para arruinar unas… máquinas muy poderosas. Creemos que trabaja para un hombre aún más peligroso que él.

–¿Y eso qué tiene que ver conmigo? –intervino Spencer, mientras su respiración se aceleraba ante la extraordinaria situación. La mujer le ofreció un vaso de agua–. ¿Ustedes piensan que yo lo ayudé? –preguntó, más tranquilo.

–No –dijo la niña coreana.

–No puedo ser responsable por…

–Señor De la Peña –lo interrumpió el chico de la ropa chillona–: no estamos acusándolo de ser un malvado. Solo tratamos de entender cómo funciona esa pistola que usted imaginó. El tipo que construyó la versión real está planeando desarrollar un modelo mucho más grande, que podría conducir a un problema muy serio. Si tiene éxito, él y su jefe podrían fácilmente trastornar el equilibrio de poderes en todos los rincones del planeta. Por eso, le repito que sé que todo esto es algo confuso…

–Y un poco delirante –agregó el niño mexicano con una carcajada.

–Ustedes están dementes –exclamó Spencer, intentando zafarse de las correas–. No se puede tomar un estúpido aparato de una historieta y convertirlo en realidad.

La mujer señaló un panel con pantallas de computadoras.

–Benjamín, ¿puedes mostrarle a nuestro invitado las secuencias del robo de Albert?

En un instante, los monitores emitieron fotografías de un hombre gordo con un disfraz. Estaba apuntando con la pistola a la gerenta del banco, que trataba de esconderse debajo del escritorio.

–Es… es real –tartamudeó Spencer.

–¿Cómo funciona? –preguntó con impaciencia la chica del pelo erizado.

–Si ese tipo tomó sus ideas de mi historieta, les quiero aclarar que lo inventé todo. No soy científico. Simplemente leí un artículo sobre nanotecnología en una revista de ciencia. ¿Oyeron hablar de los nanobytes? ¿Esos robots supermicroscópicos?

Los espías se lanzaron una mirada de complicidad.

–Algo hemos oído –respondió el gordito.

–Había una teoría que decía que esos robots se podían utilizar para diferentes tareas, desde computadoras más rápidas hasta neurocirugía. Y comencé a preguntarme si esas máquinas podrían ser sensibles a los virus, entonces pensé que sería fantástico crear un villano que manipulara las computadoras de esa manera.

–¿Y cómo lo hace? –preguntó la coreana.

–Vuelvo a decirles, no soy ningún experto, solo estuve investigando. Cuando un virus ataca a una computadora es porque la máquina descargó algo que está programado para trastornarla, pero no se puede hacer lo mismo en los microondas o en los automóviles. ¿Cómo se puede introducir el virus en una máquina sin bajarlo? Enviándolo por aire. La pistola del Amo de las Máquinas es solo una conexión inalámbrica portátil que lanza virus a los aparatos. Para hacerlo transforma al virus en una onda electromagnética y la dispara. Una máquina puede ser bombardeada con un virus, con información nueva... lo que sea. La mayoría no está diseñada para defenderse. Se podría usar esa pistola para reprogramar cualquier cosa que tenga un procesador.

–Como si lo hipnotizara –comentó la chica del pelo erizado.

–Supongo que sí –repuso Spencer.

–¿Qué clase de materiales se necesitan para construir un arma que pudiese dominar a todas las máquinas del planeta al mismo tiempo? –preguntó el gordito.

–Eso sería imposible.

–Imaginemos que se puede hacer –acotó el mexicano–. Tenemos todo el dinero del mundo, la cantidad de constructores necesarios y una mente gigantesca que puede armar todo.

–Primero, necesitaríamos un cristal infrarrojo para transmitir la señal.

–¿Sería posible hablar en un lenguaje comprensible para aquellos que todavía estamos en la escuela primaria? –se quejó el chico de los brackets desde la cabina.

–Lo que estoy diciendo es que, si alguna vez observaron un control remoto, la parte por donde sale el haz de luz es en general un pedazo de vidrio o plástico que dirige la señal. Un diamante diminuto funcionaría aún mejor. Si fueran a construir una máquina enorme, probablemente tendrían que conseguir un diamante grande para mantenerla estable. Uno muy grande, en realidad. Segundo, necesitarían una cantidad extraordinaria de procesadores y chips para computadoras… y, por último, para llegar a afectar a todas las máquinas del mundo, deberían colocar la pistola en órbita para alcanzar a todo el planeta de una vez.

–Señor De la Peña, le agradezco su tiempo –dijo la chica del pelo esponjoso.

–¿Ya podemos enviarlo a su casa? –preguntó la mujer bonita–. Creo que ha tenido un día muy pesado.

La chica asintió.

La señorita Holiday sonrió y estiró la mano. Cuando Spencer la tomó, un cosquilleo recorrió todo su cuerpo: nunca había estado cerca de una mujer tan bella.

–Encantado de conocerla, señorita Holiday –dijo el escritor–. Quizás podríamos salir alguna vez. Tengo una entrada de más para Comic-Con, la Convención Anual de Cómics.

Lisa se sonrojó y Spencer sintió una sacudida. Cuando miró hacia abajo, se dio cuenta de que ella le había inyectado algo, igual que lo habían hecho los chicos en la cafetería.

–Ay, no –balbuceó, antes de quedar inconsciente.

A la mañana siguiente, De la Peña se despertó hecho un ovillo en la cama de su departamento, con la sensación de que había dormido mejor que nunca. Se incorporó, se frotó los ojos y sintió que lo invadía una asombrosa ola de inspiración. Se abalanzó sobre el teléfono y llamó al editor de la compañía de libros de cómics.

–Pete, habla Spencer –le dijo con excitación–. Escúchame por favor. ¡Tengo la mejor idea del mundo para una historieta! Se trata de cinco chicos que trabajan para el gobierno y están supervisados por una mujer muy sexy. Se mueven por todos lados en cohete y… ¿cómo se va a llamar? Todavía no lo pensé, pero será mi próximo proyecto. ¿Qué? Olvídate de la novela. ¡China puede esperar!

11

38°53'N, 77°05'O

Albert Nesbitt era un tipo rutinario. Se levantaba todos los días a las dos de la tarde, desayunaba la comida rápida que hubiera sobrado de la noche anterior y volvía a la cama para dormir una siesta.

Se despertaba a las cuatro y miraba programas de televisión de temas judiciales donde actuaban jueces atrevidos pero imparciales. A las seis, subía tambaleándose por las escaleras y enfilaba para la tienda de cómics a comprar historietas o simplemente a dar una vuelta por el lugar. A las diez, regresaba a su casa y miraba alguna serie de ciencia ficción que hubiera grabado, mientras engullía el contenido de una lata que pudiera cocinarse en el microondas.

Pero ahora que tenía un trabajo, su rutina se había alterado por completo. Su día comenzaba en el momento en que las ardillas se lanzaban a corretear entre los árboles, en medio de un concierto de chillidos y chasquidos, derribando piñas que iban a dar a su cabeza. Eso ocurría generalmente alrededor de las cinco de la mañana. A esa hora, Gertrudis ya se encontraba levantada preparándole el desayuno: frutas, pan integral y avena sin azúcar. Esa comida le provocaba náuseas. Simon y su secuaz lo acompañaban y conversaban sobre las noticias, el tiempo y sus planes diabólicos para triturar el ánimo de todos los seres vivientes del planeta. Albert se aburría mortalmente. No le gustaba socializar durante la mañana, ni hablar de desayunar comida orgánica.

A continuación Simon y sus músculos a sueldo, junto con las ardillas, descendían de la fortaleza verde y marchaban a robar algún banco, dejando a Albert a solas con su madre. Esa era la parte del día que más detestaba.

–Te lo repito una vez más, Albert. Tú eres diez mil veces más inteligente que ese chico. ¿Él realmente cree que pueda gobernar el mundo? Tú deberías estar a cargo de esta operación –dijo la mujer.

–Mama, el plan es suyo y él es quien se está encargando de todos los gastos –argumentó Albert.

–A mí me parece que es una pérdida de dinero. Valoro tu lealtad, pero lo que estoy tratando de decirte es que, cuando la oportunidad se presenta, no hay que dejarla pasar –comentó su madre encogiéndose de hombros.

–¿Me estás pidiendo que lo traicione?

–¡Shhhhhh! –chilló–. No sabemos si alguna de esas ratitas peludas anda dando vueltas por las ramas. Estoy segura de que cuando él habla, ellas lo comprenden.

–Mama, no quiero hablar más de este tema –dijo Albert–. Te estás entrometiendo en mis asuntos, como hacías cuando era niño.

–¡Yo no soy una entrometida!

Albert estaba perplejo.

–Siempre te metías en todo lo que hacía, como cuando me presionabas para que me dedicara a la ciencia. Bueno, aquí me tienes, soy un científico, pero ahora eso tampoco te basta. A mí no me interesa conquistar el mundo, lo único que quiero es salvarlo.

–Eres tan ingenuo –exclamó Mama, golpeando su tazón de avena contra la mesa–. ¿Cuánto gana un superhéroe? ¿Existe un plan de jubilación? ¿Tienes seguro médico? ¿Dental? ¿Al menos te dan un espacio para estacionar el automóvil o un cubículo? ¡Albert, hay que pensar en el futuro! Te falta poco para cumplir cuarenta años. Tienes dos opciones: o aceptas este trabajo que te permitirá dominar el planeta o ¡andas por la vida en calzoncillos preguntándote cómo harás para pagar la cuenta del gas!

Albert estaba preocupado. Ella no entendía nada. Sin embargo, no era eso lo que le molestaba: hacía veinticinco años que soñaba con ser un héroe y, en unos pocos días, se había volcado a la vida criminal. ¿Gobernar el mundo? La idea le daba escalofríos. ¿Acaso había caído tan bajo? No era mejor que el Guasón o Lex Luthor. Estaba ayudando a un cerebro malévolo. Simon no debería haber sido su jefe: tendría que haber sido su archienemigo.

Albert hizo a un lado su decepción y encendió la computadora. Tenía que ponerse a trabajar y ese día estaba a la caza de cierta información. Escribió la palabra "diamantes" en el motor de búsqueda. Para construir el arma necesitaría tantos diamantes como para llenar un camión.

Aparecieron los resultados: casi todos eran referencias a Marilyn Monroe y a una actriz llamada Zsa Zsa Gabor. Pero al seguir avanzando, encontró algo verdaderamente interesante. Abrió el sitio y se topó con una colección de diamantes gigantes esperando que alguien la robase. Cuando leyó un poco más, descubrió algo muy desagradable.

–Mama, encontré algunos componentes para la pistola de rayos –le comunicó.

–Sabía que lo harías. ¿Y cómo llegamos a ellos? –preguntó Gertrudis, dando unas palmadas de satisfacción.

–Tendré que aprender a nadar.

12

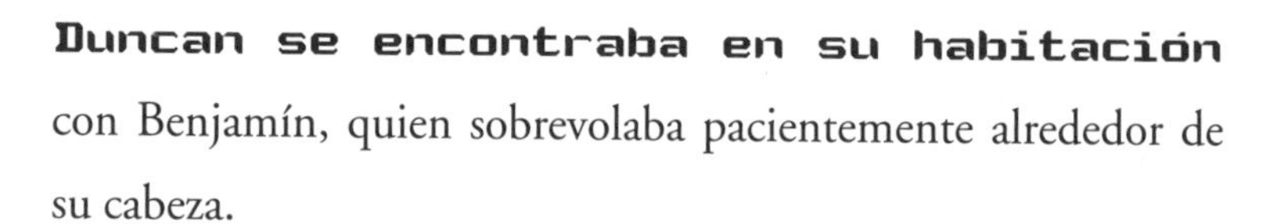

Duncan se encontraba en su habitación con Benjamín, quien sobrevolaba pacientemente alrededor de su cabeza.

–¿Pegote? –zumbó la esfera–. Te pregunté si querías tu ropa habitual.

–Sí, te escuché, estoy… pensando –repuso Duncan.

–¿Podría saber por qué estás tan distraído?

El chico estaba observando una foto de su familia que colgaba de la pared. Todos parecían tan normales… salvo él.

–Quiero cambiar mi estilo.

La pequeña esfera azul pareció sorprendida.

–¿De modo que tienes un estilo?

Duncan lanzó un profundo suspiro.

–Benjamín, ¿crees que soy raro?

–Sé que tú y el equipo comparten una serie de trabas sociales, pero soy una computadora, me resulta difícil procesar por qué eso sería un problema. He llegado a comprender que los chicos se burlan de ustedes con frecuencia, sin embargo, creo que no debes olvidar que ser un nerd es una parte fundamental de tu identidad encubierta. Tu torpeza hace que las personas no te presten mucha atención y no interfieran en tu trabajo como espía.

–Ah, ojalá los humanos pensáramos como tú: pura lógica y procesadores. Pero la cuestión es que ya estoy acostumbrado a ser un nerd. En la escuela, los chicos me vienen diciendo pelmazo desde que tenía cinco años. Nunca me molestó porque siempre creí que existía un motivo por el cual yo era diferente. También sabía que después del colegio, podía volver a casa y estar en un lugar donde la gente pensaba que yo era genial… no imaginé que podría llegar a ser un inadaptado aquí también.

La esfera parpadeó.

–Tanisha dice que no soy como el resto de la familia, que no encajo aquí –agregó Duncan.

–Me han contado que es común que los seres humanos, cuando están enojados, hagan y digan cosas que después lamentan. Estoy seguro de que la Criatura pronto te pedirá disculpas por lo que te dijo.

–No, no creo –repuso Duncan. Después del incidente con TJ, la había visto más de diez veces y ella ni siquiera lo había mirado.

–Bueno, no tienes que darle mucha importancia. Hay otras personas que piensan que tú encajas muy bien. De todas maneras, una pequeña actualización de tu guardarropa no vendría nada mal.

De repente, se desplegaron de la pared varios rollos de tela y el aire se llenó de ruidos de tijeras y cinta adhesiva.

En un abrir y cerrar de ojos, Duncan salió de su dormitorio y se chocó con la Criatura. Tanisha le lanzó un gruñido mientras lo observaba de arriba abajo.

–¿De qué estás disfrazado? –le preguntó.

–Solo estoy tratando de vestirme como los demás –contestó, mirando su atuendo. Llevaba una camiseta roja tipo polo, jeans azules y calzado deportivo estilo básquet. La camiseta le quedaba bien y los pantalones llegaban hasta los pies. Tenía el aspecto de la mayoría de los chicos de la escuela. Le sonrió y continuó su camino hacia la cocina, donde encontró a su padre luchando con la tostadora y a su madre disfrutando de una taza de café. La Criatura fue tras él.

Avery y Aiah lo miraron con incredulidad.

–¿Qué pasa? –repuso Duncan a la defensiva.

–Estás… guapo –balbuceó Aiah.

–Sí, parece que este año Halloween se adelantó –bromeó la Criatura.

Avery le echó una mirada airada a su hija.

–Sabes algo, cuando abres la boca, dices cosas terribles. En esta familia no nos hablamos de esa forma.

Tanisha se quedó mirando a su padre y después salió corriendo de la cocina hecha un mar de lágrimas.

–¿Fui muy duro con ella? –le preguntó Avery a su esposa.

–No anda bien últimamente. Hablaré con ella más tarde –respondió Aiah, sacudiendo la cabeza.

De pronto, Duncan sintió un zumbido en la nariz y estornudó.

–¿Eso es un estornudo o una misión? –dijo Aiah.

–Necesito que me lleven a la escuela lo antes posible.

Dos horas después, Duncan se encontraba en la cubierta del buque *Julia Child*, muerto de frío, contemplando un sumergible. Había visto embarcaciones de ese tipo en documentales del mundo submarino, pero nunca había tenido una tan cerca. La cápsula poseía una ventanilla que era un globo de plástico transparente superfuerte y dos aletas encargadas de hacer mover al sumergible por el agua. En el exterior tenía decenas de luces de gran potencia, así como unas seis cámaras que podían captar imágenes en cualquier dirección.

–Hola, agentes –dijo un hombre alto y delgado, acercándose a la cubierta. La cabeza calva y la piel como carbón le daban un aspecto intimidante. Todos interrumpieron sus tareas y le prestaron atención.

El agente Brand lo saludó con un apretón de manos.

–Es un honor conocerlo, capitán Blancard, ¿o debería llamarlo "Agente Delfín"?

El capitán sonrió.

–Hacía muchos años que nadie me llamaba así –confesó y se echó a reír–. Creo que Adrián estará bien.

–Fue miembro de NERDS en la década de 1970 –informó Ruby al equipo, con una extraña sonrisa en su rostro. Era obvio que se sentía como si estuviera frente a una estrella de rock–. Delfín era un espía admirable.

–¿Y qué hace aquí? –preguntó Jackson–. Yo creía que a los dieciocho años había que retirarse.

–Mantenemos a unos pocos agentes con un contrato especial cuando trabajan en algo que pueda resultarnos útil –explicó la señorita Holiday–. El capitán Blancard ha llegado a ser uno de los exploradores submarinos más importantes del mundo.

–Chicos, seamos sinceros. Soy un buscador de tesoros y no lo hago nada mal –dijo el marino sonriéndole a la mujer. Luego se dio vuelta y señaló el sumergible–. Tal vez algunos digan que soy un pirata. Pero yo les pregunto una cosa, ¿qué pirata tuvo una máquina semejante?

–Señor, nunca había visto un sumergible con brazos –comentó Jackson.

–¿Y desde cuándo sabes algo de naves submarinas? –repuso Ruby con el ceño fruncido.

–Ya ves, no soy solamente una cara bonita –contestó Jackson.

Blancard se echó a reír.

–Amigo mío, tienes toda la razón. No existen muchos sumergibles con miembros automatizados, pero resultan de utilidad para levantar tesoros del fondo del océano. Además he descubierto que en las profundidades acechan algunos seres que sentirían mucho placer en pegarte un mordisco. Y algunos de ellos son descomunales. Hice diseñar esos brazos para

poder defenderme. Permítanme presentarles a su buque, el *Muhammad Ali*. Flota como una mariposa, pero pincha como una abeja.

Oprimió un botón en un panel de control y los dos brazos mecánicos entraron en acción, dando golpes de boxeo al aire, hasta que se detuvieron.

–¡Alucinante! –gritó Julio.

–Pido ser la primera en usar esos puños de boxeo –exclamó Matilda.

–Sí, el *Alí* es un luchador muy potente. Tiene un casco de titanio y un escudo de plexiglás en la ventanilla, que puede resistir unas cien veces la presión de la superficie.

–Jefe, ¿cuál es el plan? –le preguntó Ruby a Brand.

–Dejo esa parte en manos de nuestra experta en información –contestó el director señalando a la señorita Holiday.

–Estamos tres millas por encima de los restos del naufragio del *Bom Jesus*, un buque comercial portugués que, según dicen, se hundió aquí hace doscientos cincuenta años. En su cargamento había seda, especias y tres toneladas de oro portugués. Creemos también que contenía los diamantes Azreal. La leyenda cuenta que la embarcación transportaba cajones de diamantes de increíble tamaño: unos de los más grandes del mundo. Unos mineros los descubrieron en Costa de Marfil y necesitaron cien hombres para acarrear el botín hasta el barco –dijo la agente y luego se volvió hacia el capitán–. La mayoría de la gente cree que los diamantes son un mito.

–Lisa, la mayoría de la gente no tiene imaginación –dijo Blancard con una risotada–. Esa es la razón por la cual nosotros tenemos una gran fortuna.

Los marineros lanzaron un estruendoso "¡hurra!".

El agente Brand les habló a los chicos.

–La idea es que consigan los diamantes antes de que llegue Simon. Sin diamantes no hay máquina de destrucción. La misión es un poco diferente de las anteriores, pero todos ustedes han recibido entrenamiento en combate submarino, de modo que no deberían tener problemas. Conduzcan al *Ali* hasta el suelo marino y busquen los restos del naufragio.

–¿Los diamantes realmente se encuentran allí? –preguntó Matilda.

–Hay informes de testigos que afirman que el buque resultaba muy pesado de maniobrar –acotó Holiday–. Es muy posible que el hundimiento se haya debido al peso extra de las piedras preciosas.

–Si se hallan ahí abajo, usen el sumergible para traerlos a la superficie –dijo Blancard–. Y mantengan las cámaras encendidas en todo momento. Probablemente los ojos de mi tripulación puedan distinguir datos valiosos que ustedes pasen por alto. Es nuestro trabajo.

–¿Y dónde están las mochilas? –preguntó Duncan a la bibliotecaria.

–Chicos, todo lo que necesitan para esta misión está aquí –respondió, llevándose el dedo a la cabeza.

–No pensarán que... –comenzó a decir Duncan, pero se calló al notar la expresión severa de Ruby recordándole que debía portarse como un hombre.

–De todas maneras, ninguna de tus habilidades te va a resultar muy útil debajo del agua, hermanito –agregó Pulga.

–Blancard usará la radio para guiarlos en la conducción del sumergible, pero me han dicho que es bastante sencillo –explicó Holiday y luego se dirigió a Duncan–. Solo recuerden que son los mejores agentes secretos del mundo. ¿No es cierto, Alexander?

Brand emitió un gruñido, pero asintió con la cabeza.

Los hombres del capitán ayudaron a los chicos a ubicarse en los asientos. Luego la embarcación comenzó a elevarse de la cubierta del *Julia Child*.

–¡Cuiden el submarino! –les dijo el capitán a través de la radio.

El *Muhammad Ali* se balanceó por el costado del barco y comenzó a descender. Las cadenas que lo mantenían en el aire lo liberaron y de una sacudida cayó al mar. Pero el equipo no se dio cuenta de nada, pues ya estaba cumpliendo con sus responsabilidades. Ruby se hizo cargo de la computadora de a bordo y del radar, que en ese momento se encontraba rastreando a un grupo de delfines que pasaba por debajo de ellos. Matilda se ocupó de los brazos mecánicos y, de inmediato, comenzó a lanzar ganchos y *jabs* de práctica. Jackson se estaba familiarizando con la pistola arpón y Julio, con las cámaras y los reflectores. El pequeño apenas parpadeaba y no quería perderse nada. El encargado de conducir el sumergible era Duncan, que se sentó en el sillón del capitán y contempló cómo las olas se tragaban la nave.

–¿De modo que ese tipo fue miembro de NERDS? –preguntó Jackson.

–Bueno, ahora es un bombón –dijo Matilda.

–¡Qué asco! –gritó Ruby–. Es muy viejo.

–Lo que quiero decir es que si se puso tan guapo, hay esperanza para nosotros.

–Delfín estuvo en el equipo desde 1973 hasta 1983 –dijo Ruby–. Lo llamaban así porque era un gran nadador.

–¿Y qué sabes de sus actualizaciones? –preguntó Duncan.

–Al principio, no tenía ninguna –explicó Ruby–. Existía un sistema operativo muy rudimentario que sugería dispositivos basándose en las debilidades del espía. Pero, en general, eran simplemente chicos con algún talento especial.

Mientras los agentes imaginaban cómo habría sido la prehistoria de NERDS, el sumergible se fue internando en las profundidades. No era necesario que Duncan hiciera nada, la gravedad condujo a la pequeña embarcación al fondo del mar. A su vez, él también se encaminó hacia sus propios pensamientos: los comentarios mezquinos de su hermana, las expresiones confusas de sus padres cuando él hablaba, su preocupación por la pérdida de las actualizaciones. De alguna forma, todo estaba entrelazado y él no podía deshacer el nudo. No le agradaba ese estado de confusión. Le recordaba cómo se sentía antes de convertirse en espía y de que toda su vida cambiase, cuando era un chico por debajo del promedio normal.

–¿En qué estás pensando, amigo? –le preguntó Julio, inclinándose hacia delante.

–En la misión –mintió Duncan.

–¿No es genial? Es como el libro *Veinte mil leguas de viaje submarino.* Y tú eres como el Capitán Nemo. ¡Guau! ¿Viste eso?

Duncan miró por la ventanilla y vio pasar una aleta. El único problema era que esa aleta tenía un tamaño cuatro veces mayor que el sumergible.

–¿Qué fue eso?

–¿Y cómo puedo saberlo? –dijo Pulga con los ojos muy abiertos–. Lo más cerca que he estado del océano es una lata de atún.

–Es una ballena –intervino Ruby mientras la seguía en la pantalla del radar–. Debe pesar cerca de veinte toneladas.

–Eso la convierte en un tiburón ballena –dijo Duncan–. Es uno de los animales más grandes del mundo y es oriundo de esta zona del océano.

–¡¿Un tiburón ballena?! –gritó Jackson y revoleó el arpón preparándose para el ataque.

–Tranquilo, es inofensivo –repuso Duncan.

El "pez" se deslizó una vez más por delante de la cápsula y, esta vez, disminuyó la velocidad para fijar su enorme ojo en la nave. Los chicos contuvieron la respiración hasta que el animal continuó su camino y luego estiraron el cuello para seguirlo hasta que desapareció. En la estela que formaba a su paso, iban nadando miles de pececitos plateados. Se movían en un solo grupo de gran tamaño, que parecía más bien un lazo de gelatina arrastrándose a la zaga del tiburón ballena. De pronto, un cardumen de atunes brotó de la nada atravesando como flechas las estelas de otros peces. Duncan no había visto nada parecido en toda su vida.

–¿No creen que nuestro trabajo es el mejor del mundo? –chilló Julio.

Justo en ese momento, el vidrio delantero lanzó un destello y apareció la imagen del agente Brand. Se lo veía irritado.

–¿Qué pasa, jefe? –preguntó Matilda–. Parece enojado.

–No es ninguna novedad –murmuró Jackson.

–Estoy bien, Ráfaga –dijo Brand, aunque su voz exasperada indicaba lo contrario.

–Todavía no hemos encontrado nada, señor –anunció Ruby.

–Les llevará una media hora llegar hasta el lugar donde creemos que se hundió el *Bom Jesus.* Solo quería avisarles que el sonar detectó la presencia de algo debajo de ustedes.

–¿Dónde está la señorita Holiday? –preguntó Duncan.

–Está ocupada charlando con el capitán Blancard –gruñó Brand.

–¡Epa! –exclamó Matilda. Los chicos se miraron con un guiño de complicidad, lo cual pareció irritarlo todavía más. Al instante, su imagen desapareció del vidrio.

–Ese pobre estúpido –dijo Matilda–. Si no aprende a hablar, la va a perder.

–La señorita Holiday es un bombón –agregó Jackson.

Después de un rato, Ruby les avisó que se estaban aproximando rápidamente al fondo del mar. Pulga encendió las luces exteriores y Duncan arrancó el motor. De inmediato sintió la vibración de las máquinas funcionando y cómo el *Ali* respondía al más ligero movimiento de los controles. Aferró la válvula de admisión y el pequeño sumergible se impulsó hacia delante, apenas encima del lecho submarino.

–Pulga, ¿ves algo allá afuera? –preguntó Matilda–. Mejor dicho, ¿ves algo a lo cual pueda golpear en la cara?

–Todavía no –replicó con una sonrisa–, pero serás la primera en enterarte. ¡Un momento! ¡Ahí hay algo!

Duncan detuvo la nave.

–No veo nada.

–¡Allí! –dijo Pulga, señalando una masa verde en el suelo arenoso.

–Felicitaciones, has divisado unas algas –dijo Jackson–. Buen trabajo, vista de lince.

Julio se echó a reír.

–No son algas. Bueno, en realidad, sí lo son pero lo que hay debajo, no. Es un ancla.

La computadora de Ruby emitía unos pitidos frenéticos.

–Tiene razón. Esta máquina toma fotografías de los objetos y después me permite eliminar digitalmente el material que puede haberse acumulado en la superficie. No hay duda de que es un ancla.

–Entonces el *Bom Jesus* tiene que estar por aquí –dijo Matilda.

Duncan piloteó la embarcación a lo largo del suelo marino. Pronto se toparon con unos toneles antiguos y lo que parecía ser un timón. No pasó mucho tiempo hasta que encontraron la popa del buque. Ahí fue cuando Matilda lanzó otro gritito.

Duncan dio unos golpes a la radio.

–Agente Brand. Agente Holiday. El *Muhammad Ali* encontró al *Bom Jesus*.

La cara de la mujer apareció en la pantalla.

–¡Maravilloso! Quizás algún día ustedes se conviertan en buscadores de tesoros como el capitán Blancard. ¿Hay indicios de los diamantes?

–Todavía no. Tendremos que acercarnos –respondió Ruby.

Al aproximarse al barco, Julio divisó un gran orificio en el casco. Daba la impresión de que el *Bom Jesus* se había hundido de costado. Cuando el sumergible se arrimó un poco más pudieron distinguir varios cañones que asomaban por las ventanas y un agujero gigantesco a un lado de la embarcación. Duncan no podía asegurarlo pero daba la impresión de que la explosión de uno de esos cañones hubiera provocado la abertura que, probablemente, precipitó al barco debajo de las olas. El agujero tenía el tamaño suficiente como para que ingresara el *Muhammad Ali*. Cuando Duncan apuntó la nave hacia allí, un enorme tiburón blanco surgió del casco y los atacó con su impresionante mandíbula. Los chicos comenzaron a aullar, sin embargo, como el animal no encontró nada que comer, los rodeó unas cuantas veces y finalmente se alejó.

Duncan introdujo el sumergible con facilidad dentro del antiguo buque y Julio apuntó con los potentes reflectores. En el interior, un fango verdoso lo cubría todo. Miles de pequeños cangrejos desaparecieron a toda prisa entre las grietas y algunos peces rayados se alejaron al verlos llegar. La atmósfera era, a la vez, hermosa y fantasmal.

–Ahí hay un cañón –dijo Pulga mientras Pegote piloteaba la máquina alrededor del casco. La antigua pieza de hierro se encontraba ubicada entre pequeños barriles que tenían tres X pintadas en la superficie.

–Matilda, creo que vamos a necesitar esas armas –comentó Duncan–. Si los diamantes se hallan aquí, tendrían que estar en el fondo del barco. Levanta las maderas del piso, pero mantente lejos de esos toneles. Sospecho que están llenos de pólvora.

La niña sonrió al tiempo que se calzaba unos guantes de goma. De repente, los brazos ubicados a ambos lados de la embarcación cobraron vida. Matilda arremetió contra el piso causando un remolino de algas, plancton y arena alrededor del sumergible.

–Ya despejé el camino –anunció.

Una vez que se aclaró la niebla, descubrieron que los brazos mecánicos habían abierto un hueco que daba a un pequeño recinto. Adentro había mesas, sillas y dos esqueletos blancos que fueron a dar contra la ventanilla. Ruby se estremeció, a diferencia de Jackson y Julio que comenzaron a reír.

–¡Eso fue fabuloso! –chilló Pulga.

–¡Miren! –exclamó Duncan.

Desparramados por la habitación, había varios arcones de madera con candados de bronce.

Los NERDS gritaban de alegría: parecía que habían encontrado los diamantes.

El rostro del capitán Blancard apareció en el vidrio.

–Amigos míos, los felicito. Pegote, hay un botón justo arriba de tu rodilla derecha que dice "Baúl". ¿Lo ves? Oprímelo.

Duncan apretó el botón y una porción inferior del sumergible rodó hacia fuera. Se levantó la tapa dejando a la vista un gran espacio para almacenamiento.

–OK, Ráfaga, hay que introducir uno de esos arcones dentro de la nave y ver qué hay en su interior. No tiene sentido cargarlos a todos y descubrir después que están llenos de ropa vieja –dijo Blancard–. Debes actuar con mucha suavidad: esos cofres tienen cientos de años de antigüedad.

Duncan observó cómo Matilda manipulaba los brazos hasta colocar uno de los arcones dentro del baúl del sumergible. Volvió a apretar el botón y el baúl se retrajo y se selló. Jackson abrió rápidamente una puerta trampa en el fondo de la embarcación. Debajo de ellos, en una piscina, se hallaba el arcón. Después de forcejear un poco con el viejo candado, Jackson logró abrir la tapa. En el interior, encontraron uno de los diamantes más grandes que habían visto en toda su vida.

–¡El Azreal! –aulló Jackson.

–¡Mejor conocido como mi jubilación anticipada! –exclamó Blancard. Duncan pudo oír a sus hombres festejando en el fondo.

Brand reapareció.

–Muy bien, agentes. Recojan todos los arcones y tráiganlos de inmediato a la superficie. Pueden estar muy orgullosos. ¡Detuvieron el plan de Simon antes de que pudiera ponerlo en acción!

Repentinamente, el sumergible dio una brusca sacudida, que tumbó a los chicos por el suelo. Duncan se golpeó la cabeza contra la ventana.

–¿Qué fue eso? –dijo Matilda.

Jackson se arrastró hasta el sillón, tomó el arpón y giró en el asiento.

–¡¡*Uyuyuy*!! –gritó.

Duncan dio vuelta el *Ali* y se encontró de frente con otro sumergible. En la cápsula estaban Simon, Albert Nesbitt, un gorila con un garfio, una mujer mayor y dos docenas de ardillas.

–Nos está haciendo señas –gruñó Ruby, mientras golpeaba un interruptor.

–Hola, mis viejos amigos –se escuchó la voz de Simon, cargada de rabia y amargura.

–Demasiado tarde, Heathcliff. Los diamantes son nuestros –se burló Matilda.

–¡Me llamo Simon! –repuso con un rugido atronador que agitó los tímpanos de Duncan–. Sabía que ustedes eran tan tontos como para guiarme hasta los diamantes Azreal. Sinceramente, no teníamos la menor idea de dónde se encontraban pero, sabiendo que a Brand le encanta tomar la iniciativa, estaba seguro de que ustedes saldrían a buscarlos. Nosotros solo tuvimos que seguirlos. Ahora apártense de mi camino.

–Esta vez no –dijo Pulga–. Si los quieres, tendrás que venir por ellos.

–No hay problema –exclamó Simon–. Mi subordinado se ocupará de eso.

El matón se calzó unos guantes iguales a los de Matilda y en un instante los brazos mecánicos del sumergible de Simon se desplegaron. De un golpe arrojó al *Muhammad Ali* hacia atrás, haciendo que se estrellara contra un costado del *Bom Jesus.* Todos los tripulantes volaron por el aire como palomitas de maíz.

–¿Qué está pasando allí abajo? –aulló Brand, mientras su cara volvía a aparecer en el vidrio.

–Simon está aquí y quiere los diamantes –respondió Ruby.

–Matilda, es hora de ponerte los guantes –dijo Jackson.

–¡Encantada! –gritó. Enseguida le devolvió el golpe al sumergible de Simon, que se encontraba detrás. El puño mecánico apenas rozó la embarcación enemiga, pero la fuerza fue suficiente para que perdiera la dirección.

Una vez que Simon logró enderezarse, los dos sumergibles comenzaron el intercambio de trompadas. En el fondo del mar, los golpes arrojaron a las naves de un lado a otro.

–Tengo una duda –dijo Ruby–. Sé que la embarcación es capaz de soportar mucha presión, pero ¿puede resistir un golpe a traición de un sumergible idéntico a él?

Otro puñetazo respondió a su pregunta. Rozó el borde de la ventanilla causando una rajadura muy fina.

–Eso es malo –comentó Julio–. Pegote, ¿qué tal si nos sacas de aquí?

Cuando Duncan aceleró los motores para retroceder la máquina, sobrevino una terrible explosión desde el interior del *Bom Jesus.* El sumergible voló hacia delante y los instrumentos comenzaron a girar y zumbar enloquecidamente.

–¿Qué fue eso? –preguntó Jackson.

–Debe haber sido la pólvora –respondió Matilda.

–¡No es posible! –gritó Ruby–. Este barco se hundió hace más de doscientos años. La pólvora que hubiera a bordo no podría haberse conservado tanto tiempo bajo el agua.

Se escuchó otra explosión y el pequeño sumergible se sacudió nuevamente.

–Parece que la pólvora no está enterada de eso –bromeó Julio–. Creo que toda esta lucha la está detonando. Tenemos que sacar los diamantes y largarnos de aquí ahora mismo.

–¡La dirección de la nave no funciona! –exclamó Duncan, mientras Simon se colocaba casi encima de ellos.

–¿Tienes algún dispositivo que nos salve de esta? –le gritó Jackson.

Duncan se encontraba perdido. Con sus antiguas habilidades hubiera podido rociar con engrudo los motores de Simon y bloquear su movimiento. Pero no tenía ninguna habilidad: era un chico común y corriente. Un chico normal a punto de sufrir un ataque de pánico. Se sentía afiebrado y enrojecido. Le costaba respirar dentro de la cápsula, sin embargo, de repente, supo lo que tenía que hacer.

–Esperen un momento –dijo–. Contengan la respiración. Voy a liberar el oxígeno comprimido en el tanque de lastre. Al desagotar el agua, ascenderemos rápidamente. Solo espero que tengamos el oxígeno suficiente para respirar hasta que lleguemos arriba.

Duncan pulsó un botón en el tablero y una luz roja de alerta comenzó a titilar. De la parte trasera del *Muhammad Ali* surgió una corriente intensa de burbujas. El sumergible comenzó a elevarse hacia la superficie, dejando atrás a Simon y su pandilla.

–¿Adónde vamos? –se quejó Matilda–. ¡Todavía no terminé con él!

–Ráfaga, no tengo idea de cuántos golpes más pueda soportar esta máquina y creo que ya tuvimos suficientes –dijo Duncan, señalando la rajadura en la ventanilla, que se había agrandado considerablemente.

–¿Y qué hacemos con el resto de los diamantes? –preguntó Jackson–. Simon se quedará con ellos.

–Es cierto. No podemos irnos ahora –chilló Pulga.

–El sumergible está averiado –explicó Duncan–. No puedo hacer nada.

–Nos vemos, NERDS –se burló Simon por los altavoces mientras los chicos ascendían–. Gracias por dejarme todos los diamantes para mí solo. Ustedes son tan predecibles que me facilitan el trabajo.

El rostro de Brand se hizo presente ante ellos.

–Hemos estado monitoreando la situación desde acá arriba. Los recogeremos apenas emerjan –dijo lacónicamente.

Duncan sintió que se ponía rojo de vergüenza. Estaba muy claro que el director estaba decepcionado.

–¿Alguien necesita un chocolate caliente? –sonó la voz alegre de Blancard por el sistema de comunicación, mientras ellos se dirigían hacia la superficie, cerca del *Julia Child.*

Duncan intentó sonreír, pero no podía quitarse de la cabeza el rostro decepcionado de Brand.

FIN DE LA TRANSMISION

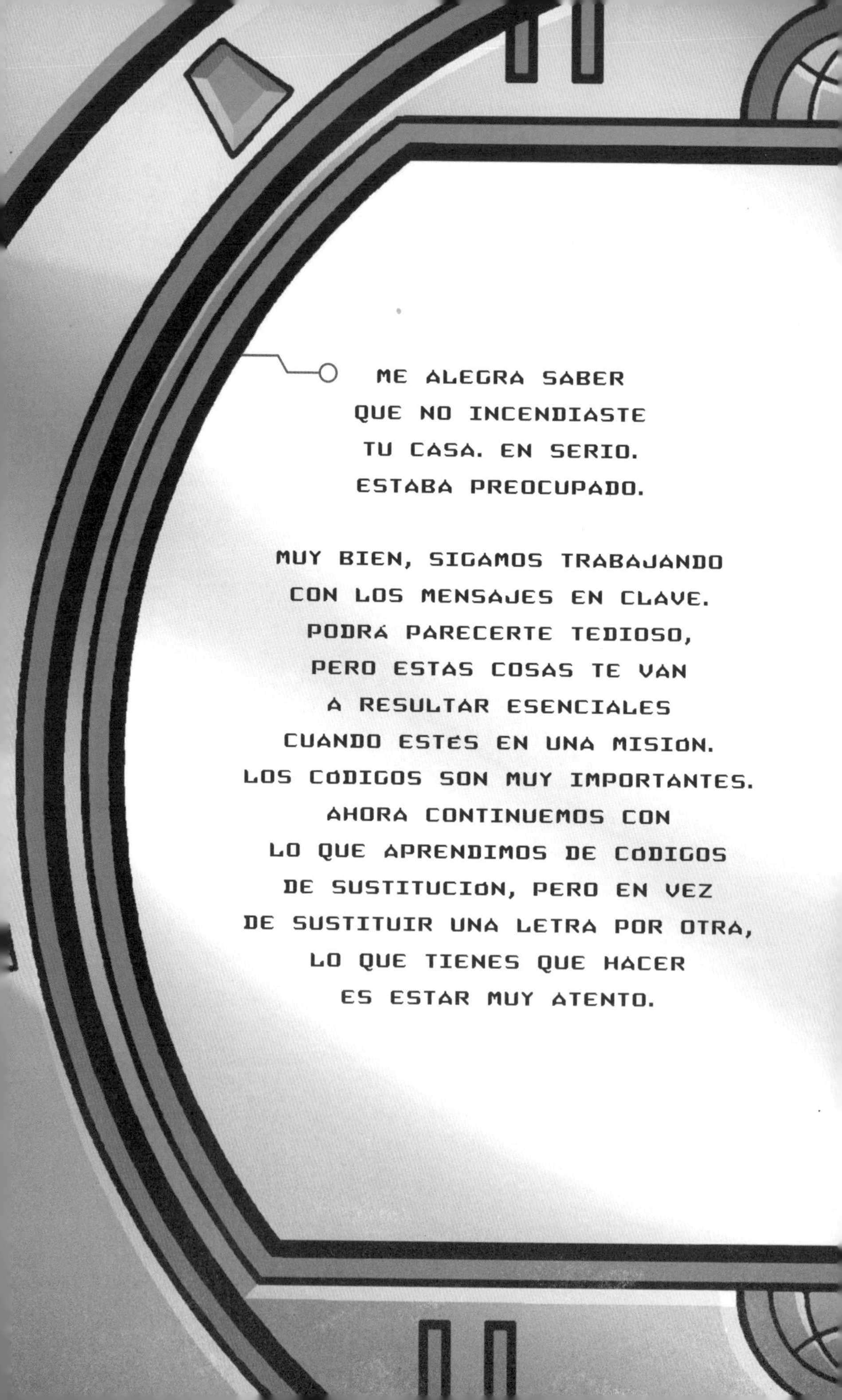
ME ALEGRA SABER
QUE NO INCENDIASTE
TU CASA. EN SERIO.
ESTABA PREOCUPADO.
MUY BIEN, SIGAMOS TRABAJANDO
CON LOS MENSAJES EN CLAVE.
PODRÁ PARECERTE TEDIOSO,
PERO ESTAS COSAS TE VAN
A RESULTAR ESENCIALES
CUANDO ESTÉS EN UNA MISIÓN.
LOS CÓDIGOS SON MUY IMPORTANTES.
AHORA CONTINUEMOS CON
LO QUE APRENDIMOS DE CÓDIGOS
DE SUSTITUCIÓN, PERO EN VEZ
DE SUSTITUIR UNA LETRA POR OTRA,
LO QUE TIENES QUE HACER
ES ESTAR MUY ATENTO.

ESTE MENSAJE FUE
CREADO POR UN TIPO
LLAMADO FRANCIS BACON
Y EL MÉTODO ES SENCILLO:
ESCRIBIR EL MENSAJE SECRETO
DENTRO DE UN MENSAJE SECRETO.
PUEDO VER TU CARA DE CONFUSIÓN.
ACABO DE DESCUBRIR QUE HAY
UNA DIFERENCIA ENTRE ESA CARA
Y TU CARA NORMAL. ES UN ALIVIO.
LO QUE QUIERO DECIR ES QUE USES
DISTINTOS TIPOS DE FUENTE O LETRA
PARA DESTACAR EL VERDADERO
MENSAJE SECRETO. POR EJEMPLO,
PODRÍAS UTILIZAR NEGRITA PARA
LAS LETRAS QUE SON IMPORTANTES
PARA TU VERDADERO MENSAJE.
HAGAMOS UNA PRUEBA:

EN**TU**MECIDO POR EL FRÍO GLACI**AL**
Y EL V**IENTO** POLAR, S**E** ARRA**S**TRÓ
POR **E**L INTERI**OR** DEL BOS**QUE** DE
TRISTES ABED**UL**ES**S** SANGRANDO
Y **PI**DIENDO **S**OCORRO.

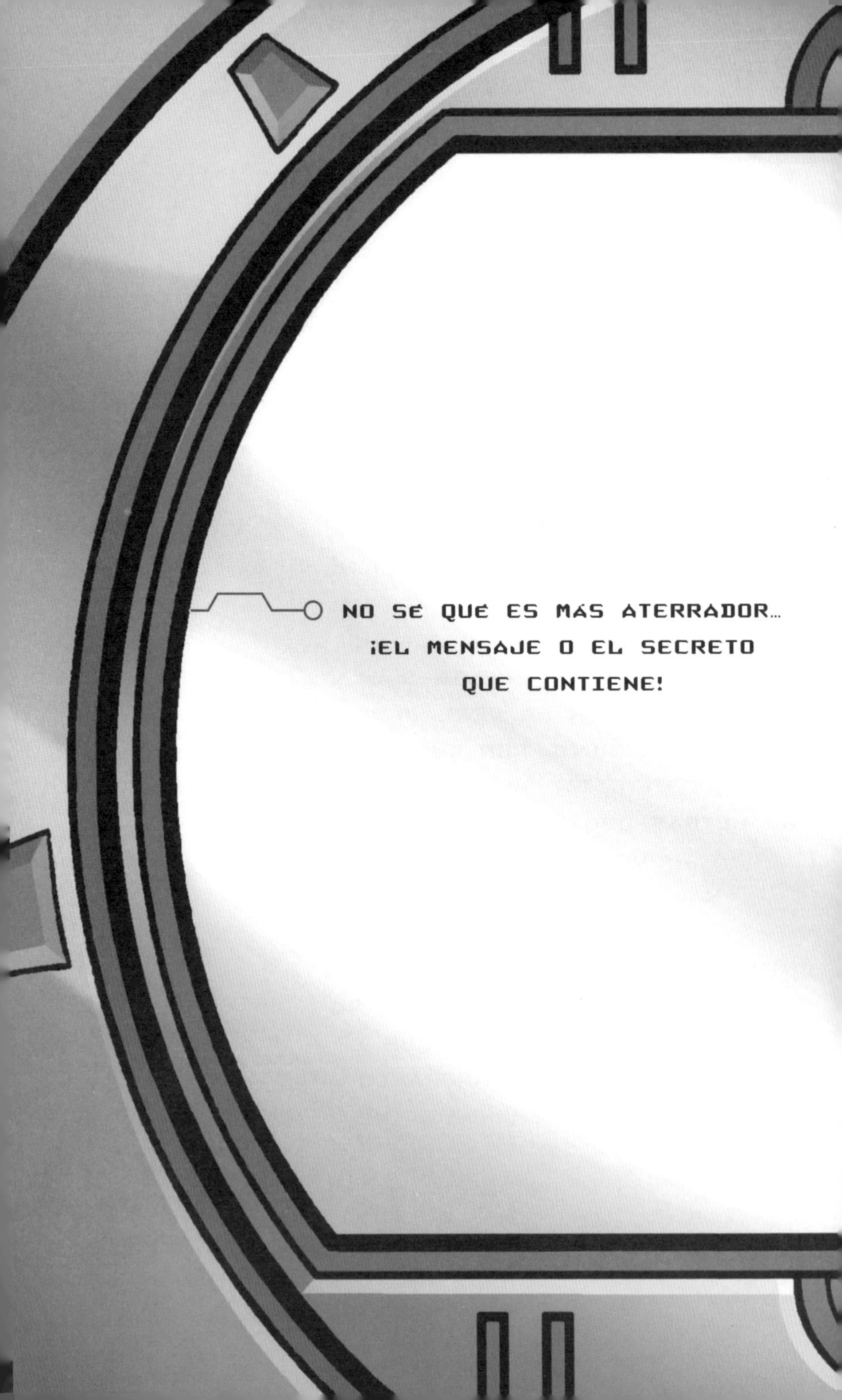
NO SÉ QUÉ ES MÁS ATERRADOR...
¡EL MENSAJE O EL SECRETO
QUE CONTIENE!

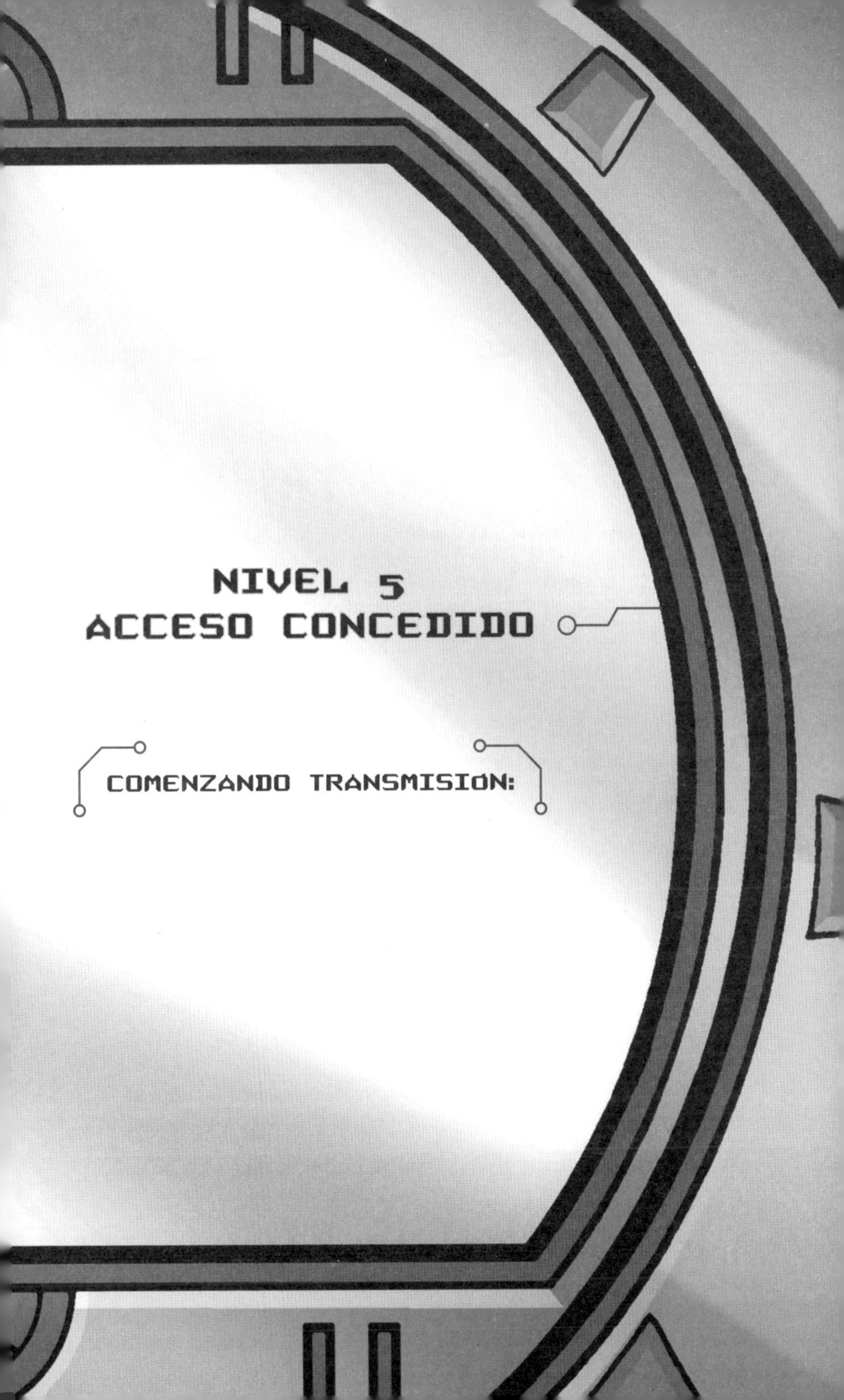
NIVEL 5
ACCESO CONCEDIDO
COMENZANDO TRANSMISION:

13

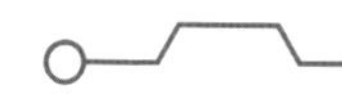

38°43'N, 09°08'O

–¿Por qué no le disparaste al sumergible con tu pistola arpón? –lo reprendió Gertrudis a Simon mientras ascendían lentamente a la superficie con el tesoro.

–Porque disfruto de burlarme de sus ineptitudes –explicó el niño.

–Pero les perdonaste la vida –chilló la mujer–. Da vuelta esta nave y termina tu trabajo como corresponde.

–¡Mama! –gritó Albert, muerto de vergüenza.

–Lo que estoy diciendo es que la única forma de asegurarse de que los chicos buenos no representan una amenaza, es verlos morir delante de nuestros ojos.

Tomándose la cabeza entre las manos, Albert se preguntó cómo había llegado a semejante situación. Estaba trabajando para un lunático impúber, una montaña andante de músculos con garfio y su sanguinaria madre. ¿No estaba pagando un precio demasiado alto por los superpoderes?

Albert no podía dejar de pensar en los chicos del otro sumergible, que pelearon por su vida. Eran valientes. Una banda de niños de no más de doce años había tratado de salvar al mundo. Ellos eran los verdaderos héroes.

–Albert, se te nota triste –exclamó su madre–. Ya hemos conseguido una parte fundamental para tu gran máquina.

–Ah, sí. Es genial –dijo Albert, mirando hacia otro lado.

Cuando el sumergible salió a la superficie, Mama saltó de su asiento.

–¡Un momento! ¡Conozco a ese chico! –gritó.

–¿A cuál? –preguntó Simon.

–Al que conducía el otro sumergible. Vive al lado de casa. ¡Se llama Duncan Dewey!

14

38°53'N, 77°05'O

Duncan se sorprendió al encontrar a la Criatura esperándolo en el Patio de Juegos.

–Papá, Duncan está de vuelta –anunció Tanisha, con un dejo de desilusión en la voz.

Con una expresión a la vez cansada y preocupada, Avery se levantó de un brinco del sillón. Parecía que no había dormido en toda la noche.

–¿Qué pasa? –preguntó Duncan–. ¿Cómo llegaron hasta aquí?

–Tú no eres el único que tiene talento como espía –acotó Tanisha, con una sonrisa maliciosa.

–Ay, gracias a Dios –dijo Aiah, mojando la cara del chico con besos llenos de lágrimas–. Hijo, me parece que ya no puedo soportar esto.

–Mamá, estoy bien. ¿De qué estás hablando?

–La señora Nesbitt, nuestra vecina, vino a casa para contarme que había oído que sufriste un accidente y que lo sentía mucho –explicó Aiah.

Duncan y Julio se miraron.

–¡La mamá de Albert! –dijeron al mismo tiempo.

–Pensé que te habían herido o que te había sucedido algo peor –intervino Avery–. Me asusté mucho.

–Duncan está sano y salvo –dijo la señorita Holiday mientras entraba a la sala–. Si quieren llevárselo a casa no hay problema, pero eso le impedirá recibir hoy las nuevas actualizaciones.

El padre de Duncan enfrentó a la bibliotecaria.

–A ver si entendí bien: ¿ustedes enviaron a mi hijo a una misión peligrosa sin esas cosas que le habían puesto?

–Él ha recibido un entrenamiento muy completo…

–¡Es un niño! –gritó Avery–. La última persona que dirigió este lugar le prometió a Duncan que iba a estar seguro. Nosotros aceptamos esto solamente porque le habían dado superpoderes. Me está diciendo que lo enviaron a morir sin nada de eso.

–Duncan es un agente muy capaz –agregó Holiday.

–¡Hace dos años este chico recibía dinero por comer engrudo!

–¡Avery! –lo amonestó Aiah.

–¿Comía qué? –dijo la Criatura.

–Lo siento, hijo –repuso Avery–. Te traje a esta escuela y te permití participar de este programa para darte una oportunidad. ¡Se suponía que estarías rodeado de genios y tendrías acceso al pensamiento, a la tecnología, a la ciencia! No te cambié de colegio para que te mataran. ¡Se acabó!

–¡Papá!

–Señor Dewey, quizás tenga razón –dijo Brand, irrumpiendo en la habitación–. Duncan es un chico brillante y excepcional, pero tal vez la vida de agente secreto ya no sea para él.

–¡Alexander! –exclamó la señorita Holiday, totalmente sorprendida–. ¡Duncan es uno de los recursos más importantes que posee este país!

–Búsquense a otro –dijo Avery–. Me llevo a mi hijo. Quizás termine siendo un chico común y corriente, pero por lo menos estará vivo.

Esa noche Duncan se encontraba solo en su habitación. Avery había exigido que devolviera la esfera azul que le permitía conectarse con Benjamín. Sin ella, no podía activar su supercomputadora ni tener acceso a la tienda de ropa tridimensional. No tenía la menor idea cómo iría vestido a la escuela al día siguiente.

Peor aún, sin Benjamín tampoco tenía sistema de seguridad en el dormitorio: ni cámaras ni códigos de acceso ni cerrojo en la puerta. Poco antes de las diez, la puerta se abrió y la Criatura entró sigilosamente.

–Ahora sabes cómo es –dijo.

–¿Qué quieres decir? –le preguntó Duncan.

–Sin tus poderes, puedes comprender cómo me siento yo –prosiguió–. Común, normal, corriente. Trata de imaginarte lo que es ser la hermana de un superhéroe, de un genio. De un chico tan increíble que las profesoras de la clase de su hermana compiten para ver quién lo va a tener de alumno.

–Tú no tienes que ser común –repuso Duncan–. Podrías estudiar o participar en las actividades escolares. Y dejar de ser sarcástica y abandonar a algunos de esos inútiles con los que andas saliendo.

Sobrevino una pausa larga y silenciosa. A continuación, Tanisha susurró unas palabras.

–Hasta ahora, esa ha sido la única manera de que me presten un poco de atención en este lugar.

Se dio vuelta y salió cerrando la puerta. Duncan se quedó echado en la cama, observando cómo resplandecían en la oscuridad las estrellas que su padre le había pegado al techo el día que se mudaron. Eso había sido antes de que se convirtiera en espía y descubriera la tecnología. Cuando era solo Duncan Dewey: un chico con un rendimiento regular, de una escuela regular, en un barrio regular, que tenía un padre y una madre que esperaban que él fuera algo más. ¿Cómo haría ahora para volver atrás?

No sabía cuándo se había quedado dormido pero, al despertar, el sol brillaba y alguien estaba lanzando alaridos.

–¡Benjamín! –gritó Duncan mientras saltaba de la cama. Le llevó unos segundos recordar que ya no tenía acceso a la supercomputadora. Frunció el entrecejo y abrió la puerta de un golpe: las luces titilaban, la televisión de la sala cambiaba sola los canales y la aspiradora zumbaba por el pasillo fuera de control.

Duncan encontró a su familia guarecida debajo de la mesa de la cocina, ante el ataque de los aparatos electrodomésticos. La puerta del refrigerador se abrió de golpe y los cubos de hielo brincaron por todos lados. La cafetera roció la habitación con una infusión humeante y la tostadora disparaba panes quemados como si fueran estrellas ninjas.

–¿Qué está pasando? –chilló Aiah–. ¡Tus máquinas nos están atacando!

–No tengo idea –exclamó Duncan mientras manoteaba el control remoto de la mesa. Lamentablemente, por más que apretó los botones una y otra vez, los aparatos no se detuvieron–. Se supone que el sistema no permite que ocurra algo así. Son programas a prueba de fallas.

La batidora se cayó y las cuchillas salieron despedidas, y casi le rebanan la cara a Duncan.

–¡Tenemos que ir a un lugar seguro! –gritó, tomando a Tanisha de la mano y empujándola hacia la puerta principal. Avery y Aiah los siguieron, esquivando un aparato de DVD que escupía discos con precisión letal. La puerta se abría y cerraba como las fauces de un tigre hambriento.

–¿Qué sucede, hijo? –le preguntó Avery, al tiempo que la familia conseguía traspasar la puerta y salir al jardín.

Duncan contempló la calle. La señora Nesbitt se encontraba de pie en la esquina. Empuñaba la pistola de rayos de su hijo y le apuntaba a la casa de los Dewey. Cuando el pequeño espía comenzó a caminar hacia ella, el sistema de riego del césped se encendió y le pegó en el rostro. El chorro era tan fuerte que lo arrojó hacia atrás.

–Señorita Nesbitt, vaya a su casa. Es peligroso estar aquí afuera –le advirtió Aiah a su vecina. Sin saber que ella era la causante del caos.

–¡Para que las cosas salgan bien, las mujeres debemos encargarnos de todo! –gritó Mama en forma desaforada y enloquecida–. Le dije a Simon que ustedes sobrevivirían.

En ese instante, se escuchó una fuerte sirena y una voz atronadora que alertaba: *¡Intrusos! ¡Intrusos!*

De inmediato, se deslizó el techo de la casa de los Dewey y quedó a la vista un lanzamisiles.

–¿De dónde salió eso? –gritó Avery.

–Se instaló por la noche, en enero pasado –explicó Duncan–. Temían que si se descubría la verdad sobre mi identidad, ustedes estuvieran en peligro. Era para protegerlos de algún ataque. Los otros chicos también lo tienen…

–¡Agáchate! –lo interrumpió su padre justo cuando un misil se acercaba rugiendo hacia ellos. Todos se echaron al suelo, evitando por muy poco ser alcanzados por el loco proyectil, que se estrelló contra un automóvil estacionado al otro lado de la calle. La explosión hizo volar al vehículo en millones de pedazos e impregnó el cielo invernal de un irrespirable olor a aceite.

–Ahora me siento mucho más segura –bromeó la Criatura.

–¡La señorita Nesbitt es la responsable de todo! Tenemos que alejarnos de ella –gritó Duncan.

–¿Qué tiene que ver nuestra vecina con esto? –preguntó Avery.

–Su hijo es una persona muy mala, que inventó una máquina que afecta a las computadoras –intentó explicarle su hijo–. Les manda un virus que las vuelve susceptibles a sus órdenes. Y da la casualidad que ella también es una mala persona.

–¿Afecta a todo tipo de máquinas? –dijo Avery.

–No, solo a las que tienen procesadores –contestó Duncan–. ¿Por qué?

–¡Todos al auto! –ordenó Avery–. El *Mustang* no tiene un solo microchip. Lo construí de cero. No es más que cilindros y gasolina.

Duncan estaba asombrado: era una idea brillante.

Los cuatro corrieron hasta el convertible y se metieron de un salto. Avery encendió el motor y comenzaron a retroceder hacia la calle en el momento en que otro misil despegaba del techo. Lograron evadirlo por unos pocos metros y huyeron de la casa a toda velocidad.

Cuando Duncan miró hacia atrás, alcanzó a ver a Mama trepándose a su propio automóvil.

–No se preocupen –los tranquilizó Avery–. Esta máquina no tiene ningún dispositivo electrónico.

–No es nuestro auto lo que me preocupa, Avery, sino todos los demás –chilló Aiah, mientras un coche electrónico último modelo rodaba fuera de su garaje y enfilaba directo hacia ellos. Avery dio un volantazo justo a tiempo pero varios automóviles más, controlados por la señora Nesbitt, comenzaron a lanzarse hacia la calle. El padre de Duncan apretó el acelerador y el *Mustang* despegó con una gran sacudida. Conducía como un piloto profesional: doblaba por los callejones, aceleraba en las autopistas y a lo largo del río, haciendo todo lo posible por salvar a su familia.

–¡No puedo creer que nuestra vecina esté tratando de matarnos! ¿Será porque le pedimos que podara el cerco? –gruñó Avery.

–¿No puedes utilizar algunos de tus ridículos dispositivos de espionaje para sacarnos de esto? –ladró la Criatura.

–Papá me excluyó del equipo. Ya no poseo ninguna de mis habilidades –replicó Duncan. Y se preguntó qué haría si aún tuviera su nanotecnología: *Me arrastraría fuera de la ventanilla, saltaría de un auto al otro y le arrebataría el arma a esa loca. Si pudiera volver el tiempo atrás...*

Y entonces surgió la imagen de Jackson en su mente: "*Duncan, compórtate como un hombre*". En ese instante comprendió perfectamente lo que tenía que hacer.

–Papá, trata de mantener el auto estable –le indicó, mientras bajaba la ventanilla trasera.

–¿Por qué? ¿Qué vas a hacer?

–Se me acaba de ocurrir algo. Tal vez yo no encaje en esta familia, pero igual formo parte de ella ¡y no permitiré que nadie se meta con los Dewey! –contestó Duncan.

Luego se deslizó fuera del auto en movimiento, antes de que su madre pudiera sujetarlo del tobillo y retenerlo. El viento soplaba furiosamente y, aun antes de incorporarse, sintió que se caería. Sabía que lo que estaba haciendo no era un acto de cordura, pero ¿qué otra opción tenía? El mundo estaba plagado de tecnología.

La madre de Albert podría controlarla y matarlos a todos. Solo esperaba que sus miembros no hubieran olvidado cuán ágiles solían ser, con o sin pegamento.

Se balanceó en la parte posterior del *Ford*, respiró hondo y brincó sobre el automóvil que se encontraba detrás. Correteó por el techo hasta que llegó al otro extremo. Se afirmó y volvió a saltar. En el auto siguiente, hizo exactamente lo mismo, sin embargo su pie se hundió en un material más suave. ¡Era un convertible! Liberó el pie del techo y siguió avanzando, se irguió nuevamente y dio un salto para aterrizar en el frente de un camión. Duncan cayó mal y comenzó a resbalar por el parabrisas del vehículo. Con los dedos, logró aferrarse de la parrilla. El metal se clavó en su piel, provocándole un dolor que nunca antes habría creído posible. ¡En ese momento hubiera dado cualquier cosa por tener sus manos adhesivas! Con los pies patinando sobre el pavimento por debajo del camión, se las ingenió para levantarse y ubicarse otra vez arriba del vehículo. Trepó por la cabina y descendió en la carga, que estaba llena de macetas con plantas. A continuación, estaba el auto de la señorita Nesbitt.

A través del parabrisas, divisó su rostro maníaco. Ni Simon tenía esa expresión siniestra en los ojos. Pegote tomó una maceta y se la arrojó. La planta se estrelló en el auto desparramando fragmentos de cerámica y tierra. Su vecina pudo esquivar los proyectiles y casi termina en una zanja pero, a último momento, enderezó el vehículo. En segundos, continuó la frenética persecución.

Duncan agarró otra maceta y se la lanzó. Esta vez siguió de largo y se estampó en el pavimento. Cuando se agachó para buscar otra más, el camión frenó en seco emitiendo un fuerte chirrido. El pequeño chocó contra la cabina, rebotó hacia fuera y fue a caer sobre el automóvil de la señorita Nesbitt.

Cuando sus ojos se encontraron, Gertrudis puso marcha atrás y aceleró el motor. Los neumáticos rechinaron y chispearon, mientras Duncan manoteaba los limpiaparabrisas y se aferraba a ellos con toda el alma. Mama dio vuelta la máquina y salió zumbando por la autopista a cien kilómetros por hora. Doblaba el volante bruscamente hacia la izquierda y hacia la derecha para sacarse de encima al indeseado pasajero.

Duncan estiró la mano por la ventanilla abierta y trató de arrebatarle la pistola, pero ella la retiró al instante.

–¡Señora, ni se le ocurra pedirme que le vuelva a cortar el césped! –le gritó.

Frustrado, arrancó uno de los brazos del limpiaparabrisas y comenzó a golpear el vidrio. Lo único que logró fue irritar aún más a la mujer, que giró el automóvil y avanzó en sentido contrario al del tránsito, mientras le disparaba a los autos para que abran paso.

–¡No permitiré que detengas a mi Albert! –vociferó, y pisó una vez más el acelerador. El arranque súbito y veloz fue impactante, pero Duncan era lo suficientemente inteligente como para darse cuenta de que eso implicaba algo mucho más cruel. Giró su cabeza y se encontró con un camión transportador delante del vehículo. La señorita Nesbitt tenía la intención de estrellarse contra él, lo cual significaría sin lugar a dudas el final de Duncan Dewey. Sabiendo que estaba todo perdido, se preparó para lo peor justo cuando escuchó una bocina. Miró hacia el costado y distinguió el auto de su padre colocado a la par del de su vecina. Avery acercó el *Mustang* todo lo que pudo y Pegote saltó sobre él en el momento exacto en que la desagradable mujer se estampaba contra el camión. Una camioneta *Toyota*, que se encontraba en el piso superior, se desenganchó y cayó encima del auto de Gertrudis, deteniéndolo en seco. Ella estaba atónita, pero ilesa.

El señor Dewey frenó a un costado de la autopista y Duncan saltó del vehículo.

–¡No se muevan de aquí! –les gritó.

Cuando logró salir de la máquina, Mama seguía temblando. Sin embargo, Pegote comprobó que su recuperación era rápida pues, al instante, dirigió el arma a un auto deportivo que se acercaba. Antes de que pudiera enviarle el virus, Duncan se la quitó de las manos. Luego, observó la pistola, a su pesar, con admiración: comprobó que se trataba de un diseño sencillo, pero la verdadera originalidad estaba en el sistema de circuitos internos. Podría haberse pasado todo el día analizándola, pero la señorita Nesbitt ya estaba intentando recuperarla. Sabía lo que tenía que hacer. La arrojó al suelo y la aplastó con fuerza. La pistola de rayos quedó destruida.

–Esto no termina aquí –dijo Mama, señalándolo con el dedo. Después corrió hasta una *pick-up* cercana, echó al conductor y desapareció a toda velocidad.

Mientras la observaba alejarse, su familia lo alcanzó.

–¿Hay algo más que quieras contarnos acerca de algún otro vecino? –preguntó Avery.

PRUEBAS COMPLEMENTARIAS

El siguiente correo electrónico
fue catalogado como evidencia
en el caso contra un tal Heathcliff Hodges,
alias Conejo, alias Simon. Contiene
información delicada y ultrasecreta.
Se cree que el autor sería Hodges.
Los destinatarios fueron un matón
(identidad desconocida), Albert Nesbitt
(alias Capitán Justicia), Gertrudis Nesbitt
(alias Mamá) y dos docenas de ardillas.

De: simon@simondiceobedeceme.com
Fecha: 29 de marzo
Para: Personal
Asunto: ¡¡¡SU INCAPACIDAD ABSOLUTA PARA HACER ALGO BIEN!!!

Estimado Personal:

El mundo de la delincuencia no es para cualquiera. La mayoría de las personas desaparecen misteriosamente a los pocos meses de ser reclutadas. Como se trata de un negocio muy competitivo y estresante, mi enfoque siempre ha sido facilitar las cosas.

Por desgracia, hay quienes se están aprovechando de mi generosidad. Es sabido que lo que se tiene no se aprecia. Por eso les exijo desde este momento a todos mis empleados que mantengan una conducta más profesional. En los próximos días, voy a recopilar el manual diabólico del personal que va a explicar en forma detallada lo siguiente: lo que espero de ustedes, el nuevo código de comportamiento y los lineamientos sobre el uso de uniformes. También definiré el paquete de beneficios así como nuestra política en temas como las vacaciones y los regalos de Navidad.

Mientras tanto, aclaremos algunos puntos. No pueden quedar dudas acerca de quién manda aquí. Recuérdenlo la próxima vez que se pregunten: "¿Quién puso ácido en mi taza de café?" o "¿Quién acaba de empujarme al tanque de los tiburones?". ¡La respuesta a ambas preguntas será YO!

Si vamos a dominar el mundo, tenemos que ponernos de acuerdo y eso incluye no tomar nuestro exclusivo prototipo que hipnotiza máquinas sin permiso, ni qué hablar de permitir que quede destrozado en la autopista nacional 95.

Además, algunos de ustedes están pasando demasiado tiempo en *You Tube*. Por favor, gente, aquí se viene a trabajar.

Les agradezco su colaboración,
Simon

www.simondiceobedeceme.com

15

38°53'N, 77°05'O

Albert se puso su nuevo uniforme de trabajo y se miró en el espejo. El traje peludo con esa enorme cola lanuda era humillante y no permitía sentarse. No obstante, eso no era nada comparado con los dos dientes descomunales atados a un cordel que le rodeaba la boca. Mama se había negado a usarlo y al matón ni siquiera se le había pedido. ¿Cómo había terminado siendo el único en acatar las reglas sobre el vestuario?

Se alzó de hombros y estudió los nuevos diseños para la pistola de rayos gigante. La cantidad de diamantes que tenían era suficiente. El próximo paso sería encontrar los microchips. Para procesar la información de los rayos, necesitaría millones. ¿Dónde podría conseguirlos?

Había telefoneado a todos los fabricantes de microchips del mundo y ninguno de ellos podía venderle lo indispensable. Aunque juntara a los tres mayores productores –Estados Unidos,

China e India– no llegaría ni a la décima parte de lo que su invento requería. No era una cuestión de costos: Simon tenía recursos ilimitados por los numerosos bancos que había robado, sin mencionar la infinidad de identidades que había birlado con su pistola de rayos por medio de Internet. Simplemente no existía la cantidad de chips suficientes en todo el planeta.

El jefe no se pondría contento. Su carita enrojecería y los dientes –¡ay!, esos horrendos dientes– lanzarían chispas. Luego, aparecería una siniestra jaula llena de animales peligrosos, donde él encontraría su horroroso final. Simon había empujado a un repartidor de pizzas al estanque del dragón de Komodo por entregar cinco minutos tarde dos pizzas de mozzarella y anchoas.

Aun así, Albert no podía dejar de pensar que su muerte prematura sería una bendición. Tenía sus serias dudas sobre cómo podía llegar a ser un mundo manejado por Simon. Mama había negociado su parte en la sociedad, de modo que Albert controlaría un poquito menos de la mitad del planeta, aunque la mayor parte eran océanos. Él nunca había deseado gobernar el mundo, ni siquiera la mitad. Todo lo que quería era ser un héroe. Tal vez la muerte sería un piadoso sustituto ante la posibilidad de vivir en un sitio que él ayudó a destruir.

–¿En qué estás trabajando, querido? –le preguntó Mama mientras trepaba por la escalera de cuerda. El matón se encontraba detrás de ella con las bolsas de las compras.

Albert sacudió la cabeza. Confiaba en su madre tanto como en el demonio.

–Estaba participando de un foro de discusión de Capitán América, sobre el suero del Supersoldado.

Mama puso una expresión de irritación.

–Hijo, cuando controles el mundo, podrás leer todos esos libros ridículos…

–¡Novelas gráficas!

–Como quieras llamarlas. Una vez que estés a cargo de todo, tendrás todo el tiempo a tu disposición. Pero hasta ese momento, deberías estar trabajando en tu máquina de destrucción.

Albert podía ver la esperanza en los ojos de su madre y eso lo enfureció.

–Lamento pincharte el globo, Mama, pero no existirá una máquina semejante.

–¡Ah! –dijo Simon al tiempo que descendía de una rama y aterrizaba a sus pies, seguido de una media docena de sus peludas amiguitas–. ¿Y se puede saber por qué?

Albert tragó saliva, pero se mantuvo firme.

–Para manejar la máquina que tú quieres, necesitamos procesadores y microchips.

Simon frunció el ceño: pareció entender que no había forma de comprar tantos.

–Podríamos fabricar más de los modelos más pequeños –dijo Albert, señalando al que había hecho recientemente.

–¿Para que pueda seguir asaltando bancos? –rugió Simon–. No soy un ladrón de bancos, soy un genio diabólico. Los genios diabólicos dominan el mundo. ¡Eso es lo que nosotros hacemos!

Mama fulminó a su hijo con la mirada.

–Jovencito, me has decepcionado.

–Oigan, quizás podamos reconfigurar algo que controle Internet en su totalidad –tartamudeó Albert.

–¿Internet? ¿Acaso piensas que puedo someter al mundo teniendo el control de un grupo de blogs sobre *Twilight* y gatos que tocan el piano –explicó Simon, y lanzó un suspiro–. Amigo, ¿podrías mostrarle al señor Nesbitt el alcance de mi decepción?

El gorila dio un paso adelante y su garfio refulgió con el sol.

–¡Un momento! –gritó Mama–. ¿Y por qué no podemos fabricar nuestros propios microchips? Será difícil, pero no imposible.

–¡Ella tiene razón! La mayoría de los chips están hechos con silicio –balbuceó Albert–. Pero si los hacemos de arseniuro de galio y arsénico no necesitaríamos más de mil. Podrían conducir la información que requiere la pistola de rayos.

–Conozco los chips de arsénico –dijo Simon–. Mis antiguos compañeros tenían una supercomputadora que los usaba. Ellos tienen un equipo de científicos que los fabrica.

–¡Entonces solo tenemos que obtener un poco de ese galio y hacerlos nosotros mismos! –afirmó Mama.

–Tu madre es una mujer inteligente, Albert. ¿Dónde podríamos conseguir esos ingredientes? –repuso Simon con una sonrisa.

Albert levantó la vista hacia el gancho del matón.

–No tengo idea –dijo–. Ambos son minerales. Habría que encontrar un gran depósito de ellos.

–Yo sé dónde se puede conseguir el arsénico –intervino Mama–. El padre de Albert, que Dios lo tenga en la gloria, una vez me llevó de vacaciones a Hawai. Mientras estábamos allí, hicimos una excursión al volcán que se encuentra en la Isla Grande. El guía nos explicó que era una fuente natural de arsénico.

–¿Y dónde podríamos fabricar los chips? –preguntó Simon, con cierto escepticismo.

–Eso sería fácil. Conozco varias fábricas ilegales en Nueva Jersey que podrían encargarse de hacerlo si… ejerciéramos la presión suficiente en el lugar correcto –respondió el matón.

–¿Vieron qué grupo increíble formamos? –dijo Mama–. El problema está resuelto.

–Jefe, ¿empaco su falda hawaiana? –preguntó el grandulón.

FIN DE LA TRANSMISION

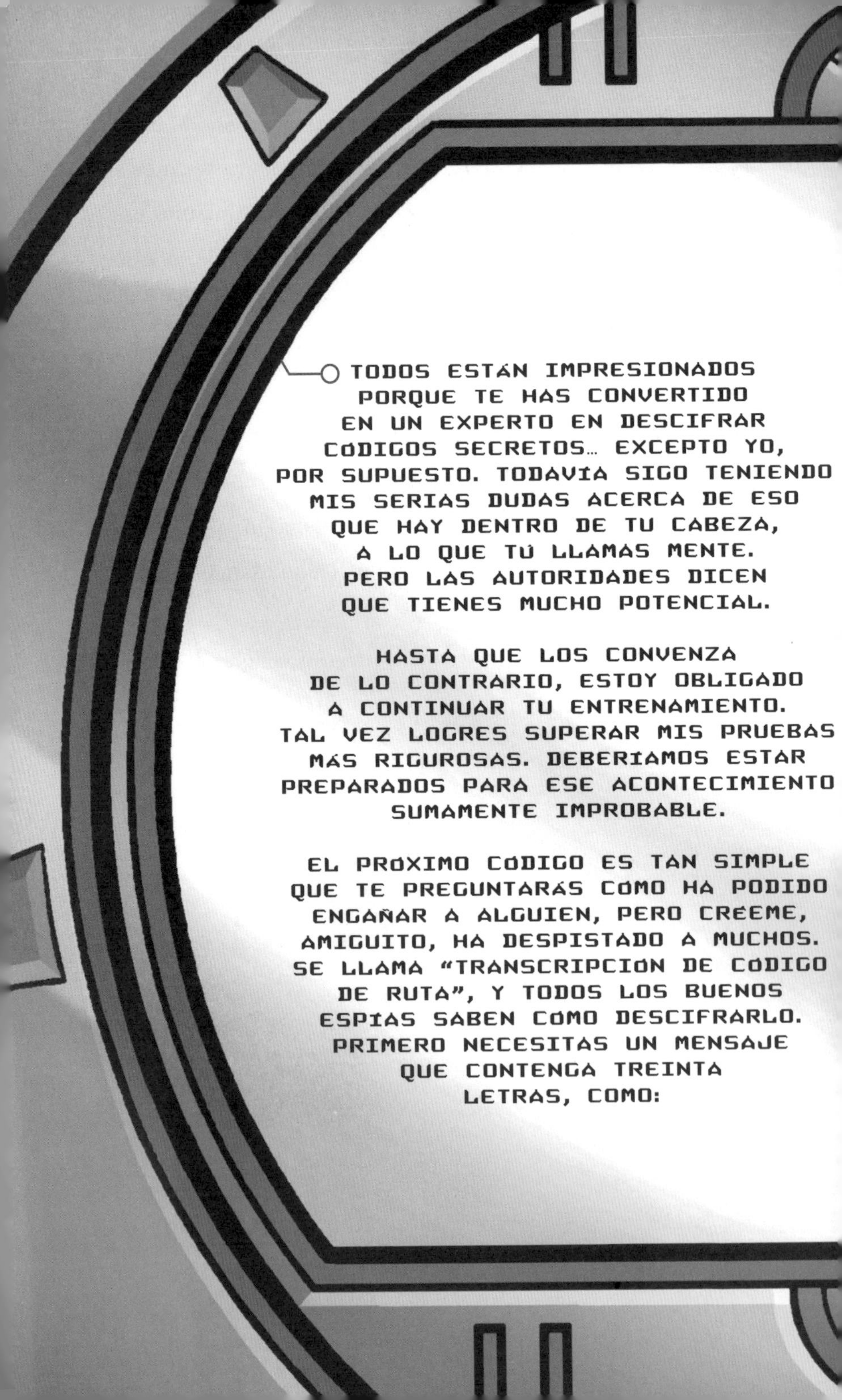
TODOS ESTÁN IMPRESIONADOS PORQUE TE HAS CONVERTIDO EN UN EXPERTO EN DESCIFRAR CÓDIGOS SECRETOS... EXCEPTO YO, POR SUPUESTO. TODAVÍA SIGO TENIENDO MIS SERIAS DUDAS ACERCA DE ESO QUE HAY DENTRO DE TU CABEZA, A LO QUE TÚ LLAMAS MENTE. PERO LAS AUTORIDADES DICEN QUE TIENES MUCHO POTENCIAL.
HASTA QUE LOS CONVENZA DE LO CONTRARIO, ESTOY OBLIGADO A CONTINUAR TU ENTRENAMIENTO. TAL VEZ LOGRES SUPERAR MIS PRUEBAS MÁS RIGUROSAS. DEBERÍAMOS ESTAR PREPARADOS PARA ESE ACONTECIMIENTO SUMAMENTE IMPROBABLE.
EL PRÓXIMO CÓDIGO ES TAN SIMPLE QUE TE PREGUNTARÁS CÓMO HA PODIDO ENGAÑAR A ALGUIEN, PERO CRÉEME, AMIGUITO, HA DESPISTADO A MUCHOS. SE LLAMA "TRANSCRIPCIÓN DE CÓDIGO DE RUTA", Y TODOS LOS BUENOS ESPÍAS SABEN CÓMO DESCIFRARLO. PRIMERO NECESITAS UN MENSAJE QUE CONTENGA TREINTA LETRAS, COMO:

FIDEO FUE EL MEJOR
DE TODOS LOS NERDS.

(QUE, POR CIERTO, NO ES NINGÚN SECRETO.) PARA PONERLO EN UN CÓDIGO DE RUTA, PRIMERO TIENES QUE QUITARLE LOS ESPACIOS:

FIDEOFUEELMEJORDETODOSLOSNERDS

LUEGO ESTABLECE UNA RUTA O UN RECORRIDO PARA LEERLO:

O D O T E D
S U F O E R
L E F I D O
O E L M E J
S N E R D S

UBICA LA "F" QUE ESTÁ CERCA DEL CENTRO. DESPUÉS LEE HACIA LA DERECHA COMO SI ESTUVIERAS RECORRIENDO UN LABERINTO. VE HACIA ARRIBA, DESPUÉS HACIA LA IZQUIERDA Y SIGUE HACIA ABAJO. CONTINÚA DANDO VUELTAS HASTA QUE LLEGUES AL FINAL.

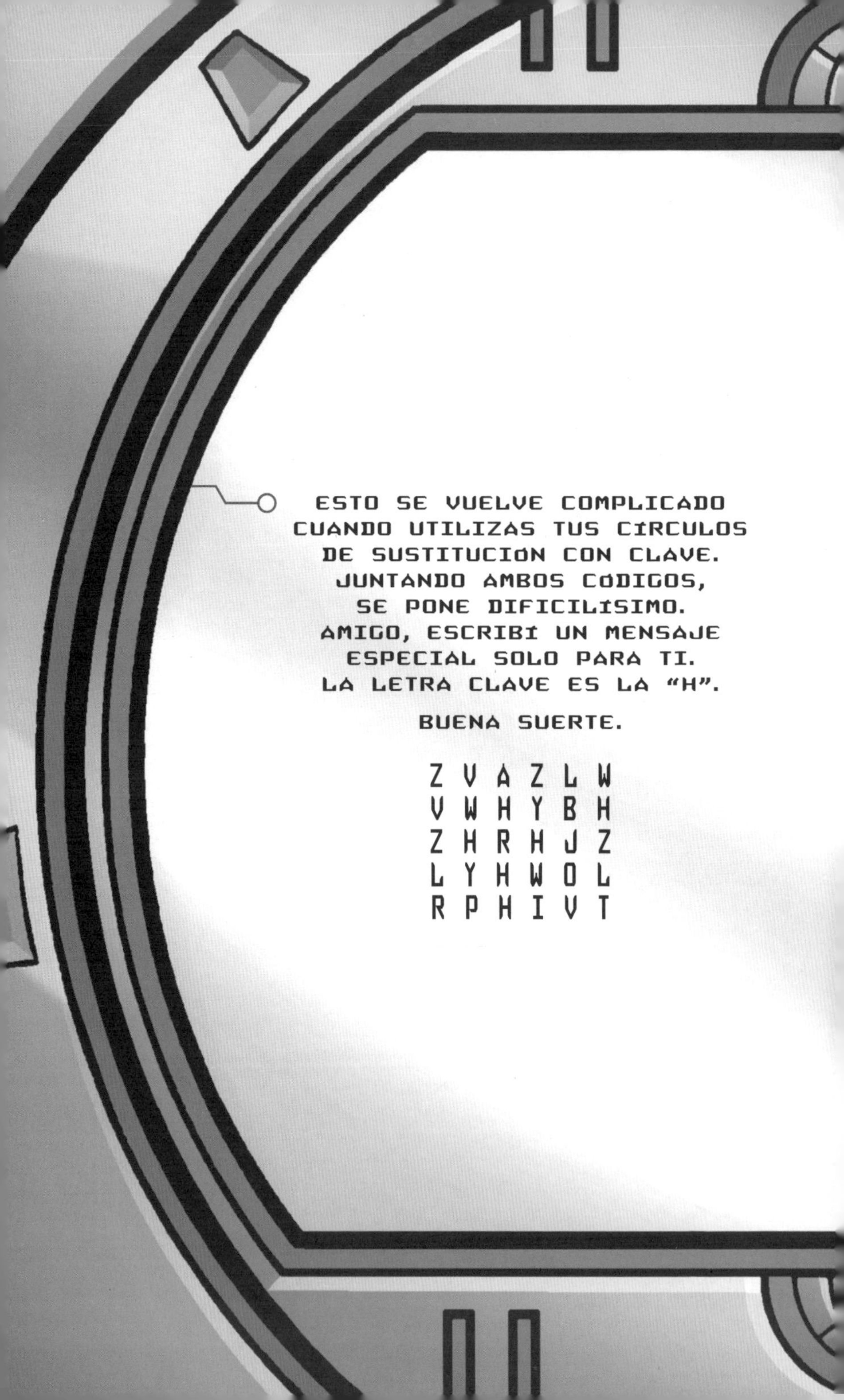

ESTO SE VUELVE COMPLICADO
CUANDO UTILIZAS TUS CÍRCULOS
DE SUSTITUCIÓN CON CLAVE.
JUNTANDO AMBOS CÓDIGOS,
SE PONE DIFICILÍSIMO.
AMIGO, ESCRIBÍ UN MENSAJE
ESPECIAL SOLO PARA TI.
LA LETRA CLAVE ES LA "H".

BUENA SUERTE.

Z V A Z L W
V W H Y B H
Z H R H J Z
L Y H W O L
R P H I V T

ME PARECE QUE ESTO ES
COMO PEDIRLE PERAS AL OLMO.
NIVEL 6
ACCESO CONCEDIDO
COMENZANDO TRANSMISION:

16

38°53'N, 77°05'O

Esa noche, Duncan y su familia acamparon en la casa de la tía Marcela. Aiah y Avery compartieron un colchón inflable, la Criatura ocupó el sofá y su hermano tuvo un sueño agitado en un sillón reclinable. Él estaba bastante seguro de que la señorita Nesbitt, sin la pistola de rayos, no podría hacerles daño, pero no sabía si Albert había construido una segunda arma, o una tercera o ¡una decena! Se quedó casi toda la noche despierto, cuidando de cerca a las personas que más quería. Quién podía saber si Albert, Simon o el gorila se dirigían hacia ahí en un segundo intento de aniquilarlos.

Al día siguiente, su primo Winston le prestó ropa para ir al colegio. Por desgracia, su pariente era como quince centímetros más alto que él y fanático del hip-hop, por lo tanto casi todo su guardarropa era tamaño extragrande. Cuando Duncan se miró al espejo, se dio cuenta de que, por primera vez, estaba vestido como los chicos más populares de la escuela. Su padre le prestó un cinturón para evitar que los pantalones se le cayeran por los tobillos y se marchó a clase.

Tenía la certeza de que su atuendo atraería una dosis considerable de miradas. No existía nada peor que un nerd intentando pertenecer al grupo, pero para su sorpresa, muy pocos lo notaron. De hecho, la mayoría de los chicos se comportaron como si no lo conocieran. Hasta el director Dehaven, que siempre disfrutaba burlándose de él, pasó a su lado por el corredor sin voltear la cabeza.

Julio se sentó a su lado y tardó en reaccionar.

–¿Quién eres y qué hiciste con mi mejor amigo? –le preguntó.

–Tengo que ver al agente Brand ya mismo.

–Nos enteramos del ataque –susurró Ruby, inclinándose para unirse a la conversación–. Ordené que asignaran agentes para vigilar a tu familia. Se les dio instrucciones de que evitaran las computadoras.

–Quiero hablar con Brand. Aunque mi padre me haya sacado del equipo, tengo que hacer algo con respecto a Simon y a su pandilla. No puedo quedarme sentado contemplando cómo ustedes pelean por mí.

–Está ocupado con los preparativos de nuestra próxima misión –dijo Jackson.

–¿Una misión? ¿Y cómo nadie me avisó? –preguntó Duncan.

–Es que tú ya no perteneces al grupo –respondió Matilda–. Lo siento –agregó, con una sonrisa tristona–. Sin ti no es lo mismo.

De repente, los cuatro lanzaron un tremendo estornudo. Duncan, sin embargo, ni se inmutó.

–¡Desactivaron mi alerta nasal! –gritó.

–Solo la alarma –murmuró Jackson–. Benjamín todavía no cortó la conexión.

Matilda se acercó a la ventana.

–¡No van a creer lo que estoy viendo! ¡Afuera hay un hombre haciendo malabarismos con sierras eléctricas!

Como de costumbre, la clase entera se levantó de un salto, incluido el señor Pfeiffer.

–Lo lamento –dijo Pulga mientras corría hacia la puerta. Un minuto después, el grupo había desaparecido.

Eso no era justo. Duncan tenía que hablar urgente con Brand. Saltó de su asiento y salió volando hacia la puerta.

–¡Señor Dewey! ¿Adónde cree que va? –exclamó el maestro, pero Duncan lo ignoró. Corrió por el pasillo, donde encontró al señor Brand con su disfraz de encargado de limpieza, barriendo el piso.

–¿La misión está relacionada con Simon? –le preguntó.

Con el ceño fruncido, Brand condujo al chico hasta el armario de limpieza y cerró la puerta.

–¿Acaso olvidaste que no se puede hablar en público acerca de misiones y espías?

Pegote no hizo caso a la reprimenda.

–Ayer, la madre de Albert atacó a mi familia con la pistola de rayos. Tuvimos suerte de habernos salvado. No puedo

quedarme en la clase del señor Pfeiffer, mientras Simon y su banda están libres. ¡Tiene que dejarme colaborar!

El agente Brand se sintió desconcertado ante la convicción del chico. Lo miró atentamente y sacudió la cabeza. Después movió una pila de rollos de papel higiénico y limpiavidrios. Detrás de ellos, había un botón rojo adosado a la pared. Lo apretó con fuerza y Duncan escuchó la traba de la puerta a sus espaldas. Se corrió un panel que estaba encima de la pared y surgió Benjamín, que permaneció suspendido delante de la cara de Brand como un abejorro mecánico.

–Buenas tardes, agente Brand –saludó cortésmente–. Ex agente Pegote.

–Espera un segundo, Benjamín –contestó y se dirigió al chico–. Escúchame Duncan, estuve leyendo tu archivo. Le explicaste al director anterior que no podías ocultar a tus padres una parte tan importante de tu vida. Él cometió el estúpido error de permitirles a ellos conocer el secreto y mira ahora dónde estamos. Ellos te quieren afuera de la organización y esa es la realidad. Y, sinceramente, no creo que tengas lo que necesito en estos momentos.

–¿Qué? ¡Soy su mejor agente!

–De eso estoy seguro. Pero eres un poco perezoso.

–¿Cómo?

–Duncan, los agentes secretos tienen muchos dispositivos tecnológicos a su disposición, sin embargo, los buenos no dependen de ellos. Cuando tus actualizaciones fueron destruidas, estabas prácticamente indefenso. Llegaste a dudar de ti mismo y me cuestionaste a mí. Necesito espías que puedan hacer el trabajo con su cerebro cuando los juguetes novedosos están fuera de uso.

El director se quitó el uniforme y debajo traía un esmoquin negro. Tomó la escoba y la golpeó contra el suelo. Duncan observó cómo se transformaba en un bastón blanco. Apoyándose en él, Brand caminó hacia la pared y oprimió otro botón rojo. Desde el piso, se elevaron dos barras de metal. Brand se afirmó en ellas.

–Pero esto es una cuestión personal –se quejó Duncan.

–Hijo, salvar al mundo siempre es algo personal. Pero en tu caso, también es historia antigua. Regresa a la clase –le ordenó, mientras se aferraba a las barras. El piso se deslizó y toda la plataforma se desplomó a una velocidad sorprendente. Un momento después, había desaparecido.

Duncan salió del armario a toda prisa.

Pulga, ¿aún puedes oírme?, dijo y luego masculló para sí mismo. *Vamos, ¡el intercomunicador debería seguir funcionando!*

¡Grrraaahhgrh!, logró escuchar. Después hubo una pausa. *¿Qué pasa, Pegote?*

Tengo que ir a esa misión. Debes ayudarme.

Siguió una pausa prolongada. Duncan pensó que su amigo se negaría, pero luego volvió a hablarle.

Ve al gimnasio y escóndete detrás de las gradas. Buscaré la forma de meterte en la nave, pero si Brand comienza a gritar, yo no tuve nada que ver. ¿Está claro?

Clarísimo. Te debo una, Pulga. Ah, averigua qué hay dentro de las mochilas y prepara una para mí.

Pegote se dirigió rápido hacia el gimnasio y, al llegar, vio que la señorita Holiday estaba al otro lado del recinto cerrando las puertas dobles. Fue deprisa hasta las gradas, se puso de rodillas y se arrastró por el piso encerado hasta quedar fuera de vista. Se mantuvo inmóvil y rogó que nadie hubiera notado su presencia. Cuando escuchó que el techo se retraía, supo que ese había sido su día de suerte.

Mientras el Autobús Escolar ascendía desde el subsuelo, Duncan esperó que se abriera el pasadizo secreto. No pasó mucho tiempo antes de que un equipo de mecánicos y científicos atravesaran el túnel y comenzaran a realizar sus tareas: cargar el cohete de combustible y probar el motor y el tren de aterrizaje.

La señorita Holiday dirigía el trabajo al tiempo que verificaba el contenido de cuatro bolsos negros que habían llegado en un carro. Satisfecha, colocó una galleta casera en cada uno y los cerró. Después le pidió a un asistente que los subiera a bordo. En ese momento, arribaron el agente Brand y el resto de los NERDS. Duncan no podía oír lo que estaban hablando, pero divisó a Pulga con un bolso idéntico en la mano. Tan discretamente como le fue posible, el chico hiperactivo se lo alcanzó al asistente, que lo colocó junto a los demás. Duncan pensó que debía regalarle a su amigo una caja de bombones de chocolate en señal de agradecimiento.

Pegote decidió que había llegado la hora de entrar en acción. Trepó por la pared de atrás de las gradas y se ubicó entre los atareados científicos, que estaban demasiado ensimismados en sus pruebas como para prestarle atención. Esperó pacientemente y luego siguió de cerca al asistente que trasladaba los bolsos. El hombre pasó por una rampa e ingresó a la nave y, cuando terminó de guardar todo, se marchó. Duncan saltó dentro del compartimento de carga y cerró la puerta.

No tuvo que esperar mucho para escuchar el rugido de los motores y, luego, sentir la fabulosa explosión que producía la nave al despegar. Deseó haber tenido un sillón más confortable, pero estaba feliz de formar parte de la misión, aunque fuera como polizón.

Se quedó sentado en la oscuridad un rato largo hasta que la puerta se abrió. Al sacar las mochilas y repartirlas, la señorita Holiday, afortunadamente, ni siquiera se molestó en mirar el interior del armario. No obstante, cuando descubrió que había una quinta mochila, se asomó al compartimento, pero Duncan ya se la había colgado y corría hacia la puerta abierta en el frente del cohete.

–¡Pegote! –gritó enojado el agente Brand.

–Duncan, ¿qué haces? –exclamó azorada la señorita Holiday.

El gordito buscó en el bolso y sacó un casco negro. Se lo colocó y levantó el visor para poder hablar.

–Lamento desobedecerlos y sé que los estoy colocando en una posición difícil, pero…

–Duncan, ¡tú no tienes las actualizaciones! –le recordó la agente.

–Simon y su banda atacaron a mi familia. No puedo esperar las actualizaciones –repuso el niño. En el momento en que saltaba de la nave, creyó ver una sonrisa de orgullo en el rostro de Brand.

Pegote no tenía la menor idea de lo que había debajo de él. Mientras caía en picada a través de las nubes, solo alcanzó a ver un archipiélago de islas verdes y exuberantes que se agrandaban segundo a segundo. Contó ocho en total y la más grande parecía estar justo debajo de él.

Hola a todos, saludó Duncan.

¡Pegote!, gritó Erizo de Mar. *¿Dónde estás?*

Justo arriba de ti, supongo, respondió.

¿Brand sabe que estás con nosotros?, preguntó Jackson.

Ahora sí.

¡Excelente!, se rio Diente de Lata. *Qué bueno que hayas vuelto.*

Pegote, ¡te ordeno que te quedes donde estás!, le exigió Erizo.

No creo que pueda obedecerte, dijo Duncan. *Estoy a unos dos kilómetros del suelo y desciendo rápidamente.*

Tú no formas parte de este equipo, gruñó la líder.

Cálmate ya, Erizo, intervino Ráfaga. *Sin Pegote no seríamos NERDS.*

Gracias, chicos. ¿Podría alguien explicarme qué estamos haciendo aquí a dos mil metros de altura?, preguntó Duncan.

Aloha, amigo, se escuchó la voz de Pulga. *Vamos a Hawai.*

¿A qué parte?

Donde se encuentra el gran volcán en actividad, contestó Matilda. *Simon robó un* hoverplane *de una base en California y lo está utilizando para extraer algo de la lava. El departamento de Inteligencia no tiene idea de qué se trata...*

Está buscando arsénico, la interrumpió Duncan.

¿Para envenenar a la gente?, preguntó Jackson.

No, está construyendo una versión más grande de su máquina hipnotizadora y necesita muchísimos superprocesadores para hacerla funcionar, explicó. *Nosotros usamos los mismos chips para Benjamín, excepto que unos pocos de los nuestros equivalen a diez mil de los que se podrían adquirir comercialmente. Para fabricar los chips, se requiere una gran cantidad de ese elemento y los volcanes en actividad contienen algunos de los depósitos más ricos en arsénico del mundo.*

¡Ves, Erizo! ¡Mira todo lo que aprendemos cuando Pegotín viene con nosotros!, exclamó Jackson con una carcajada.

Bueno, pero le conviene bajar hasta aquí y unirse a nosotros, dijo Erizo con un resoplido. *Él no lleva el Rompevientos. Si su padre estaba enojado antes, imagínense cómo se pondrá cuando descubra que su hijito chocó contra la tierra a mil quinientos kilómetros por hora.*

Duncan divisó más abajo cuatro pequeñas manchas negras: eran sus compañeros.

¡Allá voy!, anunció. Ladeó su cuerpo hasta quedar apuntando hacia abajo, y la tierra se fue acercando hacia él cada vez más rápido. Parecía el hombre bala y, en segundos, estuvo justo encima de

sus amigos. Se enderezó para que el viento hiciera más lento el descenso y luego buscó a Julio. Los otros también podrían haberlo ayudado a bajar, pero para estar más seguro eligió a su amigo forzudo. Pulga estiró la mano y lo sujetó del brazo como si fuera una tenaza.

–Es un placer encontrarte por aquí –le dijo.

Durante el descenso en picada, Duncan observó el cráter del Kilauea: uno de los principales volcanes en actividad del mundo. Debía medir varios kilómetros de diámetro y poseía una corteza negra y espesa que lo cubría todo. Era un paisaje imponente.

–No veo a Simon ni al *hoverplane* –comentó Duncan.

–Él no se encuentra en esta zona –repuso Matilda–. Está varios kilómetros al sur, en un lugar llamado Pulama Pali. La corriente de lava del volcán viaja en forma subterránea a través de túneles y emerge al costado de un acantilado.

–Muy bien, agentes –dijo Ruby–. Es hora de activar los Rompevientos.

La chaqueta de Pulga se infló y fue disminuyendo la velocidad de la caída. El viento empujó a los dos chicos hacia el sur y enseguida flotaron por encima de los barrancos. Duncan divisó una nave que parecía una mezcla de avión y helicóptero. A cada lado tenía unas enormes turbinas que lanzaban llamas azules. Un tubo gigantesco colgaba de la máquina: estaba aspirando la horrible ceniza que cubría todo. El arsénico era tamizado por un filtro que se encontraba en la parte trasera de la nave, y los restos de ceniza caían al océano.

Pulga jaló del cordel de su chaqueta y la correa se proyectó hacia fuera. Los dos chicos se deslizaron por ella y aterrizaron en un barranco cercano.

–Pegote, no apruebo lo que has hecho –dijo Ruby, una vez que todos se encontraron en tierra–. Pero si atacaran a mi familia, yo haría lo mismo.

–El único problema, compañero, es que no tienes poderes –intervino Jackson, mientras sus brackets comenzaban a dar vueltas–. Todos nosotros tenemos las actualizaciones y estamos conectados otra vez. ¿No te molesta ser un chico común y corriente? ¿Sin poderes ni dispositivos tecnológicos?

–Me estoy haciendo hombre –respondió Duncan–. ¿Vamos a pasarnos el día conversando o descenderemos en ese volcán para darle su merecido a los chicos malos?

–Amigo mío, eres el chico más fantástico que conozco –comentó Matilda con una sonrisa.

Los agentes observaron la pared del acantilado. La lava se deslizaba hacia el océano en una corriente roja y ardiente, que aumentaba la temperatura en forma drástica y transformaba el agua en un vapor denso y calcinante. Allá abajo, debía estar muy caluroso. Justo encima del flujo de lava, el avión continuaba aspirando minerales del precipicio rocoso. Duncan abrió la mochila y encontró cuerdas, ganchos, un martillo y un puñado de pernos de anclaje. Colocó un perno en la dura roca volcánica y después con la soga hizo un nudo alrededor. En pocos segundos, estaba listo para descender en rápel hacia la nave. El resto de sus compañeros se alzó de hombros.

–Hum, creo que tenemos que seguir a Pegote –dijo Ruby.

Matilda tomó a Pulga de la cintura y encendió los inhaladores. Ambos se elevaron por el borde del precipicio. Los brackets de Jackson crearon cuatro piernas largas y delgadas. Sujetó a Ruby en sus brazos y los dos se arrastraron por la pared.

Duncan tuvo problemas con las cuerdas, pero se negó a pedir ayuda. Todo el equipo había recibido entrenamiento en rápel, sin embargo, él recordaba que no se había tomado las clases muy en serio. Le había parecido que no tenía sentido dedicarse a eso ya que él podía adherirse a cualquier superficie. Ojalá se hubiera esforzado. ¿Acaso Brand tenía razón? ¿Era perezoso?

Antes de comenzar a quejarse, se detuvo, respiró hondo y se concentró en lo que había aprendido. La señorita Holiday les había explicado cómo hacerlo. "*Sepárense de la pared del barranco y deslicen la cuerda por los guantes*". El chico inspiró profundamente y siguió las instrucciones con éxito. Pronto se quedó sin soga. Se amarró con fuerza, puso otro perno de anclaje en la roca y ató una segunda cuerda que sacó de su mochila.

Alcanzó al resto del grupo, que se encontraba a pocos metros del *hoverplane*.

–¿Y cuál es el plan? –preguntó Matilda a Ruby.

–Creo que lo mejor…

–Matilda me llevará hasta allá –la interrumpió Duncan–. Ese es el plan.

Todos miraron a Erizo, que parecía confundida.

–Sin discusiones –dijo Duncan–. Esto es algo personal.

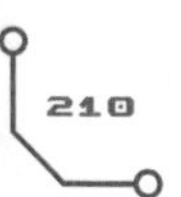

Ruby afirmó con la cabeza.

Matilda cargó a Duncan en sus brazos y lo llevó hasta la nave. Una vez ahí, utilizó uno de los inhaladores para hacer un orificio en uno de los costados. Los dos espías entraron volando a la cabina, listos para entrar en acción… pero algo andaba mal. La cabina estaba vacía: en el panel de control, un letrero luminoso decía "PILOTO AUTOMÁTICO ACTIVADO".

–*¡No hay nadie aquí!* –gritó Matilda.

¿Qué?, respondió Ruby por el intercomunicador nasal.

Avísale a la cocinera que tiene que pasarnos a buscar. Simon está manejando este avión desde alguna otra parte, explicó Duncan. *Ha estado jugando con nosotros desde el principio: nos hace dar vueltas sin sentido, adivina lo que vamos a hacer antes de que lo hagamos. Nos conoce demasiado.*

En eso tienes razón. Pero si no está aquí, entonces ¿dónde?, preguntó Matilda.

A Duncan se le había ocurrido una idea. Y la respuesta lo ponía muy, pero muy nervioso.

17

38°53'N, 77°05'O

Albert recorrió los pasillos de Nathan Hale bajo la mirada de miles de ojos atentos. No había pisado la escuela en veinticinco años –desde que había sido alumno de la institución– pero ese no era el motivo por el cual los chicos lo observaban. Tenía puesto el traje de Capitán Justicia y empuñaba una pistola de rayos. Tampoco iba solo: Simon, con su máscara de calavera, y el ejército de ardillas hipnotizadas se encontraban en la retaguardia. Sin mencionar al matón del garfio afilado y a Mama, que con sus alhajas llamativas y su chaqueta de tigre atraía la atención de todo el mundo. Comenzó a correr el rumor de que esos cuatro eran maestros nuevos, lo cual provocó el desmayo de varios estudiantes.

Albert se dio cuenta de que todos los contemplaban boquiabiertos, pero no le dio importancia. Los chicos nunca habían sido buenos con él. Recordaba cómo sus compañeros solían romper sus probetas con experimentos y contaminar sus placas de Petri solo por diversión. No podía echarles la culpa. Andar vestido de científico era como llevar un cartel que dijera "POR FAVOR GOLPÉAME Y LLÉVATE MI DINERO DEL ALMUERZO". Mama había convertido su vida en una tortura, pero pronto todos los idiotas y los bravucones le pedirían ayuda. Sería el superhombre que siempre debió haber sido.

–¿Tenías que ponerte el traje? ¿No podías haber esperado hasta tener los poderes? –le dijo Simon.

–Mira quién habla –contestó Albert–. Tu máscara no te da un aspecto muy cuerdo que digamos.

–¿Acaso estás diciendo que soy un científico loco? ¡Porque yo soy un cerebro malévolo! ¡Hay una gran diferencia! –gritó el chico.

–Terminemos con esto de una vez –exclamó Albert–. Recogemos los superchips, yo recibo los superpoderes y tú envías el arma al espacio, y haces lo que tienes planeado hacer.

–Chicos, no es momento de reñir –intervino Mama–. Estamos muy cerca de concretar nuestros sueños. Pelear y discutir por tonterías es lo que siempre derrota a los malos. Concéntrense en la recompensa final y todo saldrá bien. ¿Están seguros de que esos niños no van a venir a arruinar nuestros planes?

–No se preocupe, señorita Nesbitt –replicó Simon–. Están muy ocupados en Hawai tratando de detener nuestro plan diabólico. Dejé filtrar la información sobre el volcán cuando robé el *hoverplane.* Sabía que los NERDS irían volando. Es el punto débil del agente Brand: es la clase de tipo al cual le gusta anticiparse a los hechos y, por lo tanto, es muy predecible. Pronto los NERDS comprenderán que los engañé una vez más y regresarán corriendo hasta aquí. Sin embargo, cuando lleguen, ya nos habremos llevado los microchips que necesitamos. Por desgracia, tenemos que esperar su arribo para poder robarles el cohete. Lo utilizaremos para llevar la máquina al espacio.

–¿De qué estás hablando? –le gritó Mama–. Esto es simplemente una escuela. ¡Aquí no hay microchips ni cohetes!

Simon se detuvo frente a una hilera de armarios y abrió una de las puertas.

–Señorita Nesbitt, ¿me haría el favor de entrar a la madriguera? –dijo, al instante se trepó al locker y cerró la puerta.

–¿Está loco, no? –preguntó Mama. Abrió la puerta y vio que el armario estaba vacío.

El gorila se encogió de hombros y siguió a su jefe. Unos segundos más tarde, desapareció también. Luego le tocó el turno a la mujer y, por último, a su hijo.

Albert abrió el locker y percibió el destello de una luz azul. De inmediato, escuchó una suave voz femenina.

–Preparándose para entrar al Patio de Juegos.

Asomó la cabeza en el interior, pero no encontró el origen de la invitación.

–¿Hola?

–Preparándose para entrar al Patio de Juegos –repitió la voz.

–¿Qué tengo que hacer?

–Ingrese al armario para realizar la entrega.

Albert observó el diminuto cubículo.

–No creo que quepa ahí dentro.

–Ingrese al armario para realizar la entrega.

Metió una pierna y después trató de hacer pasar su panza descomunal. El traje de látex sonaba como si un payaso estuviera formando un animalito con el globo más grande del mundo. Nunca llegaría a entender cómo se las había arreglado para que su cabeza terminara en el interior del locker pero, tras veinte minutos de grandes esfuerzos, finalmente consiguió cerrar la puerta.

–Espero que esta sea la entrada, porque no hay manera de que yo vuelva a salir por ahí –deseó Albert en voz alta.

–Entrega en cinco, cuatro, tres, dos, uno.

El piso debajo de sus pies se deslizó, pero él no cayó. Quedó colgando del hueco y lanzando patadas con los pies para liberarse, sin lograrlo.

–Estoy atorado –se quejó Albert.

–Aplicar jalea resbaladiza –dijo la voz, y un rociador lo pulverizó con un fluido, tal como si fuera el pavo de la cena de Nochebuena. Aun así, continuaba atascado.

–Sigo atorado –repitió Albert avergonzado.

–Evaluando Plan B, un segundo, por favor –prosiguió.

–¡Por el amor de Dios! –gritó.

–Preparándose para la entrega –anunció la voz al tiempo que algo aferraba a Albert del tobillo. Parecía una mano, que forcejeó hasta desengancharlo. Un instante después, deseó haberse quedado atorado en el agujero. Su cuerpo se desplomó por una serie de tubos. Dio vueltas en zigzag, descendió por una cinta transportadora, pasó por otro tubo y, por fin, salió expulsado como una bala de cañón sobre un piso duro de concreto.

Se acomodó la máscara, que se le había ladeado con la caída, y miró a su alrededor. Quedó perplejo: había cientos de terminales de trabajo llenas de experimentos de todo tipo, computadoras con enormes discos duros, una tecnología que estaba mucho más allá de los límites de su imaginación. Podría haberse pasado el día entero allí, contemplando todo, pero notó la presencia de una pequeña esfera azul sobrevolando el recinto.

–Ya alerté a seguridad –gorjeó la maquinita–. No se muevan. Serán arrestados a la brevedad.

–¿Qué eres? –preguntó Mama.

–Este es Benjamín –dijo Simon–. Es un gusto verte, viejo amigo.

–Hola, traidor –repuso la esfera–. No tienes permiso para ingresar al Patio de Juegos. Tus credenciales de agente no son válidas. Eres un fugitivo con orden de captura.

–Hipnotízalo –le ordenó Simon a Albert–. Ya me encargué de los demás –agregó, señalando a cientos de científicos que se hallaban esperando obedientemente en un rincón.

Albert apuntó su arma a la bola azul y presionó el gatillo. Se escuchó un chirrido estruendoso y la esfera echó humo, como si sus circuitos se estuvieran quemando. Al instante, se enderezó.

–¿En qué puedo ayudarte? –preguntó Benjamín con voz inexpresiva.

–Queremos que nos prestes algunos de tus microchips de última generación –dijo Simon.

–Primero quiero mis superpoderes –exclamó Albert.

–¡No hay problema! Benjamín, ¿puedes aplicar al señor Nesbitt el programa de actualizaciones?

La pequeña esfera emitió unos chasquidos.

–El proceso de mejoras físicas está diseñado para chicos. Nunca se ha realizado en adultos.

–Pero eso ocurre porque se programó para que no lo haga, ¿no es cierto? No porque no *pueda* hacerlo –dijo Simon.

–Tienes razón.

–Entonces comienza de una vez. Mientras tanto, nosotros vamos a tomar lo que necesitamos –anunció Simon y luego volteó hacia Albert–. Ah, y permíteme felicitar al primer verdadero superhéroe de todo el planeta.

–Sígueme –ordenó Benjamín. Y se fue flotando hacia una habitación pequeña seguido cautelosamente por Albert. Una vez adentro, la puerta se cerró y un sillón brotó del piso.

–Por favor, toma asiento –dijo la bola.

Albert obedeció y de inmediato quedó amarrado al sillón. La pistola cayó al piso.

–¡Hey!

–Cálmate –dijo Benjamín, mientras aparecían unos paneles con rayos láser en las paredes. Los haces de luz comenzaron a recorrer su cuerpo–. Buscando debilidades. ¡Santo Dios! *Hum*, relájate, Albert. Esto nos va a llevar un buen rato.

DETALLES RELACIONADOS CON LOS ESFUERZOS REALIZADOS PARA IMPLEMENTAR MEJORAS EN EL SUJETO ALBERT NESBITT

SUJETO: ALBERT NESBITT
Debilidad detectada: Feo corte de pelo
Debilidad detectada: Cero carisma
Debilidad detectada: Mala vista causada por horas ininterrumpidas de TV
Debilidad detectada: Manchas indelebles en labios y dientes, debido a una dieta basada exclusivamente en frituras, gaseosas y pizza a domicilio
Debilidad detectada: Intolerancia de la piel a los rayos solares, debido a los años de vida subterránea
Debilidad detectada: Alérgico al polen, al maní, al trabajo y a las mujeres
Debilidad detectada: Poca fuerza en la parte superior del cuerpo
Debilidad detectada: Pulgares e índices descomunales por el uso indiscriminado del control de los videojuegos, defecto también conocido como Mano de Perdedor
Debilidad detectad
Obesidad, que produce gran presió en rodillas, tobillos y cinturones
Debilidad detectada: Poca fuerza en parte inferior del cuerpo

18

38°53'N, 77°05'O

El vuelo de regreso a Arlington fue bastante ruidoso. La señorita Holiday pasó la mayor parte del tiempo regañando a Duncan por desobedecer las órdenes y, además, por provocarle un susto de muerte. El agente Brand se encontraba sentado cerca de ella, con cara de indignación. En determinado momento, el agente se puso de pie, caminó de un lado a otro del avión y luego volvió a sentarse. Segundos después, realizaba la misma rutina otra vez.

Cuando finalmente el Autobús Escolar aterrizó en el gimnasio, salieron a recibirlo varios científicos en estado de pánico.

–Son cuatro, sin contar a las ardillas –comentó uno de ellos, jadeando de ansiedad.

–Uno es Conejo y hay un tipo con un garfio. Están arrasando el Patio de Juegos –acotó otro científico–. Pero eso no es nada comparado con la mujer. Lleva la muerte reflejada en los ojos, es pura maldad. Nosotros logramos escapar, pero los demás están allí abajo.

–¡Y olvidaron mencionar al otro tipo que los acompaña, el del disfraz ridículo! –gritó un tercero–. Vi cuando lo llevaban a la sala de actualizaciones. Creo que están intentando hacerle mejoras.

–No hay de qué preocuparse por eso –intervino la señorita Holiday–. Benjamín solo está diseñado para actualizar niños.

–La pistola de rayos de Albert podría modificar el programa –advirtió Duncan.

El semblante de Brand palideció.

–Señorita Holiday, ha llegado la hora de actuar. Me temo que hemos sido invadidos.

Lisa salió corriendo mientras Brand guiaba a los chicos por los túneles que conducían al Patio de Juegos. Los esperaba el caos: las mesas estaban dadas vueltas, los experimentos desparramados por el piso y unos cien científicos con uniformes de laboratorio se hallaban atados y amordazados.

Brand le sacó la mordaza de la boca a uno de ellos.

–¿Qué ha pasado?

–Fue Conejo...

–¿Dónde está?

–Colocó al tipo del traje en el sillón de las actualizaciones. Después él y el resto del grupo vaciaron los procesadores de todas las computadoras –exclamó el hombre.

–Muy bien, van a tener que ser pacientes. Estamos en medio de una crisis y no tenemos tiempo de desatarlos a todos. Es mejor que se mantengan fuera del camino –dijo el agente. Pero antes de que pudiera continuar dando órdenes, se abrió la puerta de la sala de actualizaciones y Albert hizo su aparición.

Duncan quedó impactado por lo que vio. Tenía el cuerpo cubierto de conexiones de computadora: puertos USB, adaptadores Fire Wire y todo tipo de entradas, tanto locales como de otros países.

Albert observó su propio cuerpo, anonadado.

–¿Qué me han hecho? –preguntó–. ¿Qué clase de superpoder es este?

La esfera azul voló a su alrededor. Emitió una serie de pitidos y luego habló.

–Albert, tu cuerpo es un desastre. Prácticamente todas las cualidades físicas que posee cualquier ser humano son, en ti, grandes defectos. Tus músculos parecen los de un gatito. La piel y los dientes se hallan en muy mal estado. Tus huesos están agotados y eres demasiado pesado. No existe nanotecnología suficiente en todo el mundo para que pueda hacer los cambios necesarios. Me vi obligado a improvisar.

–¿Improvisar? –repitió Albert–. ¡Me convertiste en un monstruo!

–No, todo lo contrario. Te di las herramientas para que tú mismo te mejores. Cada uno de los dispositivos implantados en tu cuerpo te permite conectar tecnología y adaptarla como propia.

–¿Su actualización consiste en que puede actualizarse? –dijo Matilda.

–Haz una demostración –pidió Albert, todavía confundido.

La esfera salió disparada por la habitación y Albert fue tras ella abriéndose paso con dificultad entre los chicos, que lo miraban estupefactos sin saber qué hacer.

A ellos les pareció mejor dejar que Albert mismo descubriera sus habilidades. Luego buscarían la forma de combatirlo.

Benjamín se detuvo ante una de las mesas de experimentos donde había un par de lentes de aspecto extraño. Eran inmensos, demasiado grandes para su cabeza, y tenían un cable conectado a la computadora.

–Se trata del primer prototipo de un aparato que permitirá ver a través de las paredes –explicó Benjamín.

Duncan conocía esos anteojos. Había hablado muchas veces con el doctor Monroe, su creador.

Albert los desenchufó de la computadora y los conectó a una de sus entradas. De repente, sus ojos largaron destellos verdosos y su mirada vagó con asombro por la habitación.

–Puedo atravesar los objetos. Veo a los alumnos caminando en el piso de arriba. Hay una billetera detrás de esta pared. Se le debe haber caído a alguien durante la construcción de la escuela. Esto es increíble: ¡tengo visión de rayos X!

Albert corrió hacia otro escritorio.

–¿Para qué sirve esto? –preguntó, tomando algo que se parecía al pistón de un automóvil.

–Es un dispositivo diseñado para aumentar mil veces los caballos de fuerza de un motor cualquiera.

Albert se lo conectó y nuevamente sus ojos se pusieron verdes. En instantes, volaba por la sala a toda velocidad.

–¡Soy como Flash!

–Benjamín, tal vez sería mejor que no le dieras más ideas –dijo Jackson nerviosamente.

–Ah, tu pequeña computadora está bajo mi control –repuso Albert, sosteniendo en alto la pistola de rayos. La sacudió en el aire y después voló hacia otra mesa, tomó un nuevo invento y se lo conectó en el cuerpo.

–¡Puedo hacerme invisible!

–Albert, tranquilicémonos un poco –dijo Duncan–. Desconoces la función de muchos de estos aparatos y es posible que te conectes algo peligroso.

Albert dio un salto y aterrizó delante de su vecino.

–Mira esto –dijo, mientras sus enormes manos se incendiaban. Las movió en el aire y se echó a reír. Las llamas no parecían quemarlo–. ¡Soy un superhéroe! ¡Soy un verdadero superhéroe!

–¡Muy bien, agentes! –gritó Ruby–. Cuantos más dispositivos se conecte Superlunático, más imparable se volverá. ¡Hay que detenerlo!

Duncan observó cómo sus amigos entraban en acción. Rodearon a Albert y lo fueron atacando por turnos, pero los poderes del hombre ya lo habían transformado en una gran amenaza. Al equipo no le estaba yendo nada bien.

No puedo quedarme de brazos cruzados, pensó Duncan. *¡Mi grupo me necesita!* Y de inmediato, cazó a Benjamín en el aire y corrió hacia la sala de actualizaciones. Esperaba que le alcanzara el tiempo. Cuando la puerta se cerró, oprimió un botón minúsculo al costado de la esfera y todas las luces se apagaron. Después se escuchó un zumbido y la bola emitió unos pitidos.

–Reiniciando –dijo Benjamín.

–Amigo, ¿regresaste? –preguntó Duncan.

–Afirmativo. Ese hombre es desagradable.

–Estoy de acuerdo contigo. Ya nos ocuparemos de él. Pero antes, hay otra cosa en la que debemos pensar. Necesito mis actualizaciones, ¡y rápido!

–¡Pegote, te aplicaré el servicio ultraveloz!

El sillón brotó del suelo y Duncan se trepó de un salto. Sus miembros quedaron amarrados y los rayos láser comenzaron a recorrerlo. Cerró los ojos mientras las diminutas computadoras empezaban a desplazarse a través de la corriente sanguínea. Sentía claramente cómo se adherían a sus venas, se arremolinaban debajo de la piel y se arrastraban por los huesos. También alcanzó a oír un ruido estrepitoso afuera de la habitación.

–Solo un minuto más –acotó Benjamín.

Se produjo una terrible explosión, como si el techo se hubiera desmoronado. La espera durante el proceso de actualización era espantosa.

–¡Alto! –gritó Duncan arrancándose las correas–. Tengo que ir a ayudarlos.

–Pero todavía no terminé. No puedo garantizarte que tus poderes funcionen correctamente.

–¡Entonces tendré que arreglármelas solo! –exclamó. Se dirigió rápidamente hacia la puerta y, al abrirla, su cuerpo quedó cubierto de polvo. En el techo había un inmenso orificio por el que se veía el cielo. Pulga ya se encontraba brincando hacia arriba con Erizo en las manos, Jackson había convertido sus brackets en unos gigantescos brazos de gorila, que lo elevaron hacia el hueco y Matilda lo estaba esperando a él.

–¿Estás bien? –le preguntó preocupada.

–Sí. ¿Y tú? –replicó Duncan.

–Sin problemas –dijo ella y lo levantó con sus brazos. Sus rostros nunca habían estado tan cerca. Luego Matilda activó los inhaladores y se impulsaron hacia arriba hasta aterrizar en el césped que rodeaba la escuela.

Desde ahí, divisaron a Albert. Su cuerpo había aumentado cuatro veces el tamaño original y tenía conectados innumerables dispositivos que lo transformaban en una dínamo viviente.

La pequeña Ruby se encontraba de pie junto al gigante. Cada vez que él se aproximaba para atacarla, ella se alejaba en el momento exacto.

–Por suerte, soy alérgica a que me aplasten –explicó, rascándose las piernas a cada salto.

Sin embargo, Albert comenzaba a enfurecerse.

–¡Tengo que aplastarlos a todos y así podré marcharme a salvar al mundo! –bramó.

–Albert, si actúas como un supervillano nunca llegarás a ser un superhéroe –dijo Jackson, al tiempo que sus brackets se transformaban en púas y pinchaban los pies del grandulón. Aullando de dolor, Albert le disparó una bola de fuego. Los aparatos de Diente de Lata se retorcieron y giraron hasta tomar la forma de un escudo inmenso que impidió que se asara. Otras cuatro bolas de fuego se estrellaron contra una de las paredes laterales de la escuela y provocaron un incendio. Afortunadamente, todos los alumnos y el personal habían sido evacuados. Duncan alcanzó a verlos del otro lado del edificio.

–¡Hey, lelo! –gritó Pulga, saltando una y otra vez para atraer la atención de Albert.

El hombre llevó ambos puños hacia el suelo y casi lo aplasta, pero Julio con su supervelocidad logró escabullirse entre sus piernas. Luego el chico dio un brinco y pateó al villano en el trasero. La fuerza de la patada lo envió volando hacia delante y su cabeza fue a dar contra la pared de la cafetería, dejándola totalmente destrozada.

–Muy bien. Podemos pasarnos todo el día golpeando a este tipo, pero ¿cómo haremos para neutralizarlo? –preguntó Matilda–. Todos esos aparatos que lleva conectados a su cuerpo le están cargando muchos poderes. ¿Existe algún límite con respecto a lo que él sería capaz de hacer?

De pronto, Duncan tuvo una revelación.

–¡Benjamín, ven conmigo! –gritó. Y salió corriendo hacia Albert, que comenzaba a incorporarse. El bandido se frotó la cabeza y sacudió el polvo de su máscara rasgada.

–No sé qué estamos haciendo –dijo la esfera–, pero parece muy peligroso.

–Tú eres la computadora más poderosa del mundo, ¿correcto? –le preguntó mientras aceleraba el paso.

–Correcto.

–Se debe necesitar una potencia tremenda para hacerte funcionar –dijo Duncan.

–Así es –respondió.

Sin aviso previo, Duncan atrapó a Benjamín.

–¡Entonces enviémosle al Capitán USB toda la potencia que sea capaz de soportar!

En ese momento, Albert ya había conseguido ponerse de pie, pero como continuaba un poco aturdido, no vio venir a Duncan. Tampoco percibió cuando el niño le desenchufaba un dispositivo que estaba unido a una de las entradas de su tobillo, le quitaba el cable y lo conectaba a la brillante esfera azul.

Recién unos segundos después el gigante pudo sentirlo. Emitió un aullido y sus ojos proyectaron rayos de energía verde brillante hacia el cielo. Todos los aparatos de su cuerpo comenzaron a lanzar chispas y explosiones hasta que finalmente se apagaron. Todos menos Benjamín.

–Es demasiada fuerza –rugió–. ¡No puedo tolerar más!

–Esa era la idea –dijo Duncan.

De inmediato, Albert se derrumbó como un árbol y quedó inmóvil.

–¿Qué le hiciste? –preguntó Matilda acercándose a su amigo.

–Hice colapsar su sistema operativo –contestó Duncan, mientras desconectaba a Benjamín–. Si él era una computadora viviente, existía una forma de saturar sus procesadores. Tantas aplicaciones abiertas quemaron la unidad principal.

–*Ese* problema está solucionado –anunció Erizo de Mar.

–Ahora tenemos que detener a Simon y a la madre de Albert –intervino Jackson.

–¿Pero dónde están? –preguntó Pulga.

De repente, escucharon un estruendo que provenía del interior de la escuela.

–¡El Autobús Escolar! –gritó el niño hiperactivo.

El equipo se dirigió hacia la escuela, y de allí directamente al gimnasio. Al llegar, encontraron a la señorita Holiday con su traje negro de espía. Brand estaba a su lado, vestido de esmoquin.

–¡Cierren el techo! –ordenó la agente, pero el cohete ya estaba ascendiendo. Sobre uno de los lados, llevaba una versión gigantesca de la pistola de rayos.

–Va a activar su máquina y no hay nada que podamos hacer para impedirlo –exclamó Matilda.

–En realidad, sí hay algo que podemos hacer –repuso Duncan–. Pero necesito un medio de transporte.

Matilda le guiñó el ojo y lo levantó por el aire. Gracias a los inhaladores, ambos volaron más alto y rápido que nunca. En un abrir y cerrar de ojos, se hallaban al lado de la nave.

Duncan se miró las manos.

–Espero tener los nanobytes suficientes.

–¿Qué vas a hacer?

–Demostrarles a todos por qué formo parte de este equipo –respondió y, de un salto, cayó sobre el Autobús Escolar y se aferró a su superficie metálica. Matilda lo contemplaba con admiración.

–¡Guau! ¿Desde cuándo eres un chico tan genial? –le gritó, y luego hizo algo sorprendente. Voló hacia él, le dio un beso en la nariz y de inmediato desapareció como una flecha entre las nubes. Duncan no tuvo tiempo de pensar en el beso. No sabía cuánto tiempo podría mantenerse adherido al cohete debido a la fuerza de gravedad y a las sacudidas de la nave. Tenía que entrar urgente.

Trepó por el casco hasta que dio con la escotilla. Con la última gota de fuerza que poseía, giró la enorme manivela y vio cómo la puerta caía al vacío. En un instante, se arrastró dentro de la nave para sorpresa de Simon, Mama, el matón y las ardillas.

–¿Cuándo me vas a hacer caso? –le gritó la mujer a Simon–. Te dije que mataras a los héroes, ¡pero no! Tenías que hacerlo a tu manera.

Simon sacudió la cabeza.

–Amigo mío, aquí estamos, una vez más. El mundo está a punto de sufrir un cataclismo provocado por mí y solo tú puedes detenerme.

–Heathcliff, no soy tu amigo –dijo Duncan.

–Sí, tienes razón. Hace mucho tiempo que tú y los otros miembros del grupo dejaron de ser mis "amigos". Me volvieron la espalda y es por eso que destruirlos se convirtió en la razón de mi vida. Los he estudiado en detalle y conozco cada una de sus debilidades. Tú, por ejemplo, confías demasiado en los aparatos y en la tecnología. Nunca podrías haber adivinado que ellos serían los causantes de tu perdición –anunció Simon, sacando otra pistola de rayos y disparándole a Duncan.

El espía alcanzó a sentir que sus poderes dejaban de funcionar. Una vez más, estaba indefenso.

–Ahora te has quedado sin tus truquitos tecnológicos –continuó Simon– y yo he conseguido los superprocesadores para mi máquina. Pronto podré controlar todas las computadoras del mundo y no habrá nada que tú o tu pandilla de ridículos amigos puedan hacer para impedirlo.

–De modo que crees que me conoces, ¿no? –dijo Duncan–. Podrías llegar a sorprenderte. Mi familia no me conoce de verdad. El agente Brand no tiene idea de quién soy. Hasta hace muy poco, ni siquiera yo sabía quién era, pero lo que aprendí es realmente maravilloso.

–¿Sí? –se rio Simon–. Tengo mis serias dudas.

–No son los nanobytes ni los dispositivos tecnológicos los que me ayudarán a detener tu estúpido plan, sino mi cerebro. Y es con él que te daré una buena paliza –le respondió Duncan. Levantó la mano y le propinó a Simon un puñetazo en la cara. El chico de los dientes de conejo retrocedió y se deslizó por el suelo. Cuando se puso de pie, tenía la boca cubierta de sangre y las manos llenas de dientes. Dos, en realidad.

–¿Qué has hecho? –balbució Simon. En el lugar donde antes estaban sus enormes dientes delanteros, ahora había un gran agujero–. Tú has... has...

–Mi cerebro me dijo que un buen golpe en la boca te frenaría –intervino Duncan–. Bastante inteligente, ¿no crees?

Simon se dirigió a las ardillas.

–Atrápenlo, parásitos inútiles.

Los roedores permanecieron inmóviles, sacudiendo las cabezas de un lado a otro, muy confundidos.

–¿Acaso no me oyeron? Les ordené que...

Entonces Duncan percibió un fogonazo de inteligencia en los ojos del villano. Las ardillas habían estado bajo su autoridad durante un tiempo prolongado. No eran sus socias: eran rehenes. De pronto, estaban libres y querían venganza.

Los peludos secuaces de Simon se volvieron contra él. Meses de ira salieron a la luz mientras lo arañaban y le arrojaban nueces. Incapaz de defenderse, el malvado se desplomó en el suelo.

–¿Es así como piensas dominar al mundo, niñito? –le gritó Mama.

–Dos abajo, quedan dos más –dijo Duncan–. Acabo de freír la mente de Albert. Ya no va a causar más problemas.

Mama lanzó un gruñido.

–Me voy a hacer cargo de esta operación. Voy a demostrarles a todos cómo se hacen las cosas. Empezaremos matando al héroe. ¡Hazlo! –le ordenó al matón.

La mole miró a Mama y se alzó de hombros. Después le enseñó el garfio a Duncan. El metal plateado brillaba tanto como su sonrisa malévola. Sin pensarlo más, arremetió contra el muchacho.

De un salto, Duncan logró evitarlo justo a tiempo y se tropezó con una silla. El delincuente lo atacó de nuevo, provocando una rajadura en el asiento de cuero, cuyo relleno salió volando por la nave.

–Vamos, pequeño –dijo el bravucón, mientras Pegote trastabillaba hacia la parte trasera del cohete–. No hay salida.

El agente quedó apoyado contra un panel de monitores, a pocos centímetros de su atacante. Este levantó el gancho en el aire y lo bajó con un golpe rápido y certero. Duncan se agachó y escuchó un estrépito. Las chispas llovían sobre él y, cuando miró hacia arriba, descubrió que el hombre temblaba frenéticamente. El garfio de metal había atravesado uno de los televisores y la electricidad se desplazaba por su cuerpo.

Duncan apagó el aparato y el grandulón se desmoronó en el piso, inconsciente.

–¡Basta! ¡Lo haré yo misma! –gritó Mama, con la rabia bailando en los ojos. Se lanzó hacia delante, sujetó al chico de la camisa y lo arrojó hacia la puerta abierta del cohete. Pegote se aferró a la mujer para salvarse y ambos se hundieron en el cielo. Fueron dando volteretas, mientras la tierra hambrienta los atraía hacia ella.

Por suerte, Matilda se encontraba allí. Con un brazo, tomó a Duncan del pecho y evitó su caída. El chico intentó sujetar a

Mama, pero la mujer se retorcía como un animal acorralado y se zafó de sus manos. Todo lo que Duncan y Matilda pudieron hacer fue contemplar cómo Gertrudis se perdía entre las nubes.

19

38°53'N, 77°05'O

El agente Brand se encontraba revisando lo que había quedado del Patio de Juegos. Hacia donde mirara no veía más que destrucción. Más de cuarenta años de historia habían sido completamente devastados. Y todo había ocurrido bajo su supervisión. Eso le bastó para tomar una decisión. Se acercó a la mesa de vidrio y utilizó la manga para limpiar una gruesa capa de polvo negro. A continuación, activó el sistema de comunicación. Un solitario monitor de computadora descendió del techo y mostró a un hombre de pelo entrecano, con cabeza en forma de bala.

–General Cañones, siento molestarlo, pero tengo que comunicarle algo muy importante sobre el equipo.

El militar alzó una ceja con curiosidad.

–Brand, siempre tengo tiempo para usted.

–Estoy preocupado por el futuro de este… –comenzó a decir pero, repentinamente, la pantalla se oscureció.

–¿General? ¿General?

La señorita Holiday surgió de atrás de una columna. Tenía en la mano un cable negro, que se suponía que debería estar conectado a la pared.

–Estamos sufriendo algunos problemas técnicos.

–Señorita Holiday…

–Siéntate, Alexander. Tengo algo que decirte.

El agente movió la cabeza, pero hizo lo que ella le pidió. Estaba demasiado cansado como para discutir.

–¿Así que quieres disolver el grupo? –prosiguió la bibliotecaria.

–Sí. Mira a tu alrededor. Un equipo capaz de enfrentar problemas importantes no termina de esta manera.

Lisa echó un vistazo al recinto.

–No estoy de acuerdo. Creo que aquí tienes todas las pruebas necesarias que confirman que estos niños son capaces de salvar al mundo. Si ellos no hubieran actuado como lo hicieron, el planeta entero tendría este aspecto.

–Son chicos –dijo Brand–. No puedo confiar en su criterio.

–Alexander, aquí no se trata del criterio de ellos sino del tuyo. Heathcliff te traicionó y tú sientes que tendrías que haberte dado cuenta de que eso iba a suceder. No puedes soportar que un niño te haya defraudado y estás utilizando tu orgullo herido como excusa para abandonar este trabajo.

Brand alzó las cejas con asombro: parecía que Holiday le hubiera estado leyendo la mente. En ese momento comprendió que esa mujer –esa espía hermosa, talentosa y alucinante– también podía ser su amiga.

–¡Vamos, anímate, llorón! –exclamó ella.

El agente casi se cae del asiento.

Lisa continuó.

–Aceptaste hacerte cargo de estos chicos, ser su líder y brindarles tu ayuda para que el mundo fuera un lugar más seguro. ¡Y uno de ellos te traicionó! ¿Quieres hacerme creer que nunca trabajaste con un doble agente o con alguien que resultó ser una persona deshonesta? ¿Heathcliff Hodges fue el primero en sorprenderte? Si es así, Alex, entonces has sido el agente secreto más aislado del mundo. Deja ya de lamentarte. Tienes que reincorporar a Duncan y poner el Patio de Juegos en funcionamiento, y…

–¿Acaso este es el famoso discurso "para hacerse hombre"? –preguntó el espía.

–Exactamente –respondió Holiday con una sonrisa.

El apuesto agente se quedó en silencio durante un rato.

–Señorita Holiday, el mensaje se entendió perfectamente –concluyó.

–¡Muy bien! –exclamó la mujer, aunque estaba sorprendida de que él aceptara sus palabras sin discutir–. Terminemos con las lamentaciones y comencemos a trabajar. Debemos encargarnos de cuidar al mundo.

Brand sonreía de oreja a oreja ante la mirada azorada de Holiday. .

–Nunca te había visto sonreír. Deberías hacerlo más seguido.

El agente se puso serio, pero luego comenzó a reír.

La señorita Holiday le alcanzó un papel.

–¿Qué es esto?

–Es un código secreto, Alexander. Úsalo la próxima vez que necesites hablar con alguien.

Brand echó un vistazo al papel: era el número telefónico de la señorita Holiday.

–También podrías utilizarlo para explicar por qué estabas celoso del capitán Blancard –prosiguió Lisa.

El hombre estaba a punto de contestarle, pero ella lo interrumpió.

–Solo llámame. No quiero tener que darte otro discurso para que madures.

20

38°53'N, 77°05'O

–Pásame la llave hexagonal –dijo Avery.

Duncan la buscó en la caja de herramientas y se la alcanzó a su padre, que se encontraba arreglando el *Mustang*. De abajo del automóvil surgió una mano engrasada que tomó la llave y desapareció.

–Gracias, hijo.

–¿Qué estás haciendo ahí en el piso?

Avery salió de abajo del chasis. Estaba recostado sobre una camilla de madera.

–¿Por qué no vienes aquí y echas tú mismo una mirada?

Duncan apoyó las herramientas y se acomodó en el carrito. Después su padre hizo rodar la plataforma debajo del auto. Quedó maravillado antes la cantidad de partes que tenía el *Ford*. Con la ayuda de una lámpara de mano pudo observar las mangueras, los tubos y las correas. Debía haber cientos de mecanismos que hacían funcionar el automóvil, pero ni uno solo de ellos estaba computarizado.

–Estoy cambiando el aceite –le explicó su padre–. Y revisando los frenos. Los encontré un poco duros después de nuestro encuentro con la señorita Nesbitt. La próxima vez que alguno de nuestros vecinos intente matarnos, quiero estar preparado.

–Papá, te pasas el día trabajando con los autos. Podría pedirles a los científicos del Patio de Juegos que vinieran a reemplazarte –dijo Duncan.

–Me gusta saber que existen ciertas cosas que puedo hacer por mi cuenta –repuso Avery.

–Sin tecnología –suspiró su hijo.

–Duncan, no es que esté en contra de las computadoras y los aparatos tecnológicos –dijo Avery–. Pero a medida que uno crece, descubre que, muchas veces, esas cosas fallan. Si se corta la electricidad, te quedas sin nada y, entonces, con una vela esperas que alguien inteligente, como esos científicos, vengan y arreglen todo. Me causa placer saber que puedo arreglar las cosas solo, sin la ayuda de nadie. Me agrada la conexión que existe entre mi mente y mis manos.

Echado ahí junto a su padre, Duncan se dio cuenta de que no eran tan diferentes.

–¿Puedes enseñarme cómo funciona el automóvil?

–No en una sola tarde, hijo, pero me encantaría contarte lo que sé.

De repente, escucharon pasos y la voz de la Criatura.

–¡Voy a matarlo!

Avery y Duncan intercambiaron una mirada de complicidad y luego se deslizaron afuera del auto.

–¿A quién vas a matar, Tanisha? –preguntó su padre.

–¡A TJ! –gritó–. Me engaña.

–¿Quién es TJ? –repuso Avery.

Súbitamente, Benjamín entró revoloteando por el garaje.

–Su novio. Tanisha me hizo pasar toda la tarde espiando a ese chico a través de imágenes satelitales. Quería dispararle un misil a su casa, pero yo no se lo permití.

–¡Tanisha! –aulló su hermano–. Esos satélites pertenecen al gobierno.

–Querida, cuando Duncan te permitió utilizar su computadora, no quiso decir que podías invadir la privacidad de otras personas –agregó su padre.

–Entonces supongo que no los pondrá muy contentos que haya denunciado a TJ como presunto terrorista ante la Agencia de Seguridad Nacional. Está bien. Ya lo arreglaré. Lo que pasa es que… para serles sincera, estoy comenzando a comprender cómo funciona la computadora. Parecería que tengo una conexión con la máquina. Me imagino que debe ser una cuestión genética.

Duncan esbozó una sonrisa en el momento en que su madre entraba al garaje.

–Bueno, dicen que la escuela es un caos. La van a cerrar hasta que logren reparar los daños que provocó ese chiflado.

–Por el momento, el equipo va a operar desde unas oficinas del Pentágono –dijo Duncan.

–¿De modo que papá cambió de idea con respecto a que ya no fueras espía? –preguntó Tanisha.

–El mundo lo necesita –repuso Avery, alzando los hombros.

–Sí. Ya hablé con el agente Brand y él sugirió que yo también podría conseguir actualizaciones –comentó Tanisha.

–Por ahora sigue molestando a tu novio –dijo Aiah–. Esta familia solo puede tolerar a un espía por vez.

–¿Y qué van a hacer con respecto a la actividad escolar? –preguntó Avery.

–Por el momento, creo que nos van a dar clases en casas rodantes. El agente Brand, la señorita Holiday y la cocinera ya están creando un acceso al Patio de Juegos.

De golpe, Duncan lanzó un fuerte estornudo.

–¡Salud! –gritó Aiah–. Por favor dime que eso fue la alergia.

–Lo siento, el deber me llama.

–Hijo, no puedo llevarte –intervino Avery–. El auto es un desastre.

Duncan se subió al *Mustang* y tomó una mochila del asiento trasero. Al colgársela de la espalda, dos manijas metálicas se proyectaron hacia fuera. Cuando las apretó, un cohete lo levantó del suelo.

–No hace falta. La Mochila Cohete GV-761 me llevará hasta allá.

–¡Pensé que habías comprendido que debías actuar sin utilizar la tecnología! –exclamó Avery.

–Lo comprendí, papá. ¿Pero no crees que esto es lo más genial que hayas visto en tu vida? ¡Puedo ir de cero a ciento sesenta kilómetros por hora en dos segundos!

Duncan notó la expresión decepcionada de su familia.

–¡Está bien! Les prometo que volveré a casa en autobús –agregó, con una sonrisa. Al instante se marchó volando mientras los Dewey se quedaban con la mirada perdida en las nubes.

ESTÁ BIEN. LO RECONOZCO.
LO LOGRASTE.
FELICITACIONES.
DESCIFRASTE LOS CÓDIGOS.
ME GUSTARÍA PENSAR QUE TUVE
ALGO QUE VER CON TU ÉXITO.
LO QUE QUIERO DECIR,
ES QUE SIEMPRE SUPE
QUE ERAS TALENTOSO.

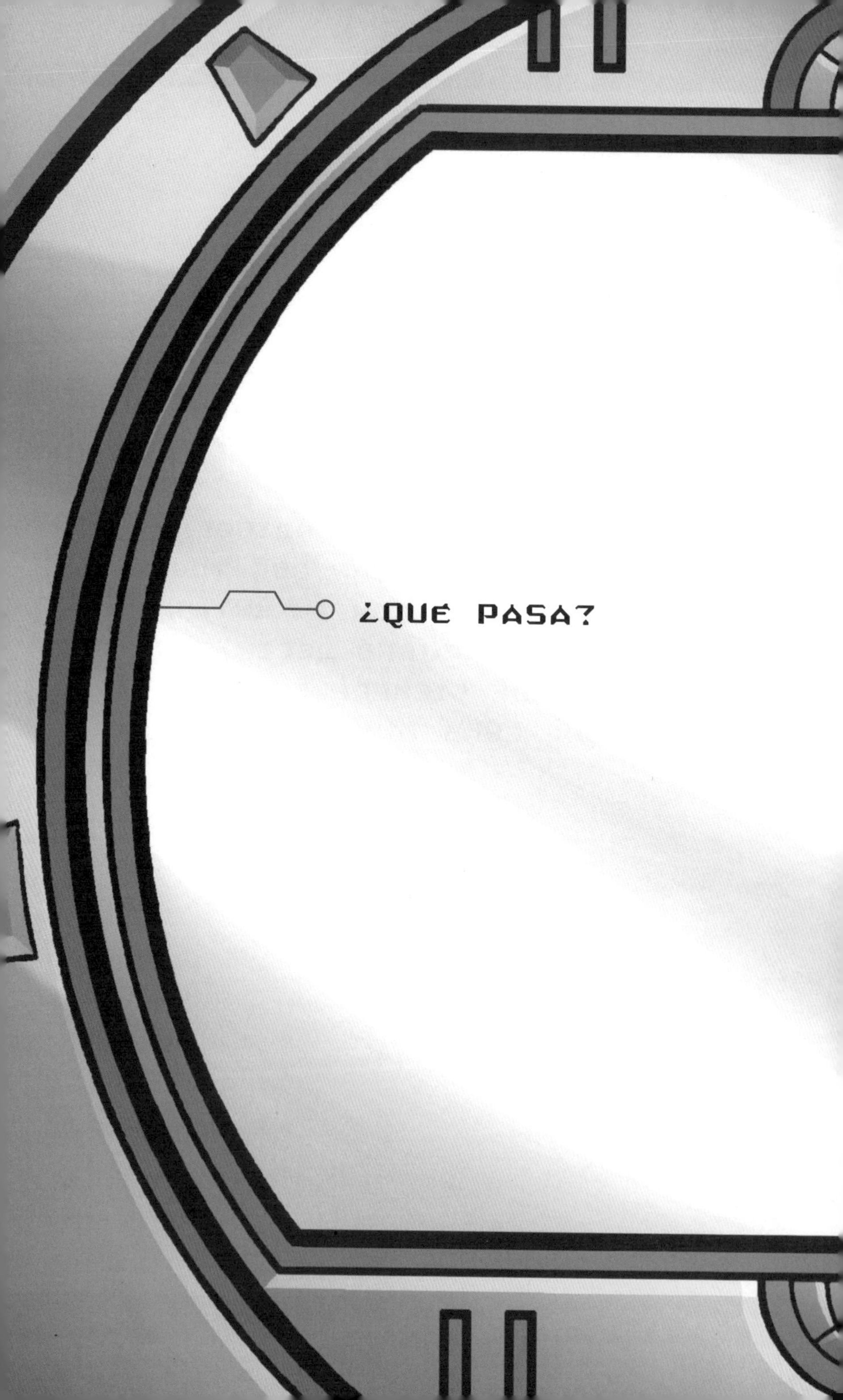
¿QUÉ PASA?

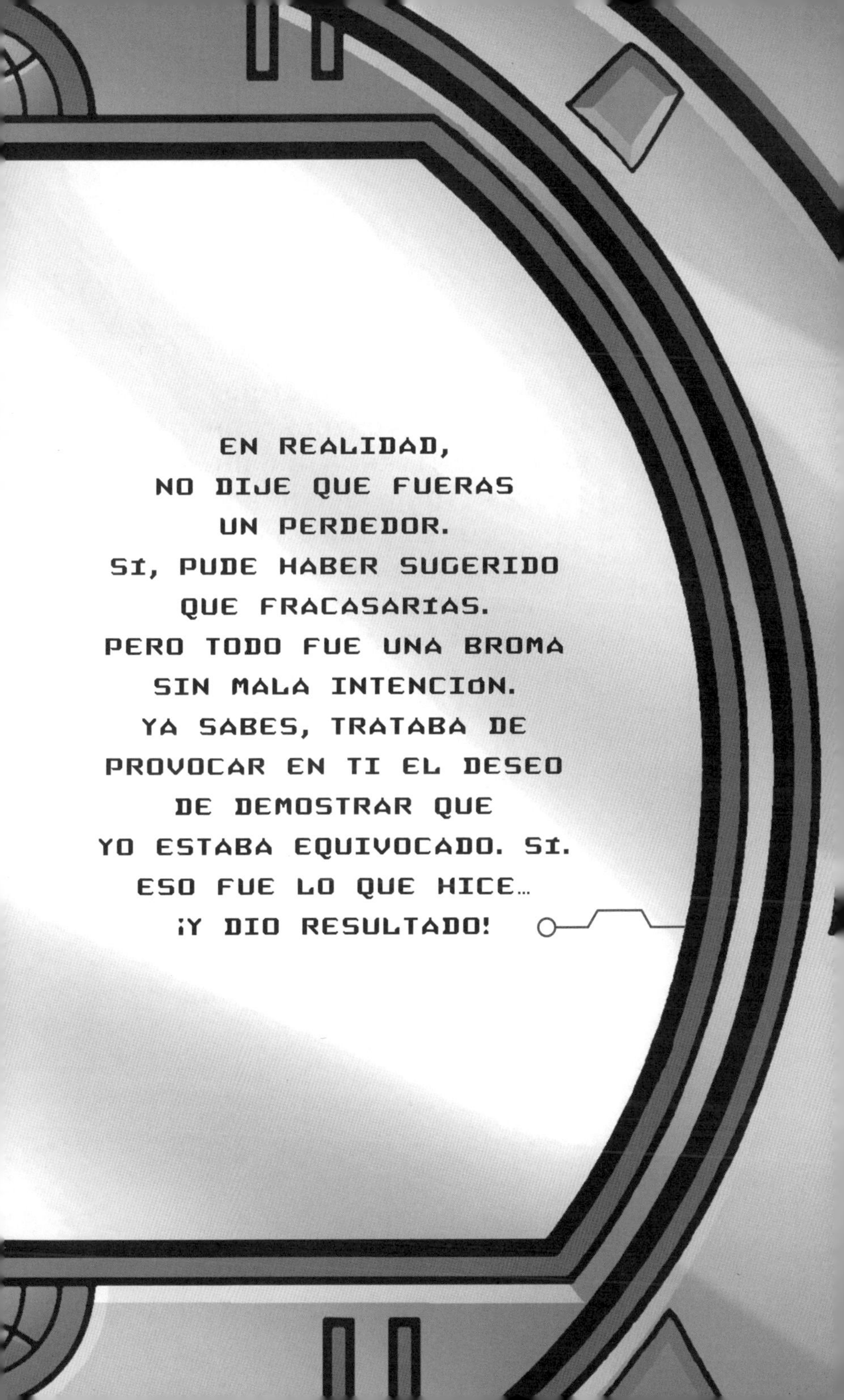
EN REALIDAD,
NO DIJE QUE FUERAS
UN PERDEDOR.
SÍ, PUDE HABER SUGERIDO
QUE FRACASARÍAS.
PERO TODO FUE UNA BROMA
SIN MALA INTENCIÓN.
YA SABES, TRATABA DE
PROVOCAR EN TI EL DESEO
DE DEMOSTRAR QUE
YO ESTABA EQUIVOCADO. SÍ.
ESO FUE LO QUE HICE…
¡Y DIO RESULTADO!

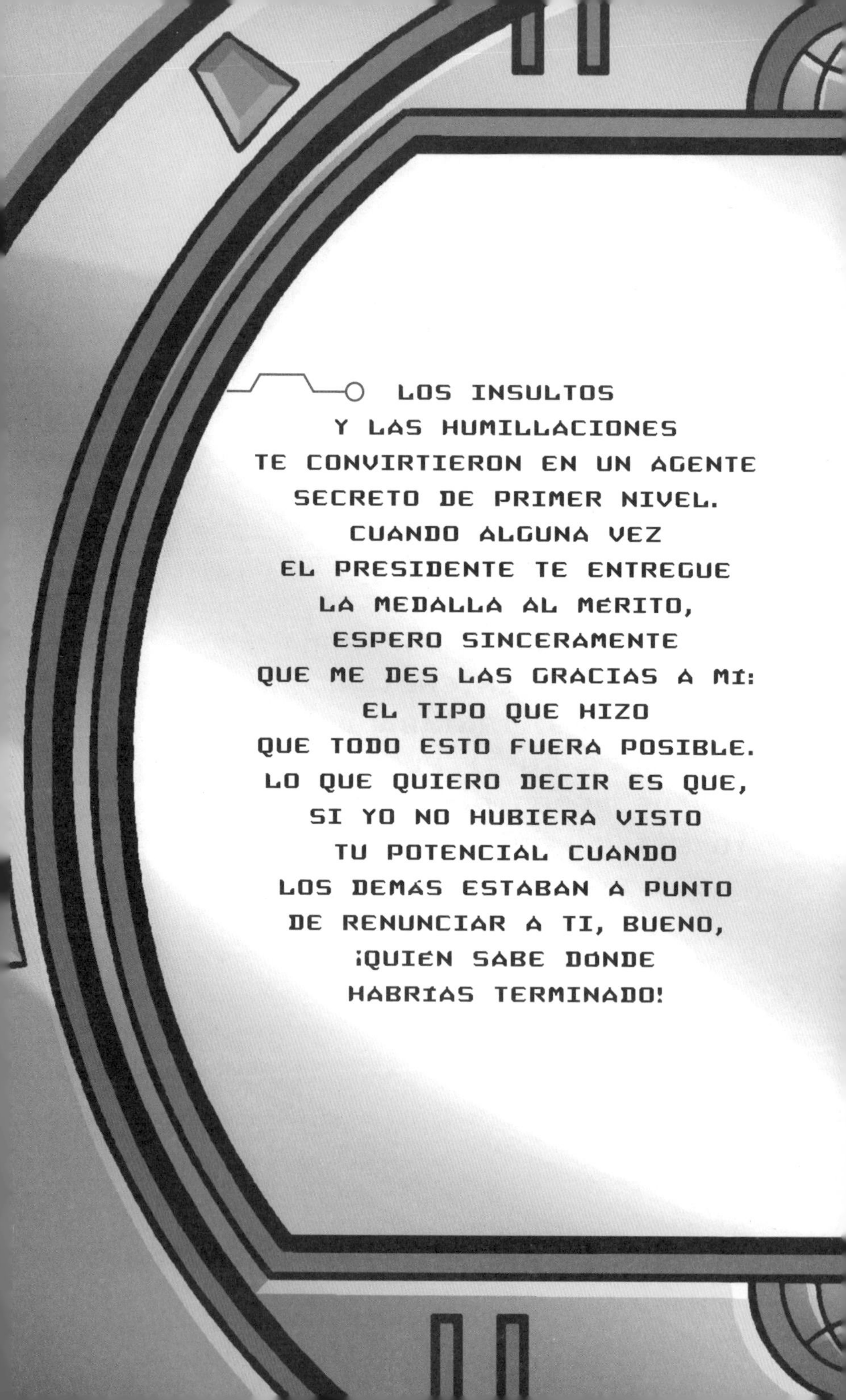
LOS INSULTOS
Y LAS HUMILLACIONES
TE CONVIRTIERON EN UN AGENTE
SECRETO DE PRIMER NIVEL.
CUANDO ALGUNA VEZ
EL PRESIDENTE TE ENTREGUE
LA MEDALLA AL MÉRITO,
ESPERO SINCERAMENTE
QUE ME DES LAS GRACIAS A MÍ:
EL TIPO QUE HIZO
QUE TODO ESTO FUERA POSIBLE.
LO QUE QUIERO DECIR ES QUE,
SI YO NO HUBIERA VISTO
TU POTENCIAL CUANDO
LOS DEMÁS ESTABAN A PUNTO
DE RENUNCIAR A TI, BUENO,
¡QUIÉN SABE DONDE
HABRÍAS TERMINADO!

NO TE TRAGASTE NADA
DE LO QUE DIJE,
¿NO ES CIERTO?

BUENO… BUENO.

AHORA ERES MIEMBRO
OFICIAL DE NERDS,
CON TODOS LOS PRIVILEGIOS
Y TODAS LAS RESPONSABILIDADES.
ME GUSTARÍA DARTE
LA BIENVENIDA PERSONALMENTE,
PERO TENDRÁS QUE DESCIFRAR
OTRO MENSAJE EN CLAVE
ANTES DE QUE NOS
ENCONTREMOS.

ESTE ES TU ÚLTIMO
CÓDIGO SECRETO.

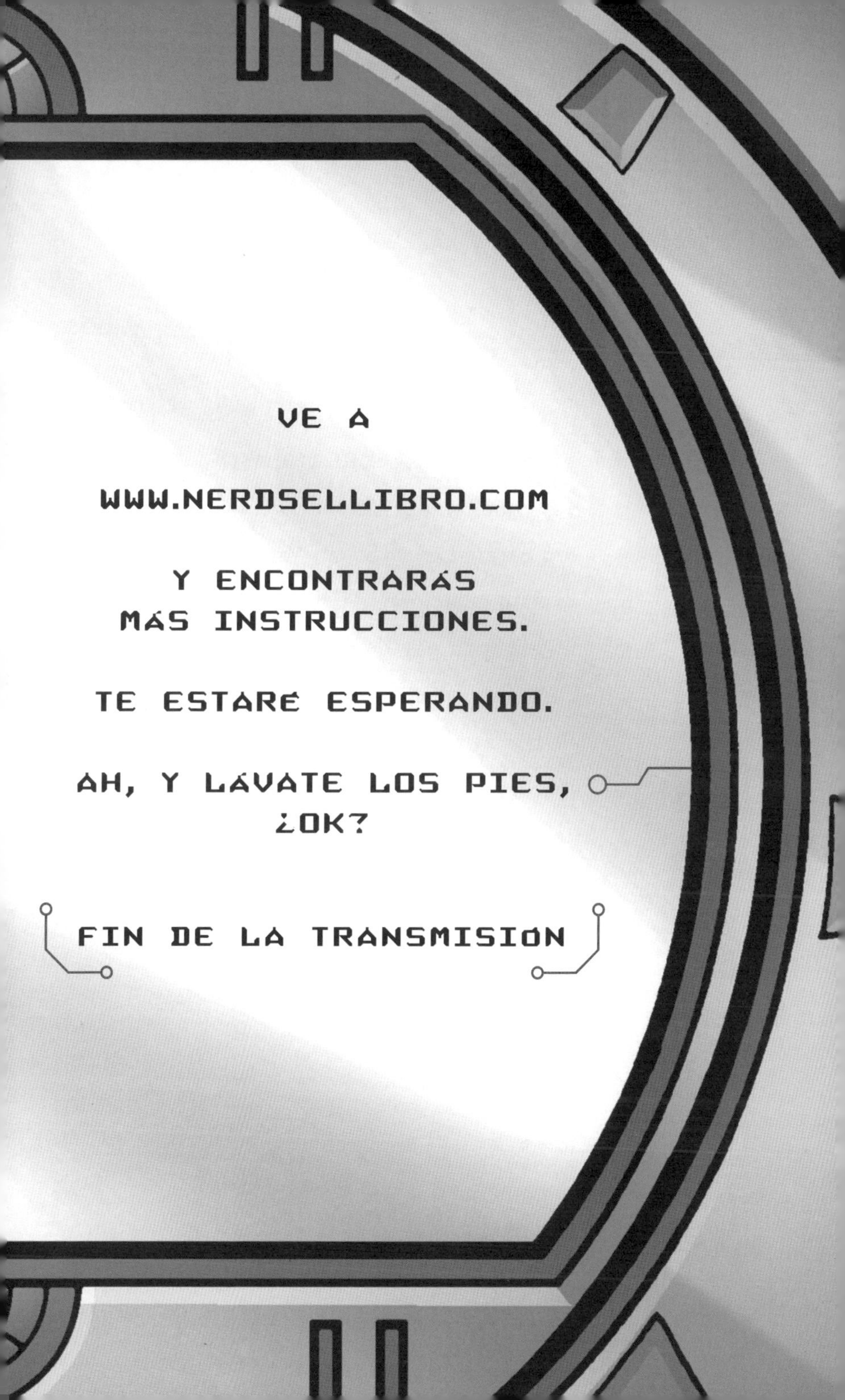
VE A
WWW.NERDSELLIBRO.COM
Y ENCONTRARÁS
MÁS INSTRUCCIONES.
TE ESTARÉ ESPERANDO.
AH, Y LÁVATE LOS PIES,
¿OK?
FIN DE LA TRANSMISIÓN

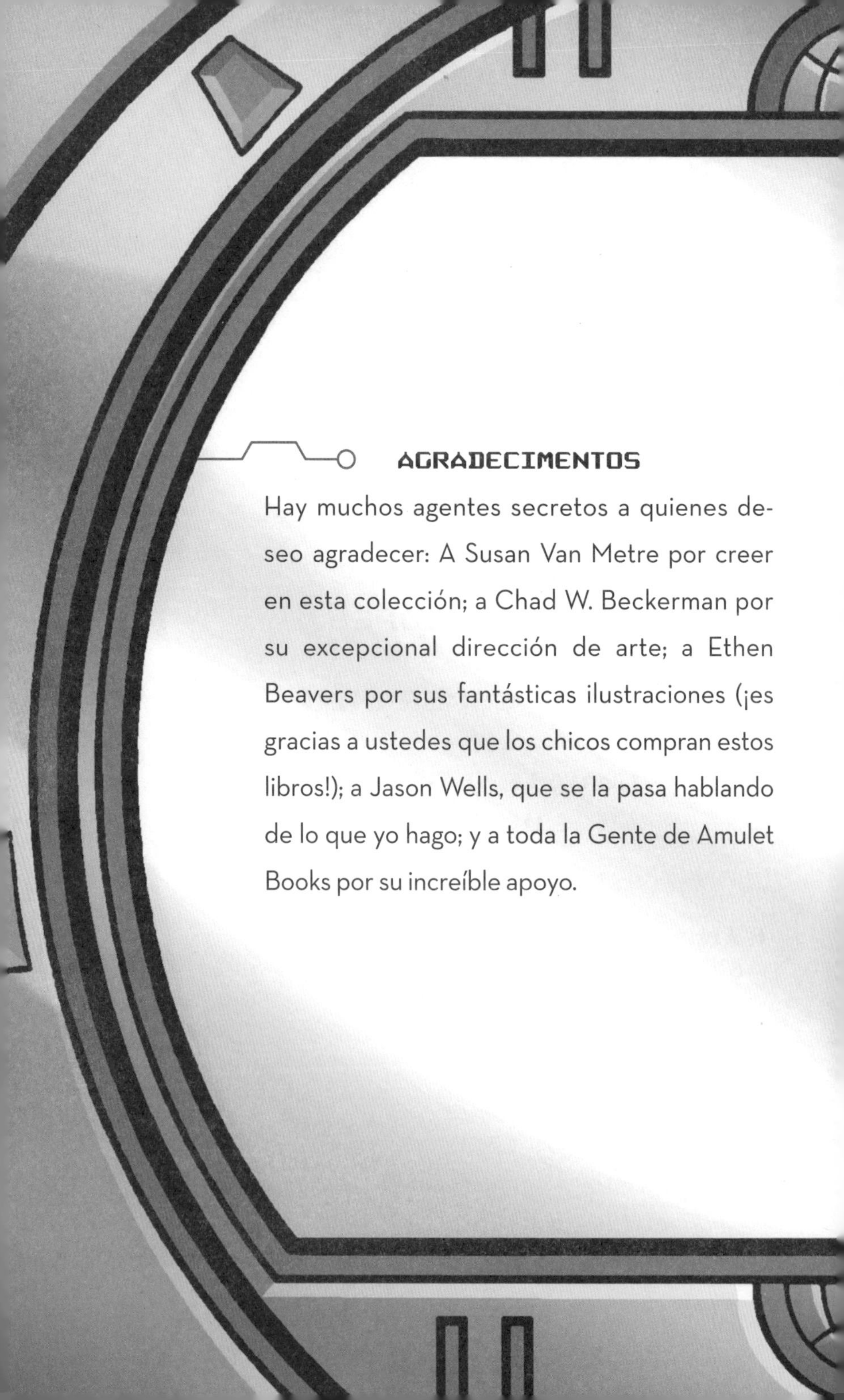

AGRADECIMENTOS

Hay muchos agentes secretos a quienes deseo agradecer: A Susan Van Metre por creer en esta colección; a Chad W. Beckerman por su excepcional dirección de arte; a Ethen Beavers por sus fantásticas ilustraciones (¡es gracias a ustedes que los chicos compran estos libros!); a Jason Wells, que se la pasa hablando de lo que yo hago; y a toda la Gente de Amulet Books por su increíble apoyo.

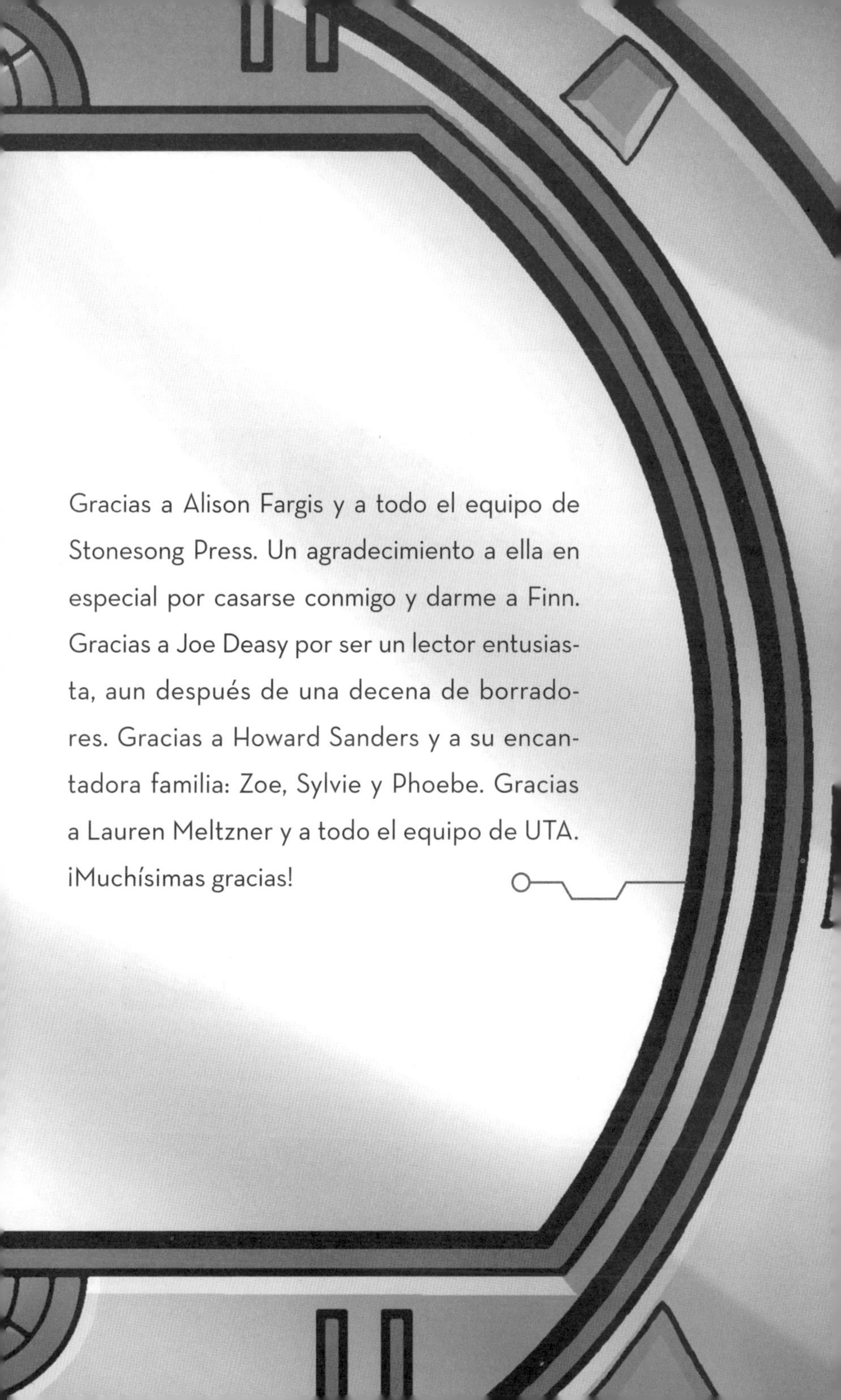

Gracias a Alison Fargis y a todo el equipo de Stonesong Press. Un agradecimiento a ella en especial por casarse conmigo y darme a Finn. Gracias a Joe Deasy por ser un lector entusiasta, aun después de una decena de borradores. Gracias a Howard Sanders y a su encantadora familia: Zoe, Sylvie y Phoebe. Gracias a Lauren Meltzner y a todo el equipo de UTA. ¡Muchísimas gracias!

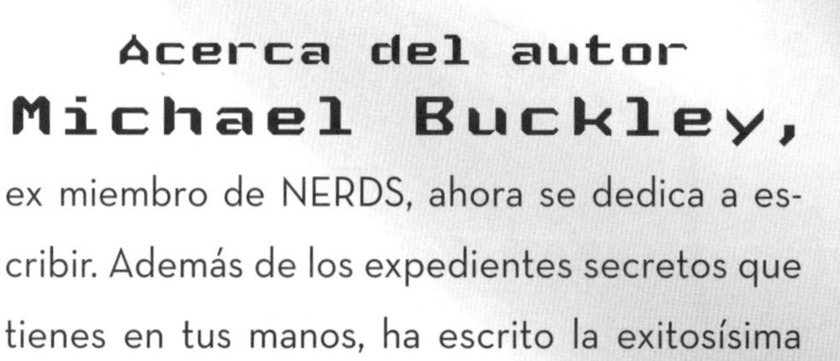

Acerca del autor

Michael Buckley, ex miembro de NERDS, ahora se dedica a escribir. Además de los expedientes secretos que tienes en tus manos, ha escrito la exitosísima colección *Las Hermanas Grimm*, publicada en más de veinte idiomas. También ha sido el creador de programas de televisión para Discovery Channel, Cartoon Network, Warner Bros., TLC y Nickelodeon. Vive con su esposa e hijo, pero si te dice dónde, tendrá que matarte.

CERRAR
PUERTAS

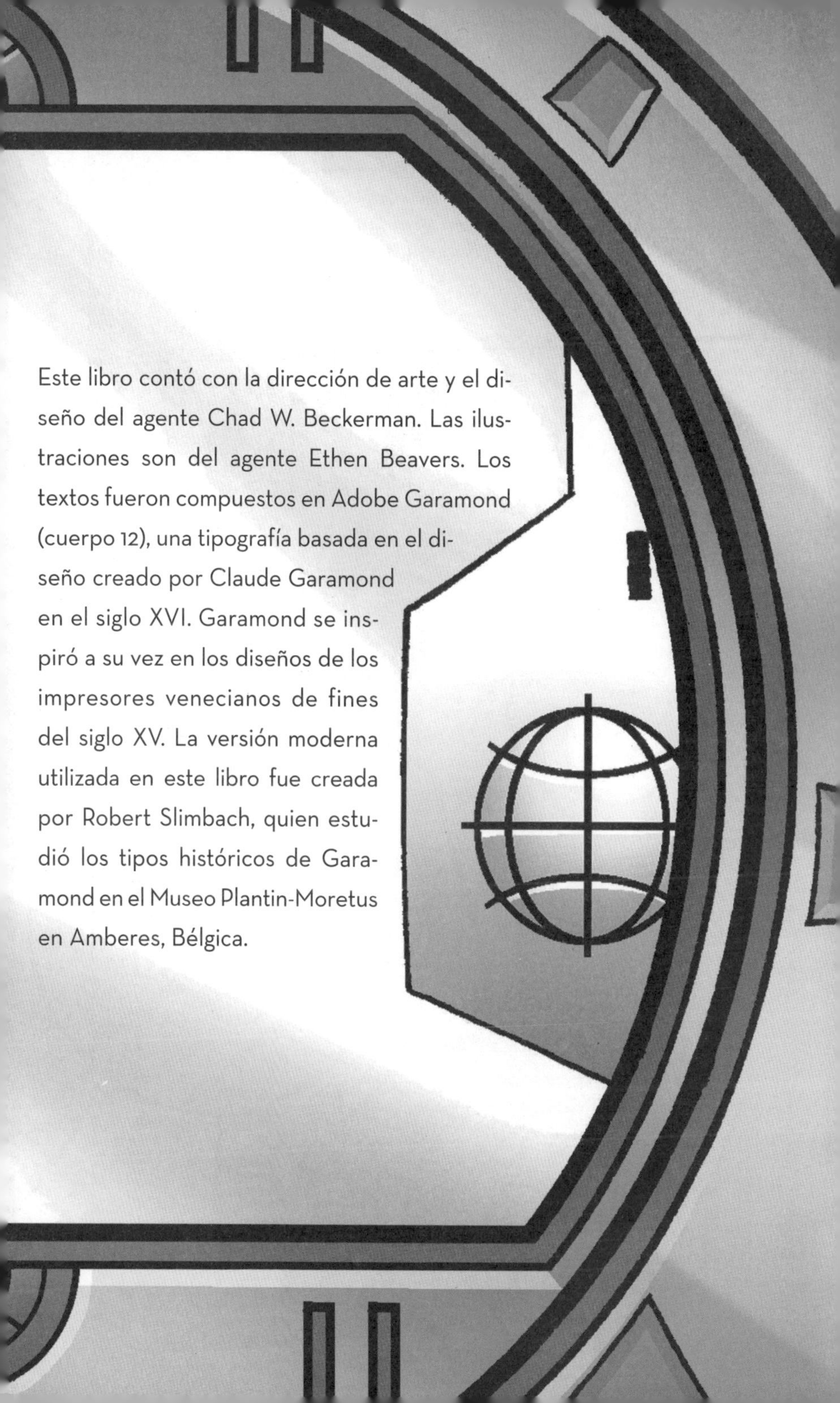

Este libro contó con la dirección de arte y el diseño del agente Chad W. Beckerman. Las ilustraciones son del agente Ethen Beavers. Los textos fueron compuestos en Adobe Garamond (cuerpo 12), una tipografía basada en el diseño creado por Claude Garamond en el siglo XVI. Garamond se inspiró a su vez en los diseños de los impresores venecianos de fines del siglo XV. La versión moderna utilizada en este libro fue creada por Robert Slimbach, quien estudió los tipos históricos de Garamond en el Museo Plantin-Moretus en Amberes, Bélgica.

¡TU OPINION ES IMPORTANTE!
Escríbenos un e-mail a
miopinion@vreditoras.com
con el título de este libro en el "Asunto".
Conócenos mejor en:
www.vreditoras.com